KB037565

소녀, 감빵에 가다

소녀, 감빵에 가다

초판 1쇄 인쇄 2024년 2월 16일
초판 2쇄 발행 2024년 3월 29일

지은이 최구실
펴낸이 박세현
펴낸곳 서랍의 날씨

기획 편집 곽병완
디자인 김민주
마케팅 전창열
SNS 홍보 신현아

주소 (우)14557 경기도 부천시 조마루로 385번길 92 부천테크노밸리유1센터 1110호
전화 070-8821-4312 | **팩스** 02-6008-4318
이메일 fandombooks@naver.com
블로그 http://blog.naver.com/fandombooks

출판등록 2009년 7월 9일(제386-251002009000081호)

ISBN 979-11-6169-280-7 (03810)

서랍의날씨는 팬덤북스의 가정/육아, 문학/에세이 브랜드입니다.

이 책을 최명자 님께 바칩니다.

꼬박 1년에 거쳐 부침을 겪은 본 소설이 세상에 나오게 되어 참 다행입니다. 조그마한 종이 한 장을 빌려, 언제였든, 어디서였든 제게 "계속 글을 쓰라"고 말해주신 사람들과 제 가능성을 끊임없이 건드려주신 권 PD님께 감사의 인사를 전합니다.

사랑하는 나의 엄마, 아빠, 오빠, 그리고 몇 없는 친구들, 특히 문 씨. 내 머릿속에 기약 없이 갇혀있던 이 이야기의 '출소'를 기꺼이 기다려주어 고맙습니다.

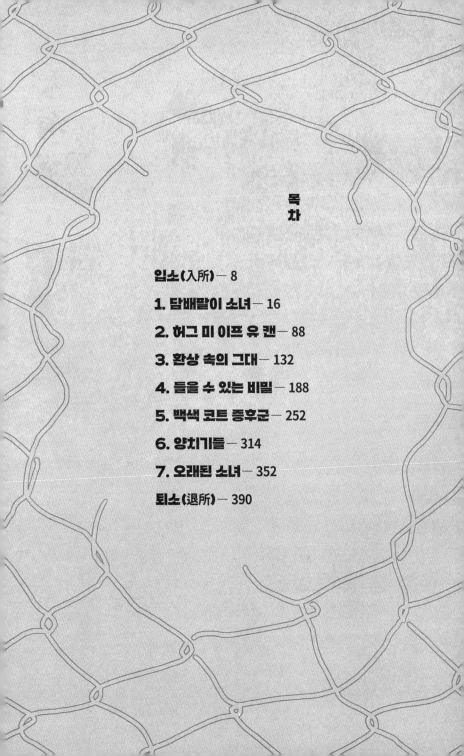

목
차

입소(入所) — 8

1. 담배팔이 소녀 — 16

2. 허그 미 이프 유 캔 — 88

3. 환상 속의 그대 — 132

4. 들을 수 있는 비밀 — 188

5. 백색 코트 증후군 — 252

6. 양치기들 — 314

7. 오래된 소녀 — 352

퇴소(退所) — 390

입소
入所

조그만 체구의 신희민은 후미진 뒷골목에 숨어 누군가를 기다리고 있었다. 축 가라앉은 새까만 단발에 반쯤 가려진 희민의 얼굴에는 혈색이 없었으며 평면적이고 밋밋한 이목구비 때문에 인상이 희미했다. 또래보다 키가 작은 희민은 보는 이로 하여금 그가 입은 고등학교 교복을 중학교 교복으로 착각하게 했다. 그런 희민이 마음을 먹고 우중충한 골목의 그늘에 몸을 숨기자 아무의 눈에도 띄지 않았다.

　시멘트 바닥은 더러웠고 깨끗한 희민의 운동화 주변에는 구정물이 웅덩이를 이루었다. 희민은 반사적으로 제 두 발끝을 안쪽으로 모아 움츠렸다. 그제까지 쏟아붓던 봄비가 고였는지, 혹은 상가 건물에서 흘러나온 오염수인지. 그 구정물의 가장자리에는 꼭 돌담처럼 쌓인 담배꽁초가 빼곡했다. 본능적으로 그 쓰레기의 개수를 세어 보는 희민의 무심한 표정이 탁한 물 표면에 일렁일렁 비쳤다. 넥타이 하나 빼놓지 않은 단정한 동복 차림의 희민에게는 교복 외에 장갑, 목도리, 외투 따위가 없었다. 꽃샘추위로부터 아무에게도 보살펴 지지 않는 모양이었다.

"야, 저기다. '신사장'."

미로 같은 골목에 숨어 있던 희민을 찾아온 무리는 저들끼리 치고받은 흔적으로 얼굴이 울긋불긋해진 불량한 남자애들이었다. 그들은 훈장처럼 상처를 숨기지 않은 채 교복이 무색하리만치 휘감은 명품 외투 안주머니를 뒤지고 다소 과장된 움직임으로 희민을 훑거나 주변을 두리번거리며 위압감을 조성했다. 그러나 희민은 분명히 제 위치를 알고 있는 듯 되려 팔짱을 끼우고 저보다 머리 하나씩은 커다란 그들을 치뜬 눈으로 응시하며 행태를 읽었다. 누렇게 뜬 흰자위, 목덜미는 또 어쩌나 긁었는지 생채기가 한가득. 보통 이 수준에 다다른 애들 앞이라면 자신이 '갑'이었다. 파르르 눈가까지 움찔거리는 애들의 다음 행동이야 뻔했다.

신희민은 그들에게 흰 손바닥을 내밀었다. 말랐지만 시원하게 뻗쳐 있는 손가락은 꼭 겨울 나뭇가지 같았다. 그리고 희민의 손바닥에 차곡차곡 귀중품이 쌓였다. 고가의 시계, 금반지, 예물인 듯 보이는 보석이 박힌 액세서리. 분명 제 부모의 서랍을 뒤졌겠지만, 출처야 어딘들 희민에게는 상관없었다. 한 손으로도 모자라 양손 가득 채워진 물건들을 제 가방에 집어넣은 희민은 야무지게 지퍼를 채운 뒤 핸드폰을 꺼내 들었다. 정 없이 가늘고 딱딱한 손가락이 토독토독 액정을 두드리자 녀석들이 동아줄처럼 붙들고 있는 핸드폰에 알람이 울렸다. 오픈 채팅창에 새 메시지가 떠올랐다.

CS24 화동중앙로 3가점 환풍기

반사 작용처럼 움찔 입꼬리를 끌어올린 남자애들은 드디어 끓어오르는 갈증을 해소할 수 있다는 기대감에 마른침을 넘겼다. 목적을 이루었으니 이제 희민이 안중에도 없다는 듯 골목 바깥으로 뛰어가는 무리는 조심성이 없어, 결국 희민의 깨끗했던 운동화에는 구정물이 튀었다. 눈썹을 구기고서 자그만 한숨을 내쉰 희민이 허리 숙여 더러워진 운동화 끝을 닦으려다가 맨손을 머뭇거렸다. 말자. 발끝으로만 툭툭 털어낸 뒤 희민은 골목 바깥이 아닌 보다 안쪽으로 걸음을 옮겼다.

한낮에도 빛이 들지 않는 겹치고 겹친 회색 건물 사이를 꿋꿋하게 가로지르면, 막다른 골목을 두고 간판이 낡은 전당포가 하나 보였다. '전'이라는 글자에 'ㄴ'받침을 이루는 전선이 망가져 불규칙적으로 느릿느릿 깜빡거렸다. 조만간 완전히 불씨가 나가 밤에는 '저당포'로 읽힐 것이다. 돈에 인생 저당 잡힌 사람들이 들락거리는 곳이니 '전당포'나, '저당포'나. 희민은 그렇게 생각하며 익숙한 무게의 유리문을 온

몸으로 밀었다.

"신희민 학생?"

희민은 본능적으로 걸음을 주춤거렸다. 전당포의 주인 할머니는 희민의 이름을 모르기 때문이었다. 낯선 목소리가 들린 쪽을 바라보자, 항공 점퍼 차림의 중년 여성이 회전의자에 걸터앉았던 몸을 돌렸다. 전당포의 주인 할머니는 영문 모를 표정으로 끓는 물에 믹스커피를 말아 휘저으며 엄숙한 목소리의 주인에게 종이컵을 내밀고 있었다. 그리고 희민의 등장에 평소처럼 반색하며 "비락식혜 주랴?" 그러셨지만, 희민은 낯선 어른들 경계하기 바빠 할머니의 물음을 듣지 못했다.

그리고 중년 여자는 할머니가 건넨 믹스커피가 뜨겁지도 않은지, 혹은 무언가를 과시하기 위함인지 종이컵을 벌컥벌컥 들이켜 비웠다. 그가 갖은 보석이 전시된 유리장 위로 빈 종이컵을 턱하니 내려놓자 희민이 밀고 들어온 정문 옆에 앉아있던 또 다른 여성이 기다렸다는 듯 희민에게 다가왔다. 일행이 있었구나. 그들의 동시다발적인 행동을 예측하지 못한 희민은 반 발작 삐끗 물러섰다. 꼭 쭈뼛 털을 세운 소동물 같았다. 그런 애들을 포획하는 일이 직업인 어른들은 각자의 신분증을 내밀었다. 경찰서 사람들. 뚜렷한 마크와 경직된 증명사진은 분명하였으나 아래 적힌 '여성청소년범죄수사과'라는 글씨는 조금 작아 읽기 어려웠다.

"신희민 학생. 향정신성 약물 불법 유통, 불법 금품 거래, 청소년 법 위반으로 서까지 연행합니다."

영화에서처럼 손목에 수갑이 채워진다든가 그런 강압은 없었다. 희민은 저항하지 않았고 아무 대꾸 없이 그들의 손길을 받아들였다. 경찰들은 정문이 아닌 전당포의 뒷문을 열었다. 먼지 쌓인 환풍기들이 꾸역꾸역 쑤셔 박힌 샛길로 이어지는 철문이었다. 나란히 걷지 못할 좁은 골목이라 희민은 앞뒤로 선 어른들 사이에 끼여 터벅터벅 걸음을 옮겼다. 샛길은 머잖아 1차선 도로와 이어졌다. 점차 경찰차와 가까워지며 희민은 금품이 잔뜩 들어있는 제 책가방 끈을 손가락에 꼬았다. 이게 이제야 잡히다니. 꼭 그런 표정이었다.

소년부 재판 현장은 협소했다. 그만큼 판사와 피고인들의 거리가 가까웠다. 여타의 배심원 없이 최측근 보호자와 각자의 변호사를 등지고 선 소년범들은 꼭 제품 등급이 매겨지길 기다리듯 일렬로 세워져 있었고 피고인들이 청소년인

만큼 다소 어수선했다. 판사는 드라마에서 보던 망치를 닮은 의사봉이 아닌 볼펜을 딸깍거리며 소년범 앞에 하나하나 죄목을 읊고 있었다. 꼭 밀린 서류를 처리하는 것처럼 말이다.

이 조잡한 풍경은 희민이 상상한 무시무시한 처벌의 서막과는 달랐다. '모두'가 '우리'를 귀찮아하는 느낌이었다. '우리'라 함은, 우락부락하고, 문신이 있고, 머리카락 색이 요란하고, 부모 앞에서도 거친 말버릇을 일삼는 불량아들과 그런 짓은 하나도 하지 않았지만 나쁜 짓은 그들보다 배로 한, 그 끄트머리에 혼자서만 채도와 부피를 빼앗겨 희멀겋고 조그만 신희민을 뜻했다. 유난히 작고 마른 이 소년범은 다른 이보다 조금 더 오래 판사의 시선을 샀다. 판사는 희민의 새까만 단발과 그 뒤에 앉아있는 백발의 할머니, 그리고 이 사건에 별다른 의지가 없는 국선 변호사를 번갈아 쳐다보다가 판결을 읊조렸다.

"사건번호 202X푸8325. 피고는 약 1년 전부터 공범 성 씨의 이름으로 처방받은 향정신성 약물을 또래 청소년에게 불법 유통한 죄책목을 진다. 정신과 전문의로부터 처방되어야 하는 약물은 물론 사적으로 추출한 마약성 약물 '펜타닐'을 미성년자에게 판매하였으며, 현금 거래가 어려운 청소년의 특성상 어른들의 금품을 훔쳐오도록 절도를 유인하였다. 또한, 약물 거래에서 획득한 타인의 금품을 전당포에 가져다 파는 피고의 행위는 거래법에 저촉된다. 피고인의 이러한 범행은 결코 충동적이지 않으며 다분히 계획적이다. 덧붙여 피고인은 자신의 범죄와 잘못된 가치관을 교정할 의지가 없고 피고인의 가정상황 역시 청소년인 피고인을 교정하기에 여의치 않음을 판단, 본 법정은."

작은 만큼 예민하기도 한 신희민은 분명한 할머니의 한숨 소리를 들었다. 늙고 지쳐 더욱 묵직한 숨이 희민의 운동화 밑창 아래 깔려 축축이 마른 다리를 좀먹어 갔다. 희민은 그제야 무시무시한 처벌의 서막이 저 위에서가 아닌 제 아래에서 펼쳐짐을 깨달았다. 툭 떨어진 시선은 구정물로 얼룩진 운동화에 꽂혔다. 당장이라도 허리를 숙여 박박 문지르고 싶은, 참을 수 없는 불쾌함이 물꼬를 틔웠다.

"피고 신희민에게 10호를 처분한다."

신희민이 알기로 한숨은 실망의 기호이다.

실망. '모두'는 '우리'에게 실망했다.

1.
담배팔이 소녀

법원 소년부에서 재판을 마치고 분류심사원으로 호송된 신희민은 '분류심사과'라고 적힌 팻말이 붙은 사무실 안에 앉아 있었다. 재판장에서와 달리 희민의 뒷자리가 아닌 옆자리에 앉은 할머니는 자꾸만 벽에 걸린 시계를 흘끔거렸다. 희민의 담당 주무관은 세 군데뿐인 여자 소년원의 관계자와 통화하며 이런저런 사정을 따지는 중이었다. 통화가 길어지자 희민과 함께 앉아있던 할머니는 매해 겨울마다 알뜰히 꺼내입는 누비 겉옷 안으로 포개 집어넣은 짧은 목도리를 느슨히 풀며 불편한 헛기침을 터뜨렸고 머잖아 주무관은 핸드폰 화면을 꺼뜨렸다.

"오래 기다리셨죠, 할머님? 간단하게 설명하자면 아이들은 보호자의 현 거주지에서 제일 가까운 소년원에 위탁되는 게 일반적인데요, 새로 지어진 '서락여자학교'가 현재 수용 인원이 가장 적어서 심사원 측은 작년부터 이쪽을 추천하고 있어요. 직업 교육도 다양하게 개설되어 있고요. 희민 학생 같은 장기 송치의 경우에, 보호자 분들은 거리보다 수용자의 밀집도 부분에서 고려를 많이 하시거든요.”

10호 처분을 받고 1년이나 소년원에서 생활해야 하는 희민은 다니던 고등학교에서 퇴학 처리가 되었다. 소년원에 위탁될 시, 일반 학교를 대신하는 만큼 검정고시 수업 외에도 다양한 기술 교육 프로그램이 진행되는 모양이었다. 담당 주무관은 ‘서락여자학교’에 개설된 교과목들이 소상히 적힌 안내문을 꺼내 할머니의 앞으로 내밀었다. 그제야 시계가 아닌 책상 위로 시선을 돌린 할머니는 그 글자들을 읽는 둥 마는 둥 하더니 주름과 검버섯이 가득한 손을 내밀어 종이를 밀어냈다.

“그래서, 위치가 어디요?”

주무관은 당혹스러운 표정으로 제 눈썹을 어루만지며 대답했다.

“아…… 연암시 서락동에 있습니다. 면회를 오시기에 그렇게 먼 거리는 아니에요.”

“연암시 서락동이라. 버스로나 자동차로나 여기서 한 시간은 더 가야겠구먼. 내 사는 집에서는 왕복이…… 세 시간.”

“혹시 거동이 불편하시거나 면회 거리가 더 중요하시다면 가까운 소년원으로 배치를 조정할 수 있습니다. 그런데 제가 통화해 본 결과, 기존 두 시설 모두 비슷하게 멀기도 하고 수용 가능한 인원의 80%를 넘긴 상태라서요. 역시 면회가 불편하실까요?"

비쩍 마른 할머니의 다리가 서너 번 까닥거렸다. 덩달아 품이 넓은 할머니의 솜바지도 바스락거렸다. 그 행동을 흘 끗거린 주무관은 재판에서부터 희민의 유일한 보호자였던 할머니의 건강 상태를 신경 쓰는 것 같았다. 하지만 희민의 생각에 그것은 쓸데없는 걱정이었다. 가게에서도 당신의 몸만 한 상자를 번쩍번쩍 들어 옮기는 할머니였다. 할머니는 돈이 되는 소중한 물건만을 품에 안으셨다. 때문일까, 기억하는 한 단 한 번도 할머니에게 안겨 본 적이 없는 희민이었다. 할머니는 당장 이곳에 앉아 있느라 가게를 비워야 하는 시간을 헤아리는 것처럼 검지로 책상을 톡톡 두드렸다. 할머니의 시계는 계산기처럼 돌아갔다.

"거, 면회를 꼭 자주 가야 합니까?"

"예?"

"가게 일이라는 게 그래요. 비우는 시간만큼 인건비며, 매출이며, 전부 손해를 볼 수밖에 없거든. 어차피 이제 딴짓을 할 수 없게 가두어 두는 건데 그곳 직원들이 어련히 알아서 애를 살필까."

할머니의 대답을 예상이라도 한 것처럼 희민은 아무런 표정 없이 시선을 떨군 채 제 손가락끼리 꼼지락거렸다. 오히려 그런 희민의 눈치를 살피기 바쁜 사람은 담당 주무관이었다. 눈썹도 모자라 머리를 긁적거리던 주무관은 '신희민'의 이름으로 묶인 서류 중 가족관계 증명서를 찾기 위해 종이를 헤집으며 물었다.

"그, 할머님 하시는 가게는 어떤 가게이시기에…… 자리를 비우기가 많이 어려운가요? 보통 보호자 분들은 적어도 달에 한 번씩은 방문하시거든요. 가게도 휴무일이라는 게 있고……."

"연중무휴랍니다."

할머니는 단호하게 못을 박았다. 그리고 몇 번째인지 모를 할머니의 한숨이 뒤따랐다.

"각자 휴무일이 다른 가게에 그때그때 필요한 재료를 납품하니 그럴 수밖에. 유통업입니다. 식품을 다루어 까다롭고, 새벽마다 상품이 들락거리니 내가 없어서는 안 돼. 보낼 줄만 알면 사람을 썼지, 살 줄도 알아야 해. 가게 하루 보아 줄 사람을 구한들, 나만큼 물건을 보는 눈이 없어요. 잠시라도 품질이 나빠지면 동네 장사에서 그대로 신뢰를 잃는다니까."

할머니가 평생을 운영한 가게였다. 할머니는 그 '물건을 보는 눈'으로 자신의 딸을 키웠고 그 딸의 딸을 키우는 중이었다. 희민이 보기에 할머니의 가게는 그가 자식들을 키우는 수단이라기보다는 오히려 가게 자체가 할머니의 자식과 가까웠다. 그런 할머니의 밑에서 자란 희민은 주무관을 두고 유통업의 철학을 설파하는 할머니와 나란히 앉아 저도 모르게 동조하는 것처럼 고개를 끄덕였다. 할머니는 언젠가, 사람은 어른이 되면 태어나고 자라는 동안 키워준 값을 해야 한다고 그러셨다. 희민에게 그 말은, 18년 동안 할머니가 절 위해 쓴 모든 돈과 시간을 희민의 앞에 꼬박꼬박 외상처럼 달아 놓았다는 뉘앙스로 들렸다. 그래서 아주 많이 돈을 벌면 희민은 그 빼곡한 영수증부터 처리할 생각이었다.

"……희민 학생의 부모님은 어디에 거주하시죠? 등기에 적힌 여기가 실주소인가요?"

가족관계 증명서를 서류의 가장 위로 뺀 주무관이 손가락 끝으로 표를 훑어 할머니와 신희민 사이, 분명한 두 사람의 이름을 짚어냈다. 실주소가 각기 다른 '부'와 '모'였다. 할머니의 '장사'에 아무런 도움이 되지 않고 사라진 사람들이었다. 희민과 할머니는 반사적으로 미간을 좁혔다.

"그런 것까지 뭣 하러 물으시는 거요?"

"그게 분류심사원이 하는 일입니다, 할머님. 소년원 시설로 위탁되기에 앞서 저는 지금 희민 학생의 가정환경을 조사하는 거예요. 할머님께서 가게의 사정 때문에 보호자의 역할에 충실하시기 어렵다면 저는 다른 보호자와 연락해야 하고요."

뒤늦게 단호한 표정을 지어 보인 주무관이었다. 어른들은 잠시 날이 선 시선으로 대치했다. 희민 역시 주무관을 향해 뾰족한 눈매를 드러냈다. 할머니와 마찬가지로 희민 또한 주무관의 물음이 불편했다. 희민은 기억조차 희미한 사람들의 보호를 받고 싶지 않았다.

"두 사람 다 연락되지 않을 겁니다. 요란하게 이혼하더니만 자기들 인생 살러 떠난 지 십 년도 넘었어. 애는 필요 없다면서."

그래서 그 애가 이 모양일까. 아무도 그런 말을 하지는 않았지만, 희민은 주무관의 동정 섞인 시선을 그렇게 읽었다. 팔짱을 끼운 할머니는 무책임한 그들의 얼굴이라도 떠올린 듯 언짢아 보였다. 이런 불쾌한 감정을 지속하며 시간을 낭비할 할머니가 아니었다. 더는 주무관이 말꼬리를 잡지 못하도록 책상 위에서 펜을 든 할머니는 희민이 어떤 시설에 위탁되든 면회의 편리성은 신경 쓰지 않겠다고 결정한 것 같았다.

"서락여자학교', 댁이 고른 그리로 보냅시다. 애들이 적으면 애들 보는 어른들 눈들이 많아 좋다는 의미 아니요?"

"……네. 시설 측이 신희민 학생을 잘 보살펴 줄 겁니다. 그럼 이쪽에 서명 한 번 부탁드립니다."

주무관은 예의상의 만들어진 미소를 지은 뒤 잠시 두 사람이 인사를 나눌 시간을 주겠다는 양 서명된 서류를 정리하며 적막을 유지했다. 할머니의 서명을 물끄러미 응시하던 희민은 할머니가 경기도 연암시까지 자신을 보기 위해 가게 문을 닫는 일은 없으리란 사실을 예상했다. 금방이라도 자리를 뜰 것처럼 완전히 허리를 편 할머니가 제 외투 앞섶을 가다듬었다. 시선은 여전히 시계를 향한 모습이었다.

"용돈이 부족하던?"

경찰에게 붙잡힌 지가 언제인데 질문이 퍽 일렀다. 희민은 느릿느릿 고개를 가로저었다. 늘 현찰이 두둑한 할머니가 외출하기 전 비락식혜를 문진 삼아 깔아두시는 현금 뭉치는 열여덟짜리 학생의 분수에 충분한 용돈이었다. 할머니는 능숙한 솜씨로 혀를 차셨다. 돈이 문제가 아니라면 이 조그만 녀석을 낳고 사라진 부모에게 책임을 묻고 싶은데 애석하게도 분류심사원의 호출은커녕 할머니의 부름조차 소용이 없을 것이다. 끝으로 현금이 든 손가방을 품에 안은 할머니는 희민과 꼭 닮은 삼백안을 도르륵 굴려 제 하나뿐인 손녀를 차게 훑어내렸다.

"장사를 하려거든 아직 멀었다."

할머니의 마지막 인사였다.

인사답지 않은 인사를 내버려 둔 채 할머니는 희민의 눈앞에서 사라졌다. 희민은 주무관의 지휘 아래 수송 차량으로 옮겨졌다.

수송 차량은 거창하지 않았다. 경찰 마크가 떡하니 그려진 차 같은 건 어른들 용인지, 희민을 태운 평범한 검은색 카니발은 차창 안에 가림막이 드리워져 겉보기에 누구를 태웠는지 알 수 없는 것을 제외하고 특별하지 않았다. 이번 주에는 서락동까지 배정받은 여자 소년수가 희민뿐이어서, 희민은 저를 제외하곤 모두 어른들인 어두컴컴한 차 안에서 나름의 고독을 곱씹을 수 있었다. 희민의 머릿속에는 할머니의 목소리만이 맴돌았다. 어쩐지 제 자존심을 비뚤비뚤한 방향으로 자극하는 말이었다.

할머니가 장사를 하기에 멀었다고 한 것처럼, 범죄자가 되기에도 아직 멀었는지 수갑이 채워지리라 예상했던 희민의 손목은 여태 자유로웠다. 역시 위협적으로 보이지 않는 건가? 140cm를 겨우 넘는 여자애 하나쯤은 제대로 된 범죄자

취급조차 하지 않는 것 같아 소년범에 대한 윤리적 처우 따위를 알 리 없는 희민은 이동하는 내내 기분이 상했다.

희민은 자동차의 엔진 소리를 통해 시와 시를 잇는 고속도로가 끝났다는 사실을 깨달았다. 비포장도로를 타는 모양인지 차체가 여러 번 덜컹거렸고, 신호에도 자주 걸렸다. 꼭 하차할 정류장이 가까워지면 버스에서 곤히 잠든 몸이 깨어나듯 희민도 스스스 멈추는 자동차를 따라 허리를 곧추세웠다. 그렇게 카니발 바깥으로 빠져나온 신희민은 곧장 차 문 앞에서 절 기다리고 있던 두 명의 교관에게 인도되었다. 오후의 강렬한 햇빛이 쏟아져, 희민은 눈살을 찌푸린 채 무뚝뚝한 건물을 성의 없이 장식한 서체의 간판을 읽었다.

서락여자학교

희민의 건조한 시선이 그 간판에 오래 머무르는 것을 눈치챈 담당 교관이 그의 깡마른 오른팔을 붙잡아 방향을 교정하며 입을 열었다.

"'소년원'을 그럴듯한 말로 포장해서 바꾸면, '여자학교'."

교관은 희민이 어느 시설에 위탁되는가를 다시 짚어 주었다. 어째서 '그럴듯한 말'로 포장해야 하는지 알 수 없었지만, 희민은 굳이 질문하지 않았다. 뒤이어 희민을 집어삼킨 철문이 굳게 닫혀 버렸다. 철컹. 육중한 소음을 따라 반사적으로 뒤를 돌아본 희민은 제 몸을 칙칙한 회색 건물 안으로 구겨 넣는 하나의 거대한 화살표를 보았다. 봄비가 덜 말라 촉촉한 운동장 표면에 자신의 걸음걸이대로 발자국이 찍혀 있었다. 희민은 다시는 거슬러 오르지 못할 제 발자국이 만든 화살표를 가만히 바라보았다. 그리고 그것이 가리키는 방향을 향해 다시 고개를 돌렸다. 희민에게 입을 쩍 벌리고 있는 건물은 적색 벽돌을 쌓아 차근차근 지은 '학교'가 아닌, 싸구려 판넬을 듬성듬성 조립해 지은 공사장 컨테이너 같은 '소년원'이었다. 희민은 남들 눈에 보이지 않는 등에만 소름이 돋아 다행이라고 생각했다.

따뜻한 희망으로 새 삶을 시작하는 우리

건물의 입구를 장식한 그 슬로건을 몇 초 충분히 읽어 내는 희민의 삼백안이 차가웠다.

푸릇푸릇한 새 학기가 시작되는 3월에 교복을 내놓은 신희민은 푸르스름한 체육복을 받았다. 폴리에스터 100%의 볼품없는 재질이었다. 교복과 자유를 빼앗긴 대가로 교관에게 받은 상자에는 꽤 많은 물품이 들어있었다. 비누, 로션,

칫솔, 플라스틱 컵, 일기장, 볼펜, 일기장, 그리고 우표. 교관은 이 상자에 든 기본적인 수급품목 외에는 보호자와 연락을 취해 따로 지원을 받아야 한다고 설명했다. 할머니께 편지를 보내거나 전화를 걸어 아쉬운 소리를 하라는 의미인가 보다. 희민은 감흥 없는 표정으로 아마 쓸 일이 없을 우표에 그려진 멸종 위기 동물 그림을 응시하다가 그리 무겁지 않은 상자를 끌어안은 채 교관의 뒤를 따라 건조한 복도를 지나갔다. 분명 오래된 건물은 아닌 것 같은데, 어딘가 합이 맞지 않는 나무 장판이 교관과 희민의 발소리 사이로 삐걱삐걱 잡음을 냈다.

일과가 저물어가는 시각이라 복도 창문을 즐비하게 장식한 철창에는 노을이 걸려 늘어지고 있었다. 그 새빨간 빛을 머금은 빗금이 걸음을 옮기는 희민의 작은 몸을 덮고 일렁거리자, 희민은 어금니로 제 볼 안쪽을 괴롭히기 시작했다. 언제 어떻게 숨을 쉬어야 하는지 모르겠다. 그 자연스러움을 잊을 만큼 희민에게는 무수한 철창이 낯설었다.

이제 배정된 방으로 가는 듯 싶었으나 교관은 1층 복도 모퉁이의 사무실로 희민을 들여보냈다. 더 받아야 할 것이 남은 모양이었다. 노을이 져서일까, 저도 모르게 멍해진 정신을 차리고 보니 희민은 '상담실'이라는 팻말이 선명한, 그래서 사람을 아주 불편하게 만드는 방에 들어와 있었다.

방의 중심에는 일거리가 꽤 많아 바빠 보이는 여자가 앉아 있었다. 흰색 가운을 입었으니 아마 의사일 테다. 얼굴만 보면 제 할머니보다는 어려 보이는데 커트 머리의 백발이 주는 아우라가 정확한 나이를 가늠할 수 없게 만들었다. 그는 희민의 인기척과 동시에 속눈썹을 들어 올렸다. 그러자 짙은 쌍꺼풀이 주름과 어우러져 진한 선을 그렸다. 어떤 표정을 짓느냐에 따라 선해 보이기도, 악해 보이기도 하는 커다란 눈이었다. 그의 묵직한 시선이 희민을 읽고 있기에, 희민은 그의 책상에 떡하니 놓인 명패를 읽었다.

"직급은 상담실장이지만 애들은 보통 최 선생님, 그렇게 부른단다. 보건 선생님처럼 너희들 건강에 아주 관심이 많은 정신과 전문의거든."

희민은 최 실장이 앉으라고 제안하기도 전, 알아서 의자에 앉았다. 의자는 원래 사람이 앉으라고 있는 사물이니까. 그 행동에서 희민의 맹랑함을 읽은 최 실장은 테가 얇은 안경을 고쳐 쓴 뒤 굴절이 크지 않은 유리알 너머 희민의 외양을 꽤 오래 살폈다. 희민을 붙잡은 청소년과 형사나 형량을 내린 판사와 비슷한 시선이었다.

"너처럼 10호 처분을 받은 소년범 중 열에 넷은 사회에 돌아가 봤자 재범을 저질러. 이유가 뭐일 것 같니?"

"······달라지는 게 없으니까."

"요."

꼬리가 잘린 희민의 대꾸를 존댓말로 정정하며 모니터에 심사원으로부터 넘어온 희민의 건강검진 차트를 띄운 최 실장은 종이로 된 새 진단서에 그런 희민의 이름과 특이사항을 적어 내렸다. 사각사각, 종이를 긁는 만년필 촉의 소리가 날카로웠다.

"틀렸어. 청소년은 너무 쉽게 달라지기 때문이야. 뭐든 잘 옳지 않니? 범죄를 저지르고 싶은 마음, 나약한 마음, 우울한 마음. 그만큼 환경이 중요하다는 의미지만, 애석하게도 전과자가 모인 이 소년원에서 우리가 아무리 열심히 환경을 가꾼들······ 또 어떤 나쁜 마음이 어떻게 너희들 개개인에게 옳아가는지 속속들이 알 수가 있어야지."

소년범들을 하나하나 신경 쓰지 못한다는 선전포고인가? 혹은 범죄자에게는 그럴 가치가 없다는 책임 전가인가? 친구를 가려 사귀라는 말로도 들렸으나 희민은 친화력이 좋은 성격이 아니었다. 당장 면회를 와 줄 친구조차 떠오르지 않았다. 그나마 '일' 때문에 교류하던 그 이모가 친구라면 친구였는데 똑같이 감빵 신세를 지게 되었다고 한다. 성인이 가는 교도소는 어떨까? 훨씬 무서울까? 이모는 수갑을 찼을까? 슬슬 집중력이 흐려지는 희민을 눈치챈 최 실장이 다소 거칠게 서랍을 열어 쇠붙이 마찰음을 만들었다. 그러나 희민은 웬만한 일과 소리에 놀라지 않아 눈 한 번 깜빡이지 않았다. 성정이 그러했다.

"범죄는, 쉽게 옮는 병과 같아."

분류심사원의 어른들처럼 신체적인 문제나 알레르기 반응이 없냐고 물은 상담실장은 희민에게 빨간 캡슐 모양의 알약들을 내밀었다. 투명한 통 안에 든 총 일곱 개의 알약. 소년수에게 지급되는 마지막 품목이었다. 조용한 만큼 의심이 많은 성정의 신희민은 섣불리 손을 뻗지 않았다.

"그러니까 이곳에서는 내면을 잘 지켜야 해. 소년수들은 대부분 청소년 우울증을 앓기 때문에, 주기적으로 항우울제를 처방하고 있어. 고립감에 집중하지 말고, 외로움에 집중하지 말아야 버틸 수 있단다."

최 실장은 별다른 반응이 없는 희민의 소지품 상자에 직접 플라스틱 알약 통을 넣어주고 취침 전 한 알씩 복용할 것을 권고했다. 덧붙여 본인이 소년수들의 정신 상담을 맡고 있음을 정식으로 소개했다. 최 실장은 희민에게도 자기소개를 요청했지만, 희민은 12개월의 형량을 받았다는 말밖에는 할 수 없었다. 지금은 그 사실만큼 자신을 올곧이 소개할 수 있는 말이 없다고 생각했기 때문이다. 최 실장의 말에 따르면 정신 상담은 서락여자학교에서 필수적이며 지속적인 프로그램 중 하나라고 했다. 이러나저러나 최 실장과의 대화는 피치 못할 상황이라서일까, 희민은 다른 소년수들이 그러하듯 그와의 첫인사가 매우 껄끄럽게 느껴졌다. 그가 당부한 말을 반절도 이해할 수 없으니 당연했다. 그러나 표정이 없는 희민과 달리 최 실장은 이제 나가 보라는 양 입꼬리를 끌어올리며 문 쪽을 턱짓했다. 빨간 알약을 마지막으로 비로소 완벽히 채워진 상자를 품에 안고서 희민은 말없이 상담실을 나섰다.

교관을 따라 생활관 건물로 넘어온 희민은 9호실 앞에 다다랐다. 밖에서만 문을 잠그고 열 수 있는 방이란 것만 빼면 일반 학교의 교실과 크게 다르지 않았다. 특히 언제든 교관들이 방안을 들여다볼 수 있게끔 벽면의 위쪽부터 3분의 1 정도가 창으로 트여 있는 모양이 유독 비슷했다. 키가 작은 희민은 재학했던 고등학교에서도 교실의 창문을 살피려면 까치발을 들어야 했다. '여자학교'라더니 듬성듬성 학교와 비슷한 모습을 가진 이 건물에서 희민은 학생인지 죄수인지 헷갈리는 제 정체성을 고민하다가 교관의 지시대로 9

호실에 발을 들였다.

천천히 시선을 든 희민의 예상과는 달리 9호실은 텅 비어 있었다. 희민과 함께 방에 들어온 교관이 희민의 이름이 붙은 관물대와 그 아래 사람이 딱 한 명 누울 수 있을 만한 크기로 펼쳐진 침상을 가리켰다. 방안에는 작은 창문이 두 군데 뚫려 있었으나 모두 철창이 박혀 제법 교도소다운 위압감을 뿜어냈고 그 창과 창 사이 벽시계가 달려 있었다. 여섯 시 십 분 전이었다.

"사물함에 네 물건 정리하고 있으면 같이 방 쓰는 애들 곧 돌아올 거다. 얌전히 굴고, 저녁 점호까지 기다려."

9호실을 담당한다는 저 권 교관은 사람은 일부러 딱딱한 말을 꾸며 내는 것 같았다. 희민이 녹록지 않은 처지에 빠졌다는 상황을 명령어로 상기시켰지만, 그런 희민을 바라보는 시선의 온도가 높았다. 낯선 공간에서 낯선 사람들을 본능적으로 관찰하기 시작한 희민은 9호실을 나선 뒤 문을 잠그는 교관의 머리통이 복도 바깥으로 사라지자 침상에 걸터앉은 채 나지막이 한숨을 내쉬었다. 그리고 내내 품에 안고 있었던 상자를 들여다보기 시작했다. 모든 품목을 차근차근 관물대에 정리하고 있으려니 자연스럽게 제 옆자리의 관물대 주인이 물건을 엉망으로 쌓아 둔다는 사실이 눈에 들어

왔다. 희민은 잠시 눈살을 찌푸렸다. 학교에서도 이런 급우들이 싫었다. 그나마 하교한 뒤에는 내내 혼자일 수 있었는데 이런 지저분한 사람과 함께 잠을 자고, 아침을 맞이해야 한다니. 정리를 마친 뒤 상자 안에 덩그러니 남아 있는 빨간 알약을 집어 든 희민은 여지껏 저 같은 어린 범죄자를 두고 젠체해왔을 최 실장의 목소리를 떠올렸다. 마지막까지 제 속을 긁던 할머니의 것과 다를 바 없었다. 희민은 어른들이 자신에게 어떤 판단을 내리는 순간이 특히 불쾌했다. 최 실장의 판단은 틀렸다.

내면을 지키는 힘은 오히려 고립감과 외로움이다. 희민은 평생 고립되고 외로운 마음에 집중하여 살아 왔다. 어쩌면 그것이 제 삶의 원동력이었다. 외로운 마음 없이는 살아 본 적이 없었다. 투명한 통 안에서 달콤한 과일의 색을 띤 채 자신을 기다리는 빨간 알약들을 뜯어 보던 희민은 방에 딸린 화장실로 몸을 옮겼다. 화장실도 예외 없이 문짝의 위쪽은 절반이 창문이었다. 훤히 트여 있는 화장실에 들어간 희민은 세면대 앞에서 약통을 열었다. 거울과는 일부러 시선을 맞추지 않았고 수돗물을 틀었다. 수압은 적당했다. 한동안 조그마한 세면대와 직선으로 쏟아지는 물줄기를 응시하던 희민은 큰 머뭇거림 없이 손을 씻는 척 빨간 알약들을 물살에 흘려보냈다. 세면대 안에서 물살을 따라 회오리치던 캡슐 일곱 개는 머잖아 배수구 구멍에 빠져 사라졌다. 다시 올라올 리 없었지만, 희민은 마개를 꾹 짓눌렀다. 일을 처리한 뒤에는 가볍게 혀를 찼다. 달랑 변기 하나와 세면대라니. 희민이 좁은 화장실을 둘러보고 있을 때였다. 누군가의 목소리가 들렸다.

"안녕. 너 몇 살이야?"

기척도 없이 9호실에 돌아온 목소리 때문에 희민이 들숨을 삼켰다. 왜 발소리를 못 들었지? 물소리가 너무 컸나? 처음부터 다 봤을까? 뒤늦게 수돗물을 잠그고 화장실 창밖에서 뚫어지게 저를 쳐다보는 이와 눈을 마주친 희민은 머잖아 그의 뒤쪽에서 부산스러워지는 풍경을 흘끔거렸다. 희민은 한 박자 망설이다가 대답했다.

"열여덟인데요."

희민에게 말을 건 소년수는 정말 키가 커다랬으며 태양 아래 태운 듯한 구릿빛의 피부를 가졌다. 활동에 방해가 된다는 듯 대충 묶어 둔 흑발이 일자로 벌어져 곧은 어깨 근처에서 살랑거렸고, 희민과 한참 차이가 나는 신장 때문에 위에서부터 아래로 찍어누르는 시선은 또렷했다. 그래서인지 희민의 입에서 최 실장에겐 붙이지 않았던 존대가 절로 튀어나왔는데 어쩌면 저 사람이 최 실장과는 달리 범죄자이기 때문이어서일지도 모르겠다. 그러나 기선을 제압당하고 싶지는 않았던 희민은 똑바로 동공을 추켜세웠다.

"열여덟? 중학생처럼 보여."

진심으로 놀란 듯 동그래지는 눈매는 희민 것과 달리 또렷한 쌍꺼풀이 져 있었다. 악의를 발견할 수 없는 낭랑한 목소리를 가진 그는 희민의 것과 다른 보라색 체육복 차림이었다. 그리고 그의 옆에서 기웃거리던 다른 한 명이 안경을 고쳐 쓰며 유독 키가 작은 희민과 유독 키가 큰 상대방과의 대치를 확인했다. 안경잡이는 어중간한 길이의 앞머리를 쓸어넘기더니 짐짓 심각한 표정을 만들었다. 그는 희민과 마찬가지로 푸르스름한 곰팡이 색 체육복을 입고 있었다. 고개를 갸웃거리던 안경잡이가 화장실 문을 노크하며 희민과 가까워졌다. 순식간에 두 사람이 화장실 문 앞을 에워쌌다. 희민은 꼭 궁지에 몰린 햄스터 꼴이었으나 결코 눈을 깜빡이지 않았다. 성에 찰 만큼 동태를 살폈는지 동그란 안경 너머 눈꼬리를 가늘게 뜬 소년수가 희민에 대한 평가를 거들었다.

"그러게. 액면가는 중딩인데. 야, 신삥. 너 화장실 다 썼으면 나와 봐."

"하긴…… 중학생은 보통 이런 델 안 오겠지?"

"너 중학생이 제일 무서운 거 모르냐? 걔넨 사람도 그냥 찔러. 촉법 어쩌고 그러면서."

"중학생이 뭐가 무서워? 작고 어린데? 자꾸 무섭다고 겁내면 안 돼, 진짜 자기들이 무서운 줄 알잖아. 중학생은 귀엽고 소중해."

그런 사정일랑 전혀 모르겠다는 듯 어깨를 으쓱인 키다리는 희민이 화장실 문을 열고 나올 수 있도록 비켜서면서도 계속 희민의 새까만 정수리를 바라봤다. 원래 악의 없는 표정이 가장 미지수인 법이다. 희민은 경계심을 늦추지 않고 화장실 문턱을 넘어 방으로 돌아왔다. 침대는 총 네 개, 사람도 총 네 명. 화장실 주위에 서 있는 두 명의 소년수 외에도 방에 돌아오자마자 제 몫의 침대를 차지하고 드러누운 또 한 명이 희민의 시선을 샀다. 매트리스에 늘어진 머리가 지나친 산발이었다. 희민은 저 애가 모든 물건을 엉망으로 쌓아 두는 관물대의 주인임을 단박에 파악했다. 안경잡이는 손가락을 튕기는 소리로 바쁘게 돌아가는 희민의 눈동자를 고정하며 물었다.

"신삥아, 너 이름이 뭐냐?"

"언니 살살하세요."

약자의 외관을 가진 희민에게는 이골이 날 만큼 흔한 대사라 오히려 위협적이게 느껴지지 않았다. 보통 이런 무리에서 제일 센 사람은 먼저 입을 놀리지 않는다. 꼭 이름이 뭐냐는 저런 호구조사로 겁박을 시작하는 놈이라면 아마 2인자, 여유로운 척 침대에 늘어져 살랑거리는 산발은 높은 확률로 바람잡이. 무력이 달려 철저한 계산 머리로 뒷골목을 주름잡던 신희민은 나쁜 아이들에게 나쁜 약을 팔며 늘 자신의 마지막을 상상했었다. 범죄를 저질렀으니 감옥에 가겠지? 감옥에 간다면 제일 무서운 게 뭐지? 수갑, 수의, 사회로부터의 격리, 그리고 그 안에 드글드글할 범죄자 무리. 얼굴에 칼자국이 있을까? 혹시 진짜 살인을 저지른 사람도 있을까? 심사원에 격리되었을 적, 하나하나 최대한 험악한 인상으로 소년수들을 그려 보았던 희민은 당장 9호실을 구성하는 이들의 얼굴을 제 상상과 대조했다. 저들의 얼굴에는 그럴듯한 흉터가 없다. 하지만 옷을 들추면 또 모른다.

"희민이네, 신희민. 이름 예쁘다."

다리가 길어 성큼 다가오는 폭부터 남다른 키다리는 희민의 체육복 위에 걸린 이름표를 멋대로 확인했다. 희민은 기민한 손길로 제 이름표를 쳐 냈고 키다리는 조금 놀란 듯 양손을 허공에 들어 올렸다. 이름을 뺏겼으니 이름을 받아야겠다. 신희민의 재빠른 시선은 어째서인지 혼자서만 색이 다른 그의 체육복 이름표에 꽂혔다.

"나는 천가람. 열아홉 살."

"가람아, 나와 봐. 내가 애랑 얘기하잖아."

교도소가 배경인 영화에서 보면 재소자의 죄질이 다른 경우에 옷 색이 달랐다. 이곳은 소년원이니 사형수는 아닐 테고, 모범수이거나 반대로 주의가 필요한 관심병사 부류일지 모른다. 하필이면 눈에 띄는 보라색이기도 하거니와. 빠릿빠릿 계산기를 두드리는 희민으로부터 가람이 어깨를 으쓱이며 물러나자 한 차례 무시당한 '전형적인' 2인자가 미간을 좁힌 채 다가왔다. 희민이 멋대로 서열을 매긴 2인자는 체육복의 카라 깃을 고쳐세우며 희민과 시선을 맞추듯 살며시 허리를 숙였다.

"쟨 키만 컸지 아무것도 아니고, 내가 방장이야. 여기서는 방장 말을 교관 말보다 잘 들어야지 된다."

그는 가슴팍에 꽂힌 제 이름표를 턱짓하며 경고했으나 희민은 엇나간 제 계산 때문에 '진유리'라고 적힌 그의 이름이 눈에 들어오지 않았다. 잘못 짚었나? 하긴, 방장 같은 번거로운 감투를 실세가 뒤집어쓸 필요는 없으니까. 은연중에 가람을 1인자로 만들어 버린 희민은 방장이라는 지위를 세워 자신을 소개하는 유리의 목소리를 허투루 들었다. 희민이 보이게 자기 위치를 과시하는 사람 치곤 제 역할을 제대로 해 내는 경우가 드물었기 때문이다. 차라리 이들의 눈 밖에 나 학교에서처럼 조용히 지내고자 희민은 여전히 아무런 대꾸를 하지 않았다. 맞으라면 몇 대 맞고, 아무도 없는 듯 일 년만 버텨라, 신희민. 이 방에서 제일 조그만 주제에 희민은 꼭 어디 뭐든 해 보라는 듯 속눈썹을 까닥거렸다.

"신고식, 뭐 그런 거 있으면 대충 치세요."

그리고 이를 물끄러미 바라보던 방장은 가람과 모종의 시선을 교환하다가 바람 빠지는 웃음을 터뜨렸다. 침상에 누워있던 이도 허허실실 웃으며 중얼거렸다.

"쟤 영화를 얼마나 본 거예요? 때릴 데도 없어 보이는 애가 저러니까 진짜 웃기다."

"그러게. 한 대 맞으면 처참히 부러지게 생겨서는. 야, 잘 왔다. 희민? 그래. 희민아."

방장인 진유리가 거리낄 것 없이 손을 뻗어오자 희민은 귀싸대기 정도를 예상하며 어금니를 씹었다. 그런데 투박한 손길은 뺨이 아닌 동그란 정수리에 닿았다. 톡. 뒤이어 토닥토닥. 이런 종류의 애 취급이 폭력보다 불쾌하다는 걸 아는지 모르는지, 희민의 기분이야 어떻든 푸른 체육복 차림의 두 사람은 평소처럼 일과를 정리하기 시작했다. 그들은 아침마다 대충 접어 놓는 침구를 펴고 각자 다른 교과서 및 개인 물품들을 관물대에 집어넣었다. 험악한 텃세를 상상했건만 본인들의 일이 더 바쁜지 막상 희민은 안중에 없어 보였다. 반대로 아까부터 짐 정리는 않고 시계 아래 기대어 서 있던 가람은 희민을 구경하기만 했다. 묘하게 신이 난 것 같은 가람의 관심에, 정말로 불쾌해진 희민이 휙 고개를 돌려 제 자리에 앉았다. 교관이 점호를 시작했기 때문이다.

그러니까, 처음부터 모든 것이 희민의 예상과는 다르게 흘러가고 있었다. 싸늘하진 않고 찝찝하다. 희민의 기분이 그랬다.

뭐든 일주일을 겪어 보면 대충 판이 돌아가는 꼴을 알게 된다. 하지만 꼬박 한 주가 지나가도 희민은 도무지 9호실에 익숙해지지 않았다. 자발적으로 내향적인 희민은 아무렇게나 아무 때에나 아무 말을 걸어 오는 9호실의 세 사람 때문에 강제적으로 고독과 멀어졌다. 도대체 나이가 뭐 대수라고 열아홉짜리 천가람과 진유리가 말머리마다 '언니가', '언니가'라고 운을 뗐다면 나머지 한 소년수는 자신과 동갑인 열여덟짜리 인생을 구실 삼아 희민의 옆구리를 콕콕 건드렸다. 신희민은 하필 이 녀석과 나란히 검정고시 준비반을 수강해야 했다.

"너 진짜 나 누군지 몰라?"

"아, 모른다고."

"너…… 친구 하나도 없지."

눈빛으로 험한 말을 날린 희민은 이제 그만하고 판서를 보라는 듯 과목 선생님을 턱짓했다. 같은 방을 쓴다는 이유로 교육동의 일과까지 희민의 옆자리를 자처한 그는 걸핏하면 희민의 귓가에 대고 기행을 저지르기 일쑤였다. 특히 자꾸만 정말 자기를 모르느냐 묻는데 설마 같은 학교 출신은 아닐 테고, 그렇다고 해도 한평생 남의 일이거든 관심일랑 없는 희민에게 이 애는 영 눈에 익은 얼굴이 아니었다.

"채이설. 잘 생각해 봐, 채이설. 분명 들어봤을 거야, 내 이름. 채이설."

"그야 지금 네가 3초 안에 세 번이나 얘기했으니까."

"채이설, 신희민. 계속 그렇게 노닥거리면 둘이 사이좋게 묶어다가 운동장에 세워 놓는 수가 있어."

선생님의 엄포에 입 모양으로 욕지거를 벙긋거리는 희민

이지만 이설은 뭐가 그리 좋은지 배시시 눈웃음치다 못해 찡긋 윙크까지 했다. 희민은 제가 절대 감당할 수 없는 능청스러움이 너무 간지러워 하얀 목덜미를 벅벅 긁고 이설의 낯짝을 쏘아보다가, 골백번 다짐했듯 다시 무시하기로 했다.

이설은 객관적으로 보아도 눈에 띄는 얼굴이었다. 창백하리만치 하얀 피부에 이목구비는 꽉꽉 들어차 얼굴 자체에 공백이 없으며 속눈썹, 눈썹, 머리숱 할 것 없이 풍성하여 전체적인 선이 진했다. 그런데 체모들은 또 투명한 갈색빛이었다. 커다란 눈망울이나, 시원하게 뻗은 콧날이나. 아무리 남에게 관심 없는 희민일지라도 사회 있었을 적 아는 사이였다면 꽤 깊은 인상이 남았을 것이다. 분명 저렇게 구는 이유가 있지 싶어 희민은 제 협소한 인간관계를 꼼꼼히 따져 보았다. 하지만 저런 애와 교집합이 있을 리가. 소년원의 9호실이 아니었더라면 평생 말조차 섞지 않았을 인종 같았다. 하필 생활관에 돌아와서까지 옆자리 침상이라 희민은 끊임없이 이설의 목소리를 들어야 했다. 계속해서 무언가를 중얼거리는 이설의 화법은 왜인지 늘 붕 떠 있었으며 그렇다고 내용을 살펴보자니 아주 시시콜콜했다. 희민은 그게 마냥 이상하다고만 생각했다. 그런데 유리나 가람은 피실피실 잘도 웃어 주었다. 애를 저렇게 키우면 안 되지 않나, 싶을 만큼.

교육동에서의 일과가 저물어 생활관으로 돌아간 희민은 저와 달리 재롱이 수준급이라 언니들의 예쁨을 한 몸에 받는 이설을 등지고 제 관물대에 딸린 책상을 펼쳤다. 하루의 마무리로 적어야만 하는 일기장도 펼쳤다. 일기를 쓰는 것 정도야 어렵지 않았으나 문제는 편지였다. 다른 소년수들은 어디에 그리 전할 말이 많은지 꾸준히 소년원 바깥으로 편지를 부쳤다. 희민은 오늘도 텅 비어 있는 단출한 줄무늬 편지지와 전지 우표를 책상에 펼쳐 놓았다. 쓰는 둥 마는 둥 그러다가 일기장 사이에 끼우고 덮을 심산이었다.

"한 통도 안 썼네?"

"그러게. 사 사 십육, 열여섯 개 그대로."

네 가지 디자인의 멸종 위기 동물 네 마리가 바둑판처럼 번갈아 연결되어 있는 희민의 우표 전지는 한 칸조차 뜯겨 있지 않았다. 어느새 자그마한 희민의 양옆에서 참견을 시작한 가람과 유리 때문에 희민은 흠칫 몸을 웅크렸다. 제게 쏠린 관심이 껄끄러워 힐끔 뒤를 돌아보니 이설은 벽에 기대 잠들어 있었다. 쟤는 가만 보면 머리가 닿기 무섭게 잠이 들더라.

"편지 쓰기 싫어? 부모님이 희민이 지내는 거 궁금해하시지 않을까?"

"야, 가람아. 양친 모두 안녕하신 집이 기본값은 아니거든?"

"미안. 유리 엄마 없지."

"너 그거 한 대 맞아도 할 말 없는 망발인데 내 기분이 안 나빠서 참는다."

"사실적시지만 명예훼손은 아니다?"

"그렇지. 똑똑했어, 천가람."

"나는 분명히 공부를 꽤 했다니까."

절 사이에 두고 영양가 없이 불어나는 대화에서 빠져나가고 싶은데 유리는 아예 희민의 어깨에다 제 팔을 걸쳐 버렸다. 그리고 유리는 희민에 대해 무언가 이해하는 듯 굴기 시작했다.

"쓰기 싫으면 쓰지 마. 여기 교관이랑 선생들은 부모님이나 친구한테 편지 꼭 부치라는데, 뭐 부모님이나 친구 없는 애들은 어디에다 부치겠냐. 괜히 없는 주소로 꾸며 내는 애들도 있지만 그런 편지는 어차피 다시 돌아와. 그럼 무진장 쪽팔리고. 어른들이 생각이 그토록 짧다."

희민은 입소이래 이 말이 처음으로 마음에 들었다. 그 때문에 유리의 팔을 굳이 밀어내지 않은 희민이 물끄러미 우표를 뜯어보다가 그걸 유리 쪽으로 내밀었다. 엄마가 없어도 아빠가 있다면 저보다는 유리에게 쓸모 있을 것이다.

"나 가지라고?"

"네. 저는 필요 없어서."

꾸준히 세워져 있는 체육복 카라 틈으로 손을 넣어 목덜미를 벅벅 긁은 유리가 제 콧대를 한 번 찡긋거렸다. 가람은 유리를 향한 희민의 호의가 몹시 부러운 듯 희민의 반대쪽 어깨를 떠나지 않고 입가를 앙다물었다. 하지만 유리는 빳빳한 새 전지 우표를 거절했다. 그걸 책갈피처럼 희민의 일기장 틈에 끼워 준 유리가 대답했다.

"필요가 없긴 왜 없어, 인마. 이게 다 돈인데."

그건 희민의 심장을 움직이는 한 어절의 단어였다. 소리 없이 동그래지는 희민의 눈매를 재빠르게 간파한 유리는 남의 표정을 읽는 일이라면 도가 튼 사람처럼 어깨동무를 더욱 깊이 끌며 조용한 목소리로 덧붙였다.

"낱장 판매가 1520원, 전지 판매가 6080원. 미사용 우표는 사회에 나갔을 때 75% 가격으로 되팔 수 있어. 명동에 가면 수집 우표 같은 거 한꺼번에 사들이는 우표상이 있거든? 물론 죄다 불법이지만, 아무튼 돈이 되니까. 그래서 여기 애들은 이걸로 뭐 저들끼리 과자 사고판다는데 난 거기까진 관심 없고. 가끔 봉사 나오는 사람들이 우리 불쌍하다고 편지 많이 부치거라, 한정판 우표 같은 거 나눠 주고 막 그래. 그러면 사회 나갔을 때 어느 정도 용돈은 되지?"

'용돈이 부족하던?'

용돈이라. 그때는 고개를 가로저었으나 지금은 상황이 달랐다. 할머니는 일주일 내내 단 한 통의 연락이 없었으며 희민은 본능적으로 깨달았다. 세 살짜리 아이의 단풍잎 같은 양손을 친부모가 놓아 버린 것처럼, 할머니 역시 이제 버석한 나뭇가지가 된 제 손을 붙잡지 않으리라는 걸. 할머니의 호의는 세 살짜리 신희민에게 단 한 번 내밀어졌을 뿐이다. 열여덟짜리 신희민은 이제 용돈 같은 걸 바라서는 안 될 처지였다.

바꾸어 말하자면, 장사를 하려거든 지금이 적기라는 뜻이 된다. 일주일째 퍽퍽 메말라 있던 희민의 빡빡하고 새까만 눈동자에 처음으로 생기가 띤 순간이었다.

"유리야. 희민이 말이야, 뭔가 좀 이상하다."

"또 뭐가. 여기서는 네가 제일 이상해."

천가람은 고민이 많아졌다. 처음에는 서락여자학교 9호실의 신입 신희민이 하도 내성적이다 못해 매사 무심해서 이 소년원에 적응하지 못할까, 그게 걱정이었다. 그런데 그저 낯가림일 뿐이었는지 희민은 의외로 어떤 교관이나 선생님과도 마찰을 일으키지 않았다. 입소 초반에나 구보를 뛰던 중 너무 작다는 이유로 몇몇 덩치가 큰 소년수들에게 놀림감이 되곤 했지만, 결국 그들과도 조금씩 말을 트고 지내는 모양이었다. 지금만 해도 그렇다. 희민은 다른 호실 재소자들과 두어 명씩 무리를 이루더니 굳이 9호실 언니들과 떨어진 저 멀리 구령대에 앉아 여기에서는 들리지 않는 어떤 대화를 나누고 있었다. 가람이 가장 사랑하는 식후 운동 시간이었다. 봄볕이 좋다는 이유로 다 같이 운동장에 모여 광합성을 하던 재소자들 무리에서 단박 희민을 찾아 낸 가람이 늘 제 곁을 차지한 유리에게 아쉬운 소리를 했다.

"쟤 자꾸만 다른 방 애들이랑 친해지잖아. 별로 착해 보이지도 않는데."

"여기 덜 착하고 더 착한 애들이 어디 있냐? ……그러게, 11호실 애들이네. 쟤네 혐의 센데…… 검정고시반이라 친해졌나. 뭘 그렇게 쳐다보고 앉아있어? 넌 쫄릴 거 없다 이거냐?"

운동장에 나부끼는 꽃가루를 핑계로 안경을 벗어 뽀득뽀득 닦기 시작한 유리는 그렇게 11호실 무리에게서 시선을 떼어내며 속눈썹을 내리깔았다. 그러나 가람은 제 다리를 길쭉하니 뻗어 놓고 하염없이 희민을 눈으로 좇아댔다.

"나도 친해지고 싶어."

"그건 상대방 의견도 들어 봐야지. 가만 보면 천가람 넌 너무 일방적이야."

"그래도, 같은 방 쓰는데 친해지면 좋잖아. 너랑 이설이처럼. 그리고 내가 말한 '뭔가 좀 이상하다'는 건 저런 거야."

가람이 시원하게 뻗은 검지로 희민을 콕 짚어 가리켰을 때, 11호실의 한 소년수가 주변을 스윽 둘러보는가 싶더니 희민의 주머니로 초코바를 하나 집어넣고 있었다. 듬성듬성 흩어져 있는 교관들은 눈치채지 못한 것 같았다. 깨끗해진 안경과 함께 실눈을 뜬 유리가 손차양을 만들었다.

"키쉬땅콩초코바잖아."

"그래. 키쉬땅콩초코바라고."

두 사람은 퍼뜩 심각해진 표정으로 허리를 곧추세우며 서로를 바라보았다. 그리고 동시에 똑같은 대사를 읊조렸다.

"신삥은 매점에서 죽어도 못 먹는……."

소년원에 들어오는 매점 간식의 품목과 개수는 굉장히 한정적이라, 인기가 상당한 키쉬땅콩초코바 같은 경우 암암리에 존재하는 서열대로 먹을 수 있었다. 발이 빨라야 하니 어린 애들이 모양 빠지게 후다닥 뛰어 구매하면 결국 그 초코바는 가장 큰 세력의 주머니에 들어갔다. 어째서 평범한 키쉬땅콩초코바가 그 권력의 상징이 되었는지, 그게 언제부터였는지 정확히 알 수는 없었다. 그러나 이제는 키쉬땅콩초코바가 유달리 맛있어서 제일 센 놈의 입에 들어가는 게 아니라 그냥 제일 세다는 걸 증명하기 위해 키쉬땅콩초코바를 먹는 수준이었다. 아마 세력을 잡은 놈들은 땅콩 알레르기가 있어도 개의치 않고 저걸 씹어 먹을 지경이었다.

아무튼, 유리와 가람이 알기로 요즘 그 키쉬땅콩초코바의 주인은 저 11호실의 반삭 머리이며, 정확한 혐의는 밝혀진 바 없으나 이미 머리가 삭발이라는 사실 자체로 아우라를 깔고 들어온 녀석이었다. 원래 소년 교도소 급의 사고를 쳤는데 부모님의 재력이 굉장해 소년원으로 처분을 낮추었다나. 소년원이라고 학교와 다를 건 없었다. 돈이 권력이라는 면에 더더욱 그렇다. 특히 소년원에서는 보호자의 입김대로 소년수들의 서열이 매겨지는 경우가 많았다. 이런 상황에서 보호자라고는 코빼기도 비추지 않는 혈혈단신 신희민의 주머니에 초코바가 들어간다고?

뒤이어 유리는 곰곰이 제 턱을 어루만지다가 자신이 희민에게 스치는 말로 가르쳐 주었던 우표 거래법을 되새겼다. 희민이 정말 쓰지 않는 우표를 모아 소년수들에게 과자를 사는지도 모르겠다. 하지만 다른 간식이라면 몰라도 키쉬 땅콩초코바는 그 거래법에 저촉되는 품목이었다. 아무도 저 초코바는 사고팔 수 없었다. 권력이 푼돈에 뒤집혀선 안 되니까. 이 외딴 골짜기의 협소한 건물 안일지언정 사람이 모였으니 다 법이 있고 그랬다. 스며들어 살지 않는다면 절대 모를 그런 법 말이다.

언제 재배치되었는지 알 수 없는 소년원 서열의 세계를 목도하며 유리는 수상한 낌새를 따라 고개를 갸웃 기울였다. 그렇지만, 이 이상은 오지랖 같았다. 무슨 일을 벌였든 신희민이 책임질 테고, 사회에서도 무슨 일을 벌였으니 이곳에 들어와 책임지는 중이리라. 유리는 그냥 저 애가 선택한 이곳에서의 생존법이 또다시 어른들의 심기를 건드리지 않기만을 바랐다. 좋게, 좋게, 살다가 가라. 그냥 좋게, 좋게.

"……알아서 하겠지, 열여덟이 애도 아니고."

"무슨 소리야, 진유리. 열여덟은 애야."

퍼뜩 몸을 일으킨 가람의 눈동자는 언제나 진심이었다. 희민과 부대낀 지 며칠이나 지났다고 가람의 기다란 팔이 안으로 굽기 시작했나 보다. 가람이 곧게 세운 허리에 양손을 짚자 동시에 보라색 오지랖이 펄럭거렸다. 그리고 그의 길쭉한 인영을 올려다본 유리는 정말 질린다는 표정으로 가람을 따라 일어섰다.

"너 어디 그 징그러운 소리 계속하기만 해 봐."

"열여덟은 귀엽고 소중해."

얼추 성장기도 끝난 애들이 대체 어디가 귀엽다는 건지. 심지어 범죄자인데. 도무지 가람을 이해할 수 없어 몸서리를 친 유리가 혀를 내두르며 제 친구를 등지고서 걸음을 옮겼다. 어차피 곧 교육동으로의 복귀를 알리는 사이렌이 울릴 참이었다.

천가람은 9호실 친구들에게 관심이 많았다. 관심이 가니 눈길도 갔다. 더군다나 가람은 관찰력이 상당한 편이었다. 사실 서로의 생활반경이 적나라하게 노출될 수밖에 없는 공간이지 않은가.

유리의 아버지는 적어도 달에 한 번 직접 면회를 오셨고,

유리는 보통 친구와 안부를 주고받기 위해 전화를 사용하는 편이었다. 이설의 경우 아직 꼴이 성치 않아 부모님과의 대면보다는 전화를 선호했다. 소년수들은 교관의 감시 아래 전화를 사용할 수 있는데 처분 호수마다 허용되는 횟수가 달랐다. 한 달짜리 짧게 살다 나가는 애들은 한 달을 통틀어 고작 두 번. 장기 송치인 10호는 소년원마다 정책이 조금씩 다르지만, 보통 일주일에 서너 번쯤 가능했다. 사회에서 급한 일이 생겼을 땐 교관이 직접 찾아와 전화기를 건네 주기도 했다.

희민은 3월이 홀랑 지나가고 달력이 5월을 향해 넘어가는 동안 단 한 통의 편지만 받았다. 그리고 단 한 명의 면회도 받지 않았다. 유리의 말마따나 양친 모두 안녕하신 집이 아니라고 쳐도 저 작은 애를 돌봐 주는 보호자가 단 한 명도 없다는 사실을, 가람은 납득하기 어려웠다. 그렇게 혼자서만 소년원 생활을 꾸려가는 희민이 신경 쓰이는 사람은 비단 가람만이 아니었는지, 이따금 희민을 처음부터 전담한 권 교관이 희민이 눈치를 못챌 만큼 약소하게나마 생필품을 보태 주는 것 같긴 했다. 하지만 그는 어디까지나 모든 소년수에게 공평한 교관 신분일 뿐이었다. 그리고 희민은 일주일에 한 번씩 들어가야 하는 최 실장과의 상담에서 받아오는 약마다 꼬박꼬박 세면대에 흘려보내고 있었다. 자발적으로 어른의 보살핌을 거절하는 게 분명했다.

딱 거기까지 파악을 마친 가람은 한창 관물대를 정리 중인 희민의 주위를 기웃거리다가 희민의 침상에 걸터앉았다. 그런 그를 흘끗거린 희민은 언제나처럼 가람을 의식하지 않았다. 그저 가람의 꾸준한 관심이 귀찮았던 희민은 슬금슬금 저와 거리를 좁히는 가람을 등지듯 몸을 틀었다. 오늘도 가람은 희민의 입에선 들을 수 없는 안부를 물을 모양이다.

"……우리 희민이 관물대가 되게 풍족하네."

"무슨 일이세요."

"어, 약과다. 불교 수업 들어가면 이거 주셔? 언니 하나 먹으면 안 돼?"

"우표 반 장 주시면요."

가람은 그 대답이 참 섭섭했다. 아직도 제게 우표가 없다는 사실을 희민은 몰랐다. 아무리 적응하기 바빴다지만, 아무리 남들에게 관심이 없다지만. 희민은 가람 혼자 입고 있는 다른 색 체육복이나 9호실 방문 앞의 이름표 정도도 살피지 않는 모양이었다. 쩝, 입맛을 다신 가람은 장난스레 희민의 간식 상자로 뻗었던 손을 웅크리며 제 체육복 주머니에 꽂았다.

이곳에서 검정고시를 쳐야만 하는 희민의 관물대에 책이라곤 기본 과목 교과서와 행동 교정 수첩, 그리고 일기장이 다였다. 아직 여타의 직업 교육을 수강하지 않으니 당연했다. 생긴 것처럼 약간의 정리벽이 있는 희민은 교과서를 각 잡아 정리한 뒤, 따로 신청해야 지급 받을 수 있는 핸드크림을 바르기 시작했다. 확실한 사치품이었다. 가람은 결국 호기심을 참지 못했다.

"희민이 너 그거 어디서 났어?"

"이거요? 신청해서 샀죠."

'네가 돈이 어디서 나서?'까지는 젖 먹던 힘을 짜 인내하여 삼켜냈다. 어디서든 났으니 샀을 거고, 희민은 절대 대답해 주지 않으리라는 사실을 알고 있기 때문이다. 벚꽃이 필 때면 이 녀석을 제 옆구리에 끼우고도 남겠다 생각했는데, 도대체가 곁을 주지 않는 희민 때문에 가람은 어정쩡한 인사를 끝으로 그 침상을 떠야 했다. 그리고 조금 풀이 죽은 채 자신에 침상으로 돌아왔다. 희민의 자리와는 사선으로 놓여 있는 침상에서 잘 정리된 모포를 만지작거리던 가람은 일기장과 편지봉투 따위를 펼치느라 꼼지락대는 희민의 조그만 등을 멀거니 쳐다보았다. 도대체가 먼저 돌아보는 법이 없는 저 등은 십팔 년 내내 서늘하여 삐삐 말랐나 보다.

소년원에 새로운 소년수가 입소하면 항상 앞뒤로 소문이 돌았다. 신희민도 예외는 아니었다. 저 작은 애가 어쩌다가 여기까지 들어왔을까, 누굴 쥐어팰 깜냥은 아닌 것 같은데. 이러쿵저러쿵 번잡한 소문을 퍼뜨리는 아이들이 상당했으나 희민은 별달리 그들에게 자신을 변호하지 않았다. 말하고 싶지 않은가 보지. 그래서 가람도 저 애의 과거가 궁금하지는 않았다. 어쨌든 본인 잘못을 회피하지 않고 소년원에 들어왔으니 당장은 그거면 됐잖아. 어른들은 재범률이 높다며 못을 박지만 참회하고 나아지는 아이들도 여럿 봤다. 일단 진유리랑, 또 채이설. 천가람은 지금 세탁방에 가 있을 나머지 9호실 소년수들을 떠올렸다. 가람이 보았을 때 소년원이란 '교화'되어야 하는 곳이었다. 가람은 기회가 주어졌으니 희민 역시 달라졌으면 좋겠다고 생각했다. 그런데 희민은 어째 소년원에 적응하면 적응할수록 마음에는 더 단단한 철창을 세우는 것 같았다. 가람이 9호실 안을 꽉 채운 침묵을 못 견뎌 괴로워할 즈음, 다행히 유리와 이설이 돌아왔다.

"벌써 하복을 꺼낼 계절이 오셨네. 세탁방 두 배로 들락거려야 한다는 뜻."

9호실에서 유일하게 사계절을 지내 본 유리는 텃세를 부린다기보다, 그저 여름에 관해서는 지겹다는 것처럼 혀를 내둘렀다. 그런 유리와 달리 지난겨울에 입소한 이설은 초롱초롱한 눈빛으로 일단 9호실 방안에 달려는 있는 벽걸이 에어컨을 가리켰다.

"언니, 여기 한여름에 어때요? 에어컨 당연히 안 틀죠."

"디폴트가 선풍기기는 한데 그래도 30도 넘어가면 좀 튼다. 대신 뜨거운 바람 나옴. 그래서 습도가 미쳤어."

"음…… 괜찮아요. 전 더위도 잘 안 타고, 땀이 별로 없는 편이라."

복도를 지키는 교관이 열어 준 문을 열고 들어온 두 사람의 목소리에 희민은 그만 일기장을 덮었다. 전지 우표 몇 장을 끼운 채로 말이다. 가람과 달리 희민의 그런 사소한 행동이 눈에 들어올 리 없는 유리와 이설은 새로 받은 하복들과 세탁한 춘추복 세 벌을 나란히 바닥에 내려놓기 바빴다. 이설이 푸른색 반 팔 카라티를 뒤적거리며 희민에게 물었다.

"희민이 너 85?"

"아니. 95로 신청했어."

"너한테는 클 텐데."

카라 안쪽에 달린 치수를 살피며 95가 적힌 티셔츠를 찾아 착 펼친 이설은 눈대중으로 희민의 체구와 티셔츠를 대조하며 고개를 갸웃거렸다.

"옷은 큰 게 편해. 넌 뭐하러 이런 데서도 80을 입냐?"

"그러게. 방금 허를 찔렸다."

이설은 일말의 망설임 없이 인정했다. 본능적으로 80을 신청한 이설은 희민의 것보다 한 뼘 정도 작아 보이는 제 티셔츠를 죽 늘려보았다. 당연히 늘린다고 늘어나는 재질이 아니었다. 금방 죽상이 된 이설이 아랫입술을 비죽였다. 그런 이설의 손에 함께 들린 95짜리 티셔츠를 낚아챈 희민은 꼭 애를 키운다는 표정으로 혀를 차고 있었다. 희민이 보기에, 이설의 생활력은 제로에 가까웠다.

"다시 신청해. 어차피 기본 수급품목이잖아. 누릴 건 누리면서 살아야지."

한 달 넘게 정규수업을 함께 들은 효과인지 그래도 희민은 이설과 말을 곧잘 섞었다. 아마 이설의 일방적인 어필이었겠지만, 과정이야 어쨌든 가람은 그건 또 나름 다행이라고 생각했다. 부디 희민이 친구 비슷한 게 생겼다는 자각을 해야 할 텐데. 그들은 이제 한데 모여 여벌의 생활복을 개키기 시작했다. 유리는 이설이 잘못 넣고 빨아 푸르스름한 물이 든 수건들을 찝찝한 표정으로 분류하는 중이었다.

"물 빠지는 꼴 봐라……. 이설이 네가 아무리 땀이 없어도 한여름에 이런 체육복 입고 운동장 뛰면 온몸에 물이 고인다고. 통풍이 안 되니까. 단언컨대, 이 옷은 걸레짝으로도 못 쓴다."

"언니 무대 조명이 얼마나 뜨거운지 모르는구나. 심지어 무대의상에는 가죽 재질이 많거든요? 몸에 엄청 달라붙는. 저 그거 입고 3분짜리 무대 해도 보송보송했어요. 이 정도는 양반이지."

"아, 그러세요? 아주 타고난 아이돌이세요."

"내 팬들도 맨날 그런 말 했는데. 어떻게, 한 번 1열에서 보실래요?"

잘 개던 생활복 하나를 4분의 1로 접어 보인 이설이 남들은 머리에 두를 만한 크기를 제 흉부에 가져다 대며 짧은 상의를 흉내 냈다. 바짝 감은 탓인지 솔직하게 드러나는 이설의 흉곽이 너무 작았다. 가람이며 유리며 희민까지 거의 동시에 미간을 구겼다. 특히나 가람이 경악실색을 했다.

"이설이 너 그런 몸으로 춤까지 췄다고? 난 아이돌인지 뭔지 돈 주고 시켜 줘도 못 하겠다."

"언니도 그 돈 주고 시키면 당장 할걸? 돈 진짜 많이 벌어요, 물론 나처럼 유명해진 경우에."

순식간에 쇼맨십 가득한 표정을 만든 이설은 양반다리로 앉은 채 한때 모든 SNS를 장악했던 제 무대의 포인트 안무를 취했다. 그리고 아무도 시키지 않은 노래까지 한 소절 뽑아냈다. 종종 펼쳐지는 이설의 재롱잔치였다. 태생부터 끼가 많은 이설이 이럴 때마다 희민은 좀 머쓱해져 속눈썹을 내리깔았다. 그래, 그렇게 대단한 연예인이셨다는데 아무리 TV고 인터넷이고 연예계 카테고리에는 일절 관심이 없다 해도 신희민이 무려 1군 아이돌 채이설을 몰라봤다는 건 꽤 오래 회자되는 이야기였다. 이설은 어디서든 이목을 사로잡는 제게 절대로 이목을 주지 않는 희민이 흥미로워 지금만 해도 바닥에 매다 꽂히는 희민의 시선을 차지하고자 귀신처럼 고개를 헤까닥 우로 꺾었다. 꾸준한 장난질이 꾸준히 얄미웠다.

"그렇게 번 돈 위약금으로 깔끔히 날리신 분은 이제 주둥이를 닫고 침상을 폅시다. 채이설 너 때문에 매일 우리 방 점호 늦어지는 거 아니야, 이불 똑바로 안 해?"

그 장난이 더 번지지 않도록 저지하는 사람은 꾸준히 진유리였다. 척 보기에도 권 교관의 잔소리를 들을 게 뻔한 어지러운 이설의 자리를 매섭게 지적하며 그의 등짝을 내리치는 유리 때문에 이설은 엄살스레 제 어깨뼈를 움츠린 채 침상으로 도망쳤다. 이 언니는 항상 대화를 적재적소 잘 끊는구나. 문득 그런 유리의 인생 짬이 궁금해졌지만, 그저 묵묵히 감상한 희민은 딱 제 몫의 옷가지를 개켜 안은 뒤 바닥에서 일어나 이설처럼 취침 점호 준비를 시작했다. 언니들은 마무리하듯 잘 개어진 옷과 수건을 차곡차곡 가져갔다. 그리고 가람이 높은 위치의 화장실 선반에 올려놓기 위해 수건 더미를 품에 안은 순간이었다. 가람은 반사적으로 고개를 갸웃거릴 수밖에 없었다.

"……이상하다."

"아, 천가람 제발. 내가 알기로는 오늘도 지구가 태양을 무사히 돌고 있어. 이상할 거 하나 없어. 응, 아주 평범한 날이야."

가람은 푸른 물이 든 수건 하나를 완전히 펼쳐 놓더니 푹 코를 박았다. 그리고 깊은 숨을 들이켰다.

"아니야, 유리야. 이번에는 진짜 진짜 이상해."

이건 도저히 이곳에서 날 수 없는 냄새다. 결국, 또 어떤 오류와 충돌하고 이해에 실패한 가람이 냅다 유리의 코에다가 수건을 들이밀었다. 분명히 섬유유연제도 정량을 넣었는데 뭐가 문제인지. 아직 여름도 아니건만 벌써 쉰 냄새가 나나? 유리도 깊은 숨을 들이켰다.

두 사람은 퍼뜩 심각해진 표정으로 허리를 곧추세우며 서로를 바라보았다. 그리고 동시에 똑같은 대사를 읊조렸다.

"……담배 냄새잖아."

마주 앉은 그대로 돌처럼 굳은 천가람과 진유리가 만든 프레임 그 사이에서, 부스럭 침구 정리를 마친 희민이 가부좌를 틀었다. 두 사람은 동시에 희민을 쳐다볼 수밖에 없었다. 어쩌면 태양이 지구를 돌고 있는지도 모르겠다.

천가람은 신희민에 관해 착각을 하나 하고 있었다. 사실 신희민은 천가람 뺨치게 관찰력이 상당하다는 점이었다. 한 번 관심의 목표를 설정하고 나면 빠른 계산과 집요한 관찰력을 발휘해 그 목표까지 도달할 방법을 도출하는 것이 희민의 특기였다. 남들이 작고 볼품없다 여기는 희민은 자신의 조악한 위치에 앉아 더 많은 말을 듣고 더 많은 것을 볼 수 있었다. 아무도 희민을 신경 쓰지 않기 때문이다. 희민이 생각하기에 이것은 큰 장점이었고 희민은 이를 발휘할 줄 알았다. 물론 그 결과는 아직 미숙해, 신희민의 십팔 년 인생에 오점을 찍었지만 말이다. 천가람은 그저 신희민의 관찰 대상에서 제외되었을 뿐이었다. 희민에게 중요한 건 같은 9호실 녀석들 따위가 아니었다.

신희민은 후미진 동네 한구석 얼렁뚱땅 지어진 소년원에 입소한 지 일주일째부터 같은 방 언니가 되짚어 준 우표의 새로운 기능으로 흥미를 돌렸다. 사회에 통용되는 재화가 금지된 공간에서 소년원의 재소자들은 저들 나름대로 돈의 표상을 만들고 있었다. 희민에게는 신선한 사실이었다. 그렇다면 어떻게 이 우표를 모을 수 있을까? 가족과 친구에게 눈물이 절로 나는 편지를 부치라는 용도로 모든 소년수에게 지급된 이 우표를 말이다. 또, 모은다고 한들 들키지 않을 방법은? 조용히 '용돈'을 불릴 방법은?

"희민이는 좋겠네. 할머니가 용돈도 척척 그렇게 많이 주시고."

"애 앞에서 무슨 소리를 해, 다 실었으면 얼른 가."

가끔 하굣길에서 동네 상권을 주름잡는 할머니를 마주칠 때면 할머니는 희민에게 암말 없이 현찰을 주시곤 했다. 아침에 주신 용돈도 다 쓰질 못했는데 말이다. 그러면 손녀는 암말 없이 또 현찰을 받았고, 그래서 사람들은 희민이가 부모 없이 할머니 아래 자랐지만 후한 보살핌을 받노라고 착각했다. 그러나 희민이 제 주머니에 용돈을 넣는 걸 확인하면 할머니는 뒤도 돌아보지 않고 피우던 담배를 비벼 끈 다음, 가게 일을 돌보았다.

"진미화로집 단체 손님 때문에 사이다 동났다고 전화 왔
네. 자네, 창고서 유통기한 머잖은 재고 가져다 정가로 넘겨.
지금 그 집 저녁 장사가 급해서 떨이 값 아니어도 군말 없이
살 걸세."

트럭을 몰고 다니는 배달기사 중 한 명이 시원한 목소리
로 대답하며 음료 창고를 찾아갔다. 간단하게 뒷전이 된 희
민은 이런저런 필요성에 따라 할머니의 물류 창고에서 식자
재를 배달하는 사람들을 물끄러미 구경하곤 했다.

장사에서 중요한 건 단 두 가지, 수요와 공급. 희민이 알기
로 일평생을 유통업에 몸담으신 할머니는 이 수요와 공급
사이에서 지금 '팔리는 것'과 '팔리지 않는 것'을 구분한 뒤
시의적절하게 이득을 취했다. 늘 시장의 흐름을 살피는 가
느다란 눈길이 기민한 이유는 할머니가 줄줄이 소시지처럼
달린 형제들 사이 눈칫밥을 먹고 자란 탓이라고 했다. 이따
금 약주에 취한 할머니는 그래도 듣는 귀가 열려 있는 희민
이 듣거나 말거나 술잔을 앞에 둔 채 이런저런 신세를 한탄
하시다가 머잖아 금방 입을 다무셨다. 그리고 그 얘기를 들
으며 자란 신희민은 고등학교에 진학한 다음 급우들이 어떤
대학을 목표할까 고를 때에도 단 두 가지만 생각했다. 수요
와 공급. 이유는 정확히 짚을 수 없으나 희민은 아주 어릴 적

부터 할머니처럼 돈을 벌고 싶었다. 돈이 많은 할머니에게 는 종종 전화가 오기 때문일지도 모르겠다. 혹시 자신에게 도 돈이 생기면 저 전화를 제가 받을 수 있지 않을까. 엄마가 제 엄마보다 제 딸을 찾는 날이 오지 않을까. 사고가 거기까 지 미치면 희민은 늘 그랬듯 고개를 털었다. 장사에 있어, 잡 념은 금물이다.

학부모 상담을 통보해도 늘 비어 있는 희민의 옆자리를 꾸준히 신경 쓰는 선생님은 드물었다. 학교의 어른들은 희 민이 대학에 가지 않으리라는 사실을 미리 알기라도 한 듯 이 희민의 진로에 왈가왈부하지 않았다. 성적, 교우관계, 존 재감 모두 그저 그런 희민은 그 누구에게도 눈에 뜨일 만한 일을 저지르지 않고 학생들 사이 벌어지는 수요와 공급을 관찰하며 일과를 보냈다.

적어도 희민이 다니는 고등학교의 학생들은 어째서인지 '금기'를 매력적으로 생각하고 있었다. 그들은 마치 금기를 깨는 행위로 어떠한 권력을 누리려는 것 같았다. 희민의 눈 에는 치기로 보였지만 말이다. '청소년 판매금지'라는 붉은 색 스티커가 붙은 주류와 담배는 공부에 관심이 없는 애들 은 물론이고 공부에 지나친 스트레스를 받는 애들에게까지 수요가 상당한 물건이었다. 하지만 이 두 가지는 가정 안에서 훔치거나 심부름 애플리케이션을 이용해 쉽게 구할 수 있었다. 공급이 뒷받침된다는 의미였다. 이런 경우, 청소년 시장에 팔아 봐야 큰 메리트가 없다. 전문 용어로는 '레드오션'. 교복 입은 애들이 어찌나 담배를 피워 댔는지 이곳저곳 공익광고 간판마다 '노담'을 외쳤고, 심지어 양호실에 찾아가 흡연을 고해성사하면 금연 패치를 나눠 주는 지경이었다.

술과 담배는 이제 희소성이 떨어졌다. 뭐든 과시할 때마다 아드레날린이 뿜어져 나오는 청소년들을 상대하려면, 특히 이 희소성 확보가 아주 중요했다. 학교와 머잖은 뒷골목에 모여 흡연 중인 무리의 관심사는 보통 불법 도박과 '떨'이라는 은어로 불리는 대마초를 포함한 마약류였다. 불법 약물을 정말 취했는지 아닌지는 중요하지 않았다. 그들은 무리 사이에서 과시하고 싶어 했고, 뒤처지길 싫어했다. 사실 약물보다 그 심리 자체가 중독이며, 이것을 이용해 돈을 벌 수 있으리라 파악한 사람은 그 고등학교에서 가장 조그만 신희민뿐이었다.

희민은 조용하고 집요한 관찰력을 통해 성 씨 이모를 처음 만났다.

툭하면 교실 분위기를 험악하게 만드는 한 녀석 중, 주기적으로 산만해지며 새빨개질 만큼 제 피부를 긁어 대는 남학생이 있었다. 희민은 그 불긋한 자국이 아토피가 아니라는 사실을, 제 짝꿍의 진짜 아토피를 관찰하며 깨달았다. 그토록 불안하고 성격이 험악한 남학생은 보름에 한 번 정도 수상하리만치 너그러워지는 경향을 보였다. 희민은 그 전형적인 중독 증상을 꼬리 잡기 시작했다.

분주하고 정신없는 걸음걸이로 유독 후미진 이 동네 철물점 단지를 찾아가는 남학생을 미행하기란 어렵지 않았다. 희민은 그에게 비하자면 정확히 반이나 덩치가 작았기 때문이다. 자신보다 작은 것들이라면 신경 쓰지 않고 자라온 남학생은 희민이 제 뒤를 밟는 것도 모르고 특정한 건물을 꾸준한 빈도로 드나들었다. 1층에 진작 폐업된 다방 간판만 덜렁 걸린 낡아빠진 건물이었다. 장소를 파악한 다음부터 희민은 그 녀석보다 먼저 건물 앞을 찾아가 기다렸다. 폐건물과 어울리지 않는 사람이 비단 그 녀석만은 아닐 테니까. 수요는 혼자 떠돌지 않는다. 예상이 적중했다. 머잖아 희민은 바람 빠진 다방의 입간판을 어색하게 만지작거리던 체크무늬의 파자마 바지를 입은 한 여자가 건물 계단 안으로 들어가는 것을 발견했다. 그는 공급책이 틀림없었다. 희민은 발소리도 없이 그곳의 문 앞을 기웃거렸다. 상의로 걸친 회색 후드를 뒤집어쓴 여자는 건물 안의 소화전을 열더니, 케케 묵어 덩어리진 소방 호스 틈에 꼬깃꼬깃 쑤셔진 현금을 꺼냈다. 그리고 같은 자리에 종이로 포장된 무언가를 집어넣었다.

"뭘 파시는 거예요?"

"아이, 깜짝이야……. 설마 네가 '탱커'냐?"

"그럴 리가요."

그 중독자의 닉네임인 모양이었다. 어디 게임에서 따 왔는지 퍽 유치한 이름이라고 생각한 희민은 미간을 좁힌 채 어깨를 으쓱인 뒤 그의 팔뚝을 잡고 주위를 두리번거리다가 철물점 단지를 빠져나와 놀이터로 향했다. 하교한 초등학생들이 꺄르르 뛰어노는 공간에서 여자와 함께 구석 벤치에 자리 잡은 희민은 진심으로 충고했다.

"너무 눈에 띄어요. 철물점 단지에 교복 입은 애가 들락거리는 것도, 그쪽처럼 입은 여자가 들락거리는 것도요."

"망했네. 그래서 신고할 거야?"

망했다는 사람 치곤 건성으로 후드를 눌러쓴 여자는 주머니 안에서 희민의 방해로 두고 오지 못한 약봉지를 만지작거리며 생기 따윈 없는 눈동자로 물었다. 척 보아도 뒷배라곤 없어 보이는 행색이었다. 암만 그래도 파자마는 좀. 일인

사업 같은 건가? 희민은 고개를 가로저었다.

"아뇨. 도와드릴게요. 전 눈에 띄는 편이 아니거든요. 6:4 어때요?"

"내가 6?"

"제가 6."

"얘 완전 사기꾼이네. 이거 내 약이거든?"

"배달에는 위험수당이 따르니까요."

이제 어디 물건을 보자는 듯 내밀어지는 손바닥이 너무 연약해 머뭇거리던 성 씨는 결국 희민에게 약봉지를 건네주었다. 성 씨의 생각에도 희민의 또래와 거래하기에는 자신보다 이 학생이 유리해 보이기는 했다. 포장이 빈약한 내용물을 예리하게 뜯어보는 희민에게서 형용할 수 없는 기세를 느낀 성 씨는 주춤거리는 목소리로 덧붙였다.

"……5:5."

"좋네요. 더도 말고 덜도 말고 반, 반."

이후, 판은 쉽게 커졌다. 자발적으로 범죄에 물드는 일은 어렵지 않았다. 정신과에서 처방받은 제 약물을 불법으로 판매하는 성 씨는 희민을 만난 순간에도 이미 제정신이 아니었기 때문이다.

남의 중독을 이용한 장사는 꾸준한 수요곡선을 그렸다. 희민은 술, 담배가 세금인 데는 다 이유가 있다고 생각했다. 처음에는 친구들 사이 화제성 하나 보텔 허세로 시작했다가 불법 약물을 끊지 못해 엮이고 엮이는 고객이 많아졌다. 자연스레 그런 고객을 관리하고 안전한 거래를 위해 도심의 지형지물을 치밀하게 이용하는 일을 희민이 도맡았다. 졸지에 정말 판을 전담하며 물자를 운송하는 게임 속 그 '탱커'의 역할이 된 것이다. 본인 명의의 처방에서 한계를 체감한 성씨 이모는 비슷한 처지의 지인들과 도모해 물건을 확보하다 못해, 기존 의약품에서 화학적으로 마약을 추출하는 조잡한 가내수공업까지 돌려야 했다. 이렇게까지 장사가 호황을 이루었으니 말이다.

그리고 희민의 결과는 소년원이다. 초범이 아니었던 성 씨 이모는 교도소로 갔다. 희민은 이 모든 경험을 거울삼아 이 소년원 안에서 그려지는 수요곡선을 물색했다. 억압된 시설이 두렵다고 얌전히 지내기에 희민에겐 더 떨어질 곳도 없었거니와, 어찌 되었든 여기도 사람 사는 곳이었다.

희민은 소년원의 시스템을 불편이 여기지 않았다. 까놓고 말해, 그냥 집에 갈 수 없는 기숙학교와 뭐가 다른지 잘 모르겠다는 수준이었다. 핸드폰이나 인터넷을 쓸 수 없으며 못 박힌 일과표에 따라 움직여야 한다는 점은 괴롭게 느껴질 수 있으나 학교처럼 정규 교육을 운영하는 공간이었다. 고개를 돌리면 범죄자가 득실대고 있다지만 9호실 재소자들이 대부분 말랑말랑하였으니 희민은 특히 그 부분에 대한 경각심이 없었다. 11호실 소년범들은 불량하기로 둘째가라면 서럽다는데, 희민이 보기에는 그쪽 애들 역시 그냥 고만고만한 아이들끼리의 이상한 권력 관계에 집착하는 아류들 같았다. 게다가 그 권력의 상징이 고작 키쉬땅콩초코바라니. 중졸이라면 나이 관계없이 싸잡아 모아 놓은 검정고시 수업반에서 책상 아래로 옮겨지는 유치한 간식을 응시하는 희민의 눈동자는 흥미를 잃고 더욱 까맣게 내려앉은 채였다. 바스락거리는 초코바를 손에 넣은 11호실 우두머리가 수업 중에 대놓고 껍질을 까기 전까지는 말이다.

"나랏돈을 대서 중졸 범죄자 고졸로 만들어 주면 느이들이 뭐가 되냐. 그냥 고졸 범죄자 되는 거야. 어차피 너네 배워먹은 짓이 다 거기서 거기일 텐데 수학은 얻다 쓰고 문학은 또 얻다 써."

지루하기 짝이 없는 본인 수업은 탓을 못 하고 산만한 교실 안이 징그럽다는 듯 훑어본 선생님의 대사였다. 제 수업을 듣는 학생을 전혀 존중하지 않는 말투였다. 저 사람은 죄질이 나쁜 소년수들을 반찬 삼아 빈정거림으로 시수를 때울 생각만이 가득해 보였다.

소년원 생활 일주일 차인 희민은 이때부터 어른들을 분류하기 시작했다. 희민은 주류와 담배에 붙어있는 붉은색 '청소년 판매금지' 스티커를 떠올렸다. 청소년에게 판매하면 안 되는 물품이니, '취급을 주의'하라는 뜻이었다. 그리고 이곳의 몇몇 어른들은 소년수들을 취급할 때 주의하지 않았다. 희민의 눈에는 교편을 잡은 선생의 태도가 입소할 적 수송 차량에서부터 느껴졌던 어른들의 미적지근한 태도와 비슷해 보였다. 분명 죄를 지었는데도 손목에 수갑이 없었던 건, 우리가 중요하지 않아서가 아닐까.

우리는 무서운 범죄자로 낙인찍힌 애들이 아니었다. 그냥 그 '취급 주의' 스티커가 떨어진 애들이었다. 애지중지 보호하지 않아도 되는 애들 말이다.

물론, 소년범의 교정 가능성을 믿고 희민에게 우호적인 어른도 반절은 있었다. 대표적으로 소년수의 죄질을 따지지 않고 가만 지켜 봄으로써 제 할 일에 충실한 권 교관과 친히 이곳까지 무급 봉사를 자처하는 종교계열 및 예체능 강사들이 그랬다. 그리고 종종 소년원으로 노역을 나오는, 성인 교도소에 복역 중인 재소자들. 모범수로 분류되어 소년원으로의 노역 배정을 받는 이들은 같은 범죄자의 신분에서 저들보다 한참 어린 소년수들에게 쉽게 감정이입을 하는 듯했다. 하지만 우호적인 이들과 봉사자 중에는 소년수들에게 과한 동정 프레임을 씌우는 사람이 더러 있어, 희민은 이 유형이 훨씬 불편했다.

그래서 희민이 보기에는 차라리 날것의 나쁜 마음을 드러내는 어른이 나았다. 소년원 아이들에 대할 때 '취급을 주의' 하지 않는 수학과 문학 선생이나, 아예 소년원 아이들에게서 청소년 딱지를 떼어 버린 듯 함부로 가지고 노는 기술 직공 강사처럼.

"저 언닌 아직 검정고시반이면서 왜 타일 공방 들락거려? 그 수업 고졸 이상 아냐?"

"따지고 보면 학력 무관인데 여기에선 그렇지. 교장이 고졸 전엔 기술 많이 못 따게 하니까. 역시 소문이 맞는가 보네 ……."

"무슨 소문?"

교관들이 식탁 옆을 지나다니며 침묵을 강요하는 급식소였지만 재소자들은 요령껏 떠들었다. 검정고시 수업을 마치고 행동 교정 교육 수업에 들어가기 전, 오십 분짜리 점심 시간 동안 묵묵히 숟가락만을 움직이던 희민은 잠시 식기가 부딪치는 소리를 죽였다. 제 뒤편 식탁에서 나란히 소곤거리던 두 소년수의 음성이 순식간에 반 토막으로 낮아졌기 때문이다.

"……타일 공방, 너구리 굴이래. 기술 직공 그 새끼가 담배 파는 듯."

"어떻게? 돈 받고?"

모두가 똑같은 옷을 입어 신원을 구분할 수 없는 소년수들은 부정확한 소문을 여러 개 덧붙이다가 이제는 아무런 소리를 내지 않았다. 때문에, 희민은 일부러 플라스틱 숟가락을 떨어뜨리고 그걸 주워야 한다는 핑계를 대며 잠시 의자를 빼 뒤를 돌았다. 교관들의 눈치를 살피는지, 입을 앙다문 소년수 하나가 제 맞은편 소년수를 향해 체육복 앞섶 지퍼를 죽 내려 보였다. 명치 아래까지 열린 체육복 속에서 받쳐입은 흰색 티셔츠가 드러나면, 그 소년수는 어깨를 으쓱였다. 맞은편의 소년수가 묵음으로 기겁했다. 머잖아 벌어진 체육복 지퍼는 도로 목까지 올라갔다. 정면에서 교관이 성큼성큼 다가왔기 때문이다. 그리고 숟가락을 꼭 움키고서 제자리에 고쳐 앉은 신희민은 아무도 알아챌 수 없을 만큼 미소지었다. 지금만 보아도, 나쁜 어른은 꽤 도움이 된다.

"식사 시 대화하지 않는다."

권 교관의 지적 이후 소곤거림은 쥐죽은 듯 사라졌다. 지금만 또 보아도, 착한 어른은 역시 쓸모가 없다.

서락여자학교의 재소자들이 한꺼번에 모여 식사하는 급식소에서 기술 직공 강사의 담배팔이를 귀동냥한 이래, 희민은 그 강사가 소년원에 들락거리는 요일마다 약물에 관한 범죄 교정 교육이 한창인 교실의 창가 자리를 사수했다. 그리고 건너편 건물을 유심히 살폈다. 비슷한 범죄를 저지른 재소자들을 모아 놓는 교육관과 운동장을 사이에 끼고 정반대편에 놓인 기술 공방은 희민이 날씨를 살피는 척 한 번씩 고개를 돌릴 때마다 정확히 희민의 시야로 들어오는 위치에 있었다. 그리고 희민은 그곳을 유독 비정상적인 주기로 찾아드는 소년수 두어 명을 발견했다. 희민의 빼어난 관찰력은 여전했다. 그중 한 명은 머리가 반삭이라 특히 눈에 띄었다. 심지어 검정고시반 초코바의 주인이 아니던가. 눈매가 가늘어진 희민은 판서와 창밖을 번갈아 흘끔거리며 제 공책 귀퉁이에 무언가를 끄적거렸다. 국가에서 공인받았다는 마약 치료 기관의 파견 상담사가 열변을 토하는 중이었다.

11호실 반삭 이름이?

나른한 봄볕을 받고 병든 닭처럼 졸던 이설은 제 옆구리를 찌르는 희민의 첫 부름에 침이 고인 입가를 닦은 뒤 성실히 대답을 적어 주었다. 낯선 이름을 익히자마자 희민은 그 자리를 볼펜으로 새까맣게 칠해 덮었다.

희민이 그 이름을 토대로 기술 직공과 소년수 사이 유착 관계의 냄새를 맡은 곳은 다름 아닌 세탁실이었다. 희민은 말 그대로 냄새를 맡았다. 정말 담배 냄새를 말이다.

시설 내 소년수들은 청결과 질병 예방을 위해 주에 두 번은 꼬박꼬박 생활복을 빨아야 했다. 빨랫감이 쌓여 있는 바구니를 비우는 당번은 같은 방을 쓰는 소년수들끼리 번갈아 정했다. 유리가 지정해 준 목요일에 가람과 짝이 되어 세탁방을 찾은 희민은 뭐든 제게 가르쳐 주고 싶어 안달이 난 가람에게 별것도 없는 세탁기 사용법을 A부터 Z까지 캐물어 가람의 시선을 돌림과 동시, 함께 세탁방을 찾은 11호실 재소자들 쪽 바구니로 작은 몸을 숙여 원하는 이름을 찾아냈다. 그리고 희민의 예상은 적중했다. 담배 찌든 내는 섬유 유연제로 안 빠져. 희민은 수십 년째 흡연자이신 할머니의 옷가지를 떠올렸다. 이 지경이라면 상습범이었다. 희민이 잡은 목표물이 한층 더 선명해지고, 고작 세탁기의 사용법에 불과했으나 희민에게 처음으로 질문을 받은 가람이 한층 더 시끄러워진 날이었다.

그로부터 이틀 뒤, 교관에게 주소 검색 도움을 받은 신희민은 드디어 우표 한 장을 뜯었다. 희민이 입소 후 적는 첫 번째 편지의 수신자를 결정한 것이었다. 애석하게도 할머니는 아니었다. 소년원에서 시작된 편지는 교도소로 날아갔다.

이모, 우리가 급히 헤어져 안부를 전하지 못했었네요. 여기에 이모가 계신 곳 사람들이 봉사를 나오셔서 이모 생각이 납니다. 벌써 완연한 봄이에요. 외진 산골이라 그런지 이런 곳에도 어째 군데군데 꽃이 핍니다. 그쪽도 그런가요? 그렇다곤 들었는데. 어쩌면 꽃다발도 만들 수 있겠지 싶고.

추신: 저한테는 편지를 주는 사람이 아무도 없어요.

희민 드림

편지는 어른들의 검수를 거치기 때문에 희민은 끝인사로 동정 한 숟갈을 첨가했다. 이모와는 사회에서 약을 팔 때 은어를 썼다. 어디서든 구하기 쉬운 담배는 '꽃', 이모가 처방받거나 신경을 써 제조해 오는 약물은 귀중한 '난'. 관찰한 결과, 이곳에서는 피어서는 안 될 '꽃'이 피고 있었다. 희민은 기술 직공이 움켜쥔 장사의 흐름을 가져 오고 싶었다. 분명 교도소에도 담배가 유통되고 있을 것이다. 애들도 하는 일을 어른들이 하지 않을 리가 없으니 말이다. 성 씨 이모가 감옥에 가서도 자신의 귀엽고 소중한 배달부였던 희민을 그리워할지는 미지수였으나 둘 사이에는 늘 이상한 전우애가 존재했다. 희민은 믿고 기다렸다. 그리고 며칠 뒤, 희민의 앞으로 첫 번째 편지가 도착했다.

희민아, 이모는 널 생각하면 가슴이 미어진다. 혹시 내가 널 낳았나? 이모 여기서 사귄 친구가 이모 대신 꽃 사 들고 널 보러 갈 거야. 꼭 검정고시 합격해. 알았지? 미안하고 또 미안하다.

난을 치다 붙잡힌 사람이 성 씨 이모여서 희민은 자연스레 수사에 엮어 들어갔다고 했다. 얼떨떨한 상태로 경찰에게 희민의 이름을 댔기 때문인지 이모는 희민에게 꽤 큰 죄책감을 느끼는 듯했다. 소년원에 입소해 처음 받아 본 제 이름이 적힌 편지를 어루만지며, 교도소에 있을 이모가 꾹꾹 눌러 적은 그 짧고 삐뚤빼뚤한 글씨를 꽤 깊이 읽어 낸 희민은 입안에서만 조용히 중얼거렸다. 괜찮아요. 재미있었어.

신희민은 성 씨 이모의 직접적 도움과 보다 앞선 기술 직공의 간접적 도움으로 돈을 벌 수 있었다. 교도소에서 우표를 대가로 담배가 유통되듯 소년원에서도 우표를 대가로 담배가 유통되기 시작했다. 희민은 그렇게 모은 우표를 가지고 사회에 나가는 즉시, 명동의 우표 암매상을 찾아갈 계획을 세웠다. 그때 발생한 순익의 절반을 언제나 그랬듯 이모와 나누게 될 것이다. 이 담배 가게의 '서락여자학교' 지점 사장은 신희민. 유통책은 소년원을 드나드는 교도소의 재소자 중 아무개. 그리하여 소년원까지 들어와 담배의 중독성을 포기하지 못한 소년수들은 기술 직공 강사와의 불합리한 거래를 관둘 수 있게 되었다.

음침한 담배 가게 아저씨 앞에 낼 수 있는 돈이 없어 체육복 지퍼를 내리는 행위는, 암만 사회에서 별의별 일을 다 겪었다는 소년수들이라지만 불쾌하기 짝이 없는 짓이었다. 심지어 상대는 그 거래에 대해 소년수들에게 책임을 온통 뒤집어씌울 수도 있는 영악한 어른이었다. 흡연이라는 약점이 잡히는 동시, 추행까지 당한다는 것은 -2짜리의 불공평이다. 희민이 보기에 이 과정에서 소년수들이 궁극적으로 얻게 되는 이득은 없었다. 이토록 이상한 기술 직공의 독점 시장을 깨는 방법은 간단했다. 구정물 냄새가 진동하는 것도 모자라 바퀴벌레가 우글거리는 그 담배 가게 맞은편에 새 가게를 개장하면 된다. 깨끗하고 안전한 인테리어, 결정적으로 합리적인 가격을 갖춘. 이제 소비자들은 선택권이 생겼다. 이렇게 '신사장'은 푸르른 5월이 오기도 전에 11호실 반삭의 기쁨이 되고 키쉬땅콩초코바까지 거머쥐는 역사를 쓰게 된 것이다.

희민은 이토록 바빴다. 9호실 아이들이 멋모르고 봄을 맞이하는 사이에.

이제 담배는 흡연이 몹시 간절한 두어 명의 소년수뿐 아니라 누구든 희민에게 알맞은 값어치의 재화만 준다면 구할 수 있는 물건이 됐다. 때문에, 11호실 반삭 외에도 종종 고객이 찾아들곤 했다.

하필이면 냄새가 잘 배는 이 물건의 특성을 모를 리 없으면서 9호실 언니들의 코앞까지 성큼 재주를 뽐낸 신희민은 가부좌를 튼 그대로 느긋하니 기지개를 켰다. 확실한 공급책으로 굳어진 희민은 이제 모든 수요를 충족시킬 필요가 없었다. 희민은 무리하지 않을 생각이었다. 천가람과 진유리의 타들어 가는 속 따위 관심조차 없으니 하품도 났다. 가람은 조그만 희민을 변호하듯 중얼거렸다.

"……아니겠지."

"아니어야지."

두 사람은 희민을 주범으로 가리키는 여러 가지 단서들을 계산하기 시작했다. 가람과 유리의 머릿속은 우지끈 진동하는 것처럼 아찔해졌다. 빨래를 정리하다 말고 이마를 짚은 언니들은 일단 복도 끝에서부터 들려 오는 교관의 점호 소리에 놀라 푸른 물이 옮은 수건을 화장실 선반이 아닌 관물대 구석으로 쑤셔 박을 수밖에 없었다.

서락여자학교에 본격적으로 담배를 유통하는 범인이 9호실의 신희민이라는 물증은 없었다. '설마'로 시작하는 심증만 피어오른 상황에서 아침 구보에 열중하던 가람과 유리는 행렬의 끄트머리에 매달려 어렵사리 뛰고 있는 희민을 자꾸만 흘끗거렸다. 당장 혼절해도 이상하지 않을 만큼 지쳐 보였다. 평생 체육이라면 질색을 한 것 같은데, 고작 한두 달 뛰었다고 희민의 체력이 용솟음 칠 리는 없었다. 와중에도 가람은 혈색이 돌지 않는 희민의 저 얼굴이 걱정이었으나 유리는 갑자기 매섭게 쏘아붙였다.

"천가람 네가 확인해 봐. 할 수 있잖아, 충분히."

"할 수야 있지. 근데 그렇게 사람을 함부로 의심하면 어떡하냐? 나중에 희민이가 알아 봐, 얼마나 기분 나쁘겠어."

"확인해 보고 아니면 쟤가 우리의 의심을 모르게 해야지. 야, 나도 그냥 넘어가고 싶긴 한데 왜 갑자기 반삭이 신삥한테 초코바를 주고 왜 갑자기 빨랫감 여기저기에서 담배 냄새가 나냐고."

"언제는 다 큰 열여덟이 알아서 할 일이라더니?"

원래 남의 거래에는 끼어들지 않는 것이 이 바닥 상도이지만, 이번 달부터 타일기능사 실기를 수강하기 시작한 진유리는 그 수업을 전담 중인 기술 직공에 관해 확실히 짚이는 구석이 있었다. 물론 머릿속이 꽃밭인 천가람은 추호도 모를 일이었다.

"……여기에도 규칙이라는 게 있잖아. 확인만 해 보자, 가람아. 확인만."

"진유리. 구보 중 잡담 금지다."

"예, 죄송합니다."

같이 떠들었는데 꼭 나만. 불만을 토로하지 못해 좁아진 유리의 미간을 바라보며 꾹 웃음을 참은 가람은 선두에 섞여있던 제 구보의 속도를 늦추어 희민의 행렬로 합류했다.

"희민아, 좋은 아침."

대꾸할 여력도 없는 희민의 낯 앞에 커다란 손바닥을 흔

들어 보인 가람은 별안간 완전히 걸음을 멈춘 뒤 멀어져 가
는 그들의 뒷모습을 바라보다가, 생활관 쪽으로 방향을 바
꾸었다. 보라색 체육복의 동선을 신경 쓰는 이는 아무도 없
었다. 운동장의 코너를 돌던 신희민만이 문득 그런 천가람
이 눈에 들어와 멀거니 바라볼 뿐이었다. 그때 희민의 등
골은 별안간 서늘해졌지만, 곧 다시 구보의 열기로 뜨거워
졌다.

교도소의 재소자들이 노역을 나오는 곳은 보통 급식소와
샤워실이었다. 전체적으로 일손이 달리는 공간이라 무급 노
동이 필요하기 때문이었다. 아이들끼리 해결할 수 없는 요
리 문제와 배수관 설비 및 보수와 같은 일을 돕고자 그들이
들락거리는 곳에 희민은 둥지를 틀었다. 소중한 알을 차곡
차곡 쌓아 놓는 둥지는 매주 바뀌어야 안전했다. 비닐 포장
이 벗겨진 담뱃갑 안에는 한 개비 자리에 담배 대신 얇게 말
린 종잇조각이 들어 있고 거기에는 다음 장소가 적혀 있는
식이었다. 지난주의 정보에 따르면 오늘은 소각장 환풍구의
날개 아래였다.

특히 외부인이 많이 방문하는 일요일, 일과가 마무리되는 시간이면 재소자들은 다 함께 건물을 청소해야 했다. 희민은 종교 수업이 끝난 교실 구석에 무더기로 쌓여 있는 팸플릿을 자처하여 끌어안았다. 작은 품에 무리하다시피 종이 더미를 쌓은 희민이 뒤뚱뒤뚱 소각장을 파고들었다. 환풍기 옆에 안고 온 종이 더미와 이미 소각장을 굴러다니던 더러운 상자를 잘 쌓아놓은 뒤 그 사이로 웅크려 앉자 희민의 몸은 눈에 띄지 않았다. 안전을 확보한 희민은 환풍구 날개 아래 마른 손을 집어넣었다. 한 바퀴 빙글 돌려보지만, 어째서인지 희민의 손가락 모양대로 먼지만 지워졌을 뿐 텅 빈 내부였다.

"이상하다……."

날개를 또 한 바퀴 돌려 봤자 여전히 비어 있었다. 고개를 갸웃거리던 희민이 도둑고양이처럼 쪼그린 몸을 더욱 수그리다 못해 아예 엎어져 그 환풍구 안을 빼꼼 들여다볼 때였다.

"혹시 이거 찾아, 희민아?"

오후 두 시의 햇볕을 맞아 뜨겁게 달구어졌던 희민의 등골이 다시 서늘해졌다. 급기야 삐끗 무릎을 넘어뜨린 희민의 뒤로 유독 기다란 인영 하나가 저벅저벅 다가왔다. 천가람은 보란 듯이 담뱃갑 꾸러미를 제 손안에 통통 굴리며 어깨를 펴고 등장했다.

"확인만 해 보려고 했어. 근데 어쩌냐, 배신은 신희민 네가 했고 이럴 땐 물증을 남기는 게 유리함."

고양이는 어디로 도망칠지 모르니 앞뒤만 막아서는 소용이 없다. 가람과 맞은편에서 희민을 가두듯 걸어오는 유리는 어디서 주웠는지 낡아빠진 은색 캠코더를 손에 쥐고 있었다. 그런 두 사람을 번갈아 쳐다보던 희민은 드디어 당황이라는 감정을 깨우친 듯 마른침을 삼켰다. 쪼그라든 까만 동공이 조금 떨리는 것도 같았다. 우선 그 눈동자는 천가람에게 향했다. 담배를 지켜야 했다. 희민이 꽤 비장한 목소리를 내리깔았다.

"⋯⋯내놔요."

"청소년이 무슨 놈의 담배를 피워. 뼈 삭아, 희민아. 키 커야지."

그러나 지겹게 곧은 말로 받아친 가람은 혀를 차며 손에 쥐고 있던 담배 꾸러미를 희민의 뒤쪽 드럼통에 던져넣었다. 가람의 키처럼 시원한 포물선을 그린 담배가 제 무게만큼의 소음을 만들었다. 희민은 재빨리 드럼통을 향해 뛰어갔지만, 차마 담배를 꺼낼 수는 없었다. 어째서인지 조그만 폭발이 일어났기 때문이다.

꾸러미 사이 라이터의 대용으로 끼워져 있던 AAA사이즈 건전지가 터져 불씨를 일구는 건 순식간이었다. 드럼통 안에서 희민이 팔아야 할 담뱃값들은 폐지와 함께 활활 타오르기 시작했다. 2주 치 장사를 공치게 된 순간이었다. 돈이야 그렇다 쳐도 이곳 소년수들의 신뢰를 잃게 될 것이다. 제게 조금의 도움은커녕 방해만 되는 9호실 언니들의 태도에 제대로 화가 난 희민은 불길 너머의 가람을 마구 노려보다가 쓰레기더미에서 제 손에 잡히는 아무 물건을 움켰다. 그건 바람이 빠져 어그러지고 딱딱해진 배구공이었다. 그걸 쥐고 정면에서 절 겨냥한 희민의 매섭고도 날카로운 시선 탓에, 가람은 기본값인 미소를 지워야 했다.

신희민은 사정없이 배구공을 던졌다. 그러나 천가람은 맞지 않았다. 튼튼한 가람의 몸을 관통한 구겨진 배구공은 그대로 벽에 부딪히고 바닥에 떨어져 원형을 알아볼 수 없을 만큼 한 번 더 으깨졌다. 이미 공의 기능을 잃은 합성피혁 덩어리는 둔탁한 마찰음을 만들었다. 던져진 거리가 짧았기 때문이었다. 웬만한 일과 소리에 놀라지 않는 성정의 신희민이 고작 그 소리에 비명조차 잃고 뒷걸음질을 쳤다.

"말도 안 돼……."

그리고 배구공이 꿰뚫었던 제 심장 부근을 꾹 움킨 가람의 입꼬리가 일자로 내려갔다. 눈꼬리 또한 그를 따라 무거워졌다.

　"좀 심했네."

　유리가 그렇게 중얼거렸다.

　"아무리 화가 나도 그렇지 희민이 너…… 쓰레기를 던져? 내 몸이 성했으면 어쩔 뻔했어? 이건 마음에 상처야. 진짜 너무해……."

　"어떡하냐, 희민아. 귀신이 곡을 하신다."

　지금 이 상황이 얼떨떨한 사람은 희민뿐인지, 유리는 평온한 얼굴로 여전히 두 사람을 촬영하고 있었다. 그런 유리를 돌아본 사람은 분명 둘인데 어째서인지 화면에 담기는 사람은 하나였다. 제대로 마음이 상한 가람은 유리를 향해 그만 이 비참한 행위를 관두라는 듯 제 목 아래 손날을 죽 그었다. 그렇지 않아도 하얀 희민의 얼굴은 더욱 백지장이 되었고, 렌즈를 통해 눈이 마주친 유리는 가람이 가엽다는 양 혀를 찼다. 쯧, 그 소리를 끝으로 녹화가 끊어졌다.

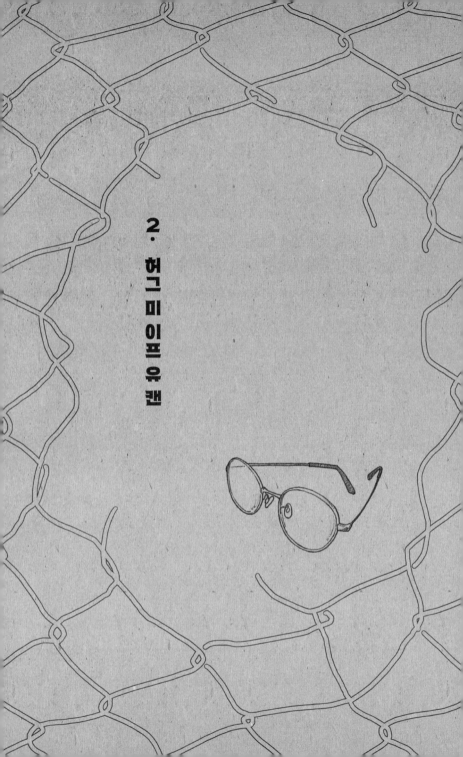

2 · 허그 미 이프 유 캔

소년원에는 계절 효과라는 게 있다고 한다. 짧은 가을이 지나고 겨울이 시작되면 정신병원에 환자가 증가하는 현상과 비슷하다나. 혹독한 장마의 끄트머리에 입소한 진유리는 함께 입소한 동기들이 많아 세심한 관리를 받지 못하는 상황에서 소년원 직원 중 누군가에게 그 변명과 같은 얘기를 처음 들었다. 꽃 피는 봄과 해가 찬란한 초여름보다 눅눅하고 먹구름 낀 장마를 시작으로 가을과 겨울에 사고를 치는 아이들이 많은 듯했다. 또한, 밤이 길어지는 탓이기도 하고. 하지만 진유리는 그런 충동적인 범죄와는 거리가 먼 사람이었다. 감히 죄짓는데 날씨 탓을 해? 싸잡아 묶이기조차 불쾌했으나 별수 없었다. 상담실 앞, 온종일 비가 내려 끈적 끈적하고 어두침침한 복도를 길게 매운 소년범들이 정말 여럿이었으니 말이다.

'진' 씨 성을 가진 유리는 그날 입소한 마지막 소년범이었다. 이곳도 학교와 다를 바 없이 이름을 가나다순으로 정리하기 때문이었다. 어깨 근처를 웃돌아 뻗치고 있는 머리칼을 귀에 꽂은 뒤 짧은 심호흡을 끝으로 최 선생의 상담실에 들어선 유리는 갑자기 늘어난 재소자들의 차트를 정리하느라 바빠 보이는 그의 앞에 섰다. 무테안경을 정수리까지 올려 흘러내리는 앞머리를 고정한 최 선생은 유리에게 앉으라는 듯 의자를 손짓했다. 동그란 안경 너머의 어른을 멀뚱멀뚱 쳐다보던 유리가 털썩 주저앉았다.

"여기로 발령받은 이래에 서류가 이만큼이나 쌓인 적이 있어야지. 이래 봬도 나 역시 신참이거든."

백발이며 적당한 주름이며 신참처럼 보이지는 않았지만, 유리는 이 소년원이 신설이라는 점을 고려하여 최 선생의 경력을 이해했다. 새로 개원했다기에 좀 멀쩡한 시설을 기대했던 유리는 제가 봐도 날림 공사의 티가 역력한 건물 안에서 걸음을 옮기는 족족 실망하는 중이었다. 서락여자학교는 꼭 최신형인 '척'을 하는 공간이었다. 그런 면에 있어, 친절로 꾸며진 목소리를 내는 최 실장은 꽤 이 공간과 잘 어울렸다. 물끄러미 그의 명패를 바라보던 유리는 먼저 질문했다.

"통성명은 글자로 어떻게 잘 끝난 것 같은데 단도직입적으로 제가 궁금한 점은, 이런 정신 상담이 필수인가요?"

잠시 말을 잃고 이마에 걸친 안경을 잡아 내린 최 실장은 마우스를 옮겨 모니터 가득 진유리의 파일을 띄웠다. 소년범 중 대부분은 사실 여타의 정신과 진료기록이 없었다. 최 실장에게는 어른들이 책임감 있게 아이들의 정신을 돌보았다면 아이들은 높은 확률로 이곳까지 떨어지지 않았을 거라는 확신이 있었다. 마찬가지로 깨끗한 유리의 의료 기록을 확인한 최 실장은 계속해보라는 듯 유리에게 눈짓했다.

"저는 정신병이 없는데요. 판결받은 범죄에 대해서도 정신적인 문제가 아니라 금전적인 문제 때문이라고 분명히 말씀드렸고요. 하물며 피의자한테도 묵비권이 있는 마당에 이런 상담을 강제적으로 받아야 하나, 이해가 좀 안 갑니다."

느긋하게 고개를 주억거린 최 실장은 이제 의료 기록을 지나쳐 유리의 사건 기록을 읽어내렸다. 그의 안경알에 비친 서류들이 번쩍번쩍 오르내릴 때마다 선명한 불쾌감을 느낀 유리였지만 그 감정은 일일이 표출하지 않았다.

"사기죄로 여기 들어왔네? 공문서위조에 신분증 조작 …… 괘씸죄는 어쩌다가?"

방금 입소한 진유리에게 이런 기분쯤 시작에 불과할 것이다. 앞으로 꼬박 일 년을 버텨야 할 취급이었다.

"저를 좀, 계속 이해하지 않으면 되나요?"

두 사람은 아무도 서로의 질문에 대답하지 않고 물음표로

일관했다. 이로써 명패를 가진 어른에게 꺾이지 않으려 애쓰는 유리의 심리를 파악한 최 실장은 살며시 어깨를 으쓱였다.

"그럴 리가. 이해하고 먹어야지, 약은."

최 실장이 다소 거칠게 서랍을 열어 쇠붙이 마찰음을 만들었다. 그는 유리에게 빨간 캡슐 모양의 알약들을 내밀었다. 투명한 통 안에 든 약은 총 일곱 개였다. 모두에게 지급되는 마지막 품목이었다. 한눈에 보아도 순순히 약을 가져갈 것 같지 않은 유리의 고집을 눈치챈 최 실장은, 거짓말이 입에 붙은 아이에게 가장 큰 무기인 솔직함을 꺼내기로 했다.

"항우울제야. 취침 30분 전 복용."

"생각보다 제 처지가 그리 우울하지는 않아서요. 의외이시겠지만."

"아쉽게도 네 문제만이 아니란다. 자의식이 비대한 편이네."

"공부 다시 하셔야겠어요. 자의식이 비대한 사람은 신분증을 새로 파지 않죠."

"한마디도 지기 싫어하는 애들 치고 자의식 과잉 아닌 경우가 없고. 넌 내가 5분 만에 알겠다, 애. 왜 괘씸죄까지 없고 왔는지."

그렇지 않아도 주름진 미간이 더욱 구겨진 최 실장은 유리의 얼굴을 가까이 살피기 위해 의자를 앞으로 끌었다. 짓고 있는 표정까지 거짓일 게 분명했다. 특히나 정신 상담에서 까다로운 아이는 이런 부류였다. 꼭 작정이라도 한 듯 최 실장의 퇴근 시간을 늘어뜨리는 괘씸한 이 경우에, 겁을 조금 주는 방법도 나쁘지 않았다. 만년필을 든 최 실장은 종이로 만든 진유리의 새 차트에 빈칸을 채워 넣으며 그가 오늘의 마지막 입소생임을 재차 확인한 뒤 입을 열었다.

"한두 달 전에 여기서 사람이 죽었어. 새로 개원한 소년원에서, 그것도 재소자가. 사인은 자신의 처지를 비관한 자살. 그다음에는 무슨 일이 일어났을까? 너도나도 죽어 버리겠다, 자살을 시도하다가 병원에 옮겨진 애들이, 무려 다섯 명."

예상대로 유리는 입을 다물었다. 전혀 생각지 못한 방향으로 튀어 버린 이야기를 제가 들어도 되는지 확신이 서지 않는 모양이었다. 최 실장은 이대로 기세를 밀어붙이려는 듯 만년필의 뒤축으로 진단서를 툭툭 찍어내며 덧붙였다.

"우울증에는 치명적인 전염성이 있지. 가뜩이나 범죄자 딱지가 붙은 것도 모자라 이 좁은 공간에 갇혀 살아야 하는 미성년자들은 심리 상태가 그리 건강하지 못해. 정말 그 애처럼 죽겠다는 위험한 목적을 가진 재소자도 있었지만, 와중에 어떻게든 여길 탈출하고 싶어서 자해로 동정표를 사려는 재소자도 몇몇 되더라. 병원으로 가면 보호자를 만날 수 있으니까. 어떻게 생각하니?"

"……아수라장이었겠네요."

특히 소년범들을 철저히 관리해야 하는 공간에서 일어난 연쇄적 난동은 서락여자학교를 어지럽게 만들었을 테다. 아직은 외부인에 가까우니 소년수들의 입장보다 관리자의 입장을 먼저 선택한 유리는 이런 어른들과의 대화가 지긋지긋해서라도 약통을 낚아챘다. 그제야 긴 숨을 내쉰 최 실장은 유리가 아주 영리한 아이라고 생각했다. 소년원에는 그 좋은 머리를 잘못 쓴 아이들이 더러 있었다.

"나는 그 사건 때문에 여기로 발령을 왔단다. 네 말마따나 '아수라장'을 정리하기 위해서. 협조를 부탁해도 될까?"

영리한 아이를 다루려면 그 능력을 적절히 짚어 주어야 한다. '협조'라는 단어로 진유리와 자신을 한데 묶어 저 아이가 뭐라도 된다는 양 거짓 권한을 부여한 최 실장은 이로써 유리가 얌전히 굴어주리라 믿었고, 그 믿음대로 유리는 더 이상 최 실장을 방어하지 않았다. 그렇게 진유리의 입소 상담이 무사히 끝나는 것 같았다.

취침 30분 전, 복용해야 하는 알약을 입에 넣은 진유리는 취침 점호를 도는 교관의 감시 아래 잠시 화장실을 찾았다. 분명 취침 시간이라지만 소년원의 복도와 모든 호실의 불빛은 꺼지지 않은 채였다. 누가 언제 무슨 일을 행할지 모른다는 이유 때문이었다. 이곳에 있는 동안은 완벽한 어둠 속에 숙면할 수 없다고 했다. 도대체 이 삼엄한 감시 아래서 한 명이 목숨을 끊고 다섯 명이 자해하는 동안 어른들은 무얼 했는가 싶다. 습관적으로 어른들을 얕잡아본 유리는 신입인 자신에게 묵직하니 꽂힌 권 교관의 시선을 피하지 않았다. 다만 변기를 쓰고 물을 내리기 직전, 잠시 허리를 숙여 혀 아래 붙인 약을 뱉어 버렸을 뿐이었다. 변기통 안에서 물살을 따라 회오리치던 캡슐 한 개는 머잖아 배수구 구멍에 빠져 사라졌다. 알약은 다시 올라올 리 없었고, 유리는 입꼬리를 죽 늘렸다. 상담은 무사히 끝나지 못했다.

"혼자서만 다른 색 옷 입은 애는 뭐냐?"

"혼자서만 다른 색? 뭐, 모범수 그런 거 아니야?"

모범. 유리가 좋아하지 않는 단어였다. 타의 모범이 되었을 때는 왜 상을 주거나 저런 옷을 입혀 티를 내는지, 대체 그 의도를 모르겠다. 그래서 저 혼자 보라색 체육복을 걸친 천가람이 고까웠다는 게 진유리의 첫인상이었다.

이곳의 선생님들은 체육 수업 때 대충 배구공이나 축구공을 던져 놓고 할당량을 때우곤 했는데, 맘 놓고 뛰어다닐 시간이 한정적인 재소자들은 저들끼리 피구나 발야구 경기를 즐겼다. 애초부터 학년 구분이 없이 갇혀 있는 이들은 연령층이 다양한 만큼 몸집도 가지각색이라 지금처럼 운동장에 모여 있을 경우 그림이 좀 우스웠다. 작은 애는 너무 작고 큰 애는 너무 크다. 그중에서도 가장 큰 천가람은, 하필이면 또 옷 색깔이 달라 항상 유리의 눈에 거슬렸다. 유리는 배구공을 높이 들어 피구 경기를 핑계로 가람을 겨냥했다.

"야, 쟤 맞지 않았어?"

"뭔 소리. 근처에도 못 갔는데."

"너야말로 뭔 소리. 근처에는 분명히 갔음."

도대체 몇 호실을 쓰는 애인지, 이렇게 운동장에서야 종종 마주치는 저 녀석은 피구를 끝내주게 잘했다. 유리의 눈에는 맞은 듯 보였는데 아무도 지적하지 않아 꼭 귀신에 홀린 기분이었다. 피구도 모범수라 봐주는 건가? 도리어 자꾸만 가람을 조준하는 유리에게는 오히려 도대체 어딜 맞추냐는 야유가 쏟아졌다. 가람을 향한 헛손질을 멈추지 못한 유리는 결국 반강제적 추방을 당해 구령대로 쫓겨나고 말았다. 그 순간, 상대편 진영에서 폴짝거리던 가람은 활짝 웃음 지었다.

"안녕. 나 피구 잘하지."

무리에 섞여 마저 노는가 싶더니 구령대에 주저앉은 유리를 흘끔거리던 가람이 소리 없이 다가와 넉살 좋게 인사했다. 그렇지 않아도 습습한 한여름에 땀으로 범벅되다 못해 절여지고 눅눅해진 유리가 안녕할 리 없었다.

"야. 너 혼자 그런 옷 입고, 애들이 다 봐주고. 여기 군기반장이나 뭐 그런 거냐? 소년원에 전교 회장 같은 게 있을 리는 없잖아."

가람은 방금 그보다 더 활짝 웃었다. 서글서글한 가람의 입꼬리가 이런 사악한 날씨에도 시원하게 찢어졌다. 그 얼굴이 제 평생 저렇게 웃어 본 적 있었나 싶을 만큼 기뻐 보여서, 반면 유리의 눈썹은 사정없이 구겨졌다.

"나는 천가람. 그리고 열아홉. 너는?"

"나도 열아홉."

거짓말이었다. 진유리는 열여덟이었다.

"우리 친구네? 유리? 진유리."

가람은 제멋대로 유리의 이름표를 뜯어 보다가 허락 없이 그 옆자리를 차지했다. 이곳에서는 이름표를 숨길 수가 없었다. 혀를 찬 유리는 가람이 곁에 앉기 무섭게 도로 한 뼘 정도 거리를 벌리는 행위로 달갑잖음을 표현했다.

"열아홉이면 너 검정고시 합격했냐? 교실에선 못 본 것 같은데."

"아…… 아니. 이제부터는 들어가려고."

아까부터 묘하게 하나씩 초점이 어긋난 대답들이었다. 유리의 질문은 8할 정도 허공에 흩어지고 있었다. 그러나 가람은 제 딴에 열심히 최선을 다해 진심으로 대답하는 중이었다. 친구가 생겼으니 교실에 들어가는 것도 지루하지 않겠다고 생각하며 내친김에 제 눈동자를 더욱 싱그럽게 빛낸 가람이 당장 내일모레인 일요일까지를 손가락을 들어 차곡차곡 꼽았다. 유리가 벌린 한 뼘의 사이를 마저 좁혀오며 말이다.

"그럼 평일은 검정고시반이고…… 유리 너 일요일 종교 수업은 어떤 거 들어가? 나랑 같이 천주교 들을래?"

"얼씨구. 몇 마디 텄다고 포교질이야, 종교의 자유가 있는 나라에서. 전 무교거든요? 번지수 잘못 짚으셨어요."

포교라는 거창한 목적까지는 생각지 못한 가람이 제 뒤통수를 긁적이며 중얼거렸다.

"천주교가 간식 제일 잘 나오는데."

솔직히 솔깃한 진유리였지만 그는 그렇지 않은 척 피구 경기에 한창인 무리와 아까부터 절 흘끗거리는 같은 호실 재소자를 멀거니 바라보았다. 지가 내쫓았으면서 미안하긴 한 모양인지 유리와 자꾸 눈이 마주치고 있었다. 그렇게 가람에게 시선을 두지 않는 것으로 더 대화할 의지를 드러내지 않는 유리였으나 가람은 기회를 놓칠세라 자꾸만 그에게 말을 걸었다. 유리가 보기에 가람은 좀 일방적인 녀석이었다.

"무교는 주일에, 아니지. 일요일에 뭐해?"

"……취미반 몇 개 있다는데 나는 그냥 영화 봄. 시청각실에 앉아 있기만 하면 되니까 몸이 편해. 누가 말도 안 걸고."

하도 오래된 필름이라 빛바랜 화질의 고전 영화만이 재생되는 주말의 시청각실은 생각보다 인기가 없었다. 재소자들은 보통 가람의 말처럼 외부에서 들여온 간식을 주는 종교 수업에 들어가든가 대부분의 면회를 맞이하기에 바빴다. 재소자의 부모님들이 주말 방문을 선호하셨기 때문이다. 그런 이유로, 유리는 한적한 시청각실이 마음에 들었다. 특히나 마지막 문장을 강조하며 몸을 일으킨 유리가 때마침 호루라기를 부는 교관에게 돌아갔다.

가람은 유리로부터 미련 없이 버려진 처지는 아랑곳하지 않고 그의 뒷모습을 꼭 등대처럼 바라보며 기억했다. 유리는 주말이면 시청각실에 가는구나. 인내롭게 기다린 보람이 찾아온 날이었다.

일요일, 진유리는 아버지로부터 도착한 편지를 뜯었다.

잘 지내고 있니?

지난 주말에 찾아갔었는데 유리가 아빠 면회를 거절했다고 해서 우리 딸 얼굴을 못 봤네. 네가 아빠를 만날 마음의 준비를 마칠 때까지, 이렇게 편지를 쓰려고. 유리 너랑 떨어져 지낸 지 아직 한 달이 채 지나지 않았다는 사실을 믿을 수가 없다. 네가 없는 아빠의 시간이 너무 느려서, 그동안 아빠가 유리 덕분에 참 편하게 살았다는 걸 깨닫고 있어. 덥지는 않니? 아픈 곳은 없고? 밥은? 아빠를 만나고 싶지 않다면 편지로라도 조금씩만 가르쳐줘. 아빠는 유리의 글씨조차 그립다.

유리야. 아무도 널 믿지 않지만, 심지어 유리 너도 널 믿지 않지만, 그래도 아빠는 유리를 믿어. 뭐든 유리가 그렇다면 그런 줄로 알게.

보고 싶구나. 아빠는 유리 기다리면서 씩씩하게 잘 지낼 거야.

그대로 편지를 덮은 진유리는 시청각실로 향했다. 잠시 천주교를 고려하였으나, 그곳은 특히 절 받아줄 것 같지 않았다.

육중한 문을 밀고 들어간 시청각실에서 유리는 이따금 몇 마디를 섞는 같은 호실 재소자를 발견했다. 하지만 유리는 굳이 그를 부르지 않고 맨 뒷좌석에 앉았다. 영화는 방금 시작된 듯 노이즈가 잔뜩 낀 화면에 두꺼운 자막이 떠오르고 있었다. 「이 영화는 실화를 바탕으로 합니다.」 묵묵히 팔짱을 끼운 유리가 영어를 배경으로 쏟아지는 자막에 무섭도록 집중하기 시작했다. 아빠의 편지를 잊고 싶어서였다.

「……1964년부터 1967년까지 나는 팬 아메리카 항공사의 조종사라고 사칭했으며 2백만 마일을 공짜로 탔습니다. 같은 기간 조지아 병원의 소아과 수석 전공의는 물론 루이지애나주 법무부 차관보 신분도 사칭했습니다. 체포됐을 땐, 미국 최연소 사기꾼으로 기록됐습니다. 26개국과 미국 전

50주에서 위조수표로 4백만 달러의 현금을 썼을 때가 제가 19살이 되기 전이었습니다. 제 이름은…….」

하필이면 이런 날이 있다. 뒤로 넘어져도 코가 깨지는 날. 쓰지도 않은 편지에 답장부터 떠안아 버린 날. 1964년으로부터 약 60여 년이나 지난 오늘, 하필이면 소년원에 들어와 처음으로 아빠의 편지를 받은 오늘, 꼭 기다렸다는 듯 이런 영화가 재생될 일인가. 후끈 달아오르는 어금니를 꾹 짓씹은 진유리는 현실에서 도망치고 싶은 마음에 안경을 벗었다. 그리고 뻐근한 눈꺼풀을 내렸다. 영어를 들을 줄 몰라 눈을 감으면 내용을 더 알 수 없다는 사실이 위안이라면 위안이었다.

"자? 저 영화 재밌어 보이는데."

굳이 목소리를 낮추지 않은 가람은 기척 없이 유리의 옆자리에 앉아 있었다. 덕분에 흠칫 놀란 진유리가 묵직한 감정에서 깨어났다. 그는 지나친 조심성으로 제 뒤쪽의 교관을 살폈으나 주말의 잡담까지 신경 쓰지는 않는 모양이라 멋쩍어져 얼른 안경을 썼다. 스크린에서는 영화의 도입부에서부터 젊은 시절의 레오나르도 디카프리오가 교도소를 빠져나가기 위해 복도 바닥을 기어 다니고 있었다. 정확히 얘기하면, 늙은 분장을 한 젊은 시절의 레오나르도 디카프리

오였다. 유리는 홉뜬 제 눈을 의심하며 중얼거렸다.

"……뭔 소년원에서 저런 영화를 보여 주냐."

"소년원이라 보여 주는 거 아냐? '캐치 미 이프 유 캔', '예스 아이 캔'."

1964년부터 1967년까지 세 개의 신분을 사칭하고 위조수표로 4백만 달러의 현금을 써 19살이 되기 전에 체포된 미국의 최연소 사기꾼 프랭크는 범죄를 저지르며 본인이 끝끝내 체포되지 않으리라고 믿었을까? 거짓말은 들통나지 않으면 진실이 되고, 범죄는 들키지 않으면 누군가의 일상으로 남는다. 그리고 모든 거짓말과 범죄가 발각되어 감빵 신세를 지고 있는 건 저 프랭크나 진유리나 다름이 없는데 어째서인지 프랭크는 영화 주인공이었다. 심지어 검거된 유리와 프랭크는 동갑내기였다. 유리는 저 고전이 과연 교훈적인가를 생각했다. 역시 잘 모르겠고 그냥 나도 1960년대에 태어났으면 좋았을걸, 그런 생각들만 피어올랐다. 요즘은 과학기술이 범죄자에게 너무하지 않나.

"아무리 정성 들여 죄지어 봤자 어차피 경찰한테 다 잡힌다. 자, 늬들 처지를 봐라?"

회의적으로 목소리를 내리깐 유리는 주말에도 바뀌지 않는 꾸준한 푸른 체육복 주머니에 손을 집어넣은 채 대충 구

겨 신은 제 신발 끝을 까닥거렸다. 천주교 교실에 앉아 있어
야 할 애가 유리에게로 나란히 운동화를 붙여왔다.

"저렇게 전과 많은 프랭크도 결국 회개하고 영화 주인공
이 됐으니, 얌전히 여기에 갇혀 죗값 받아라. 그래야만, 죄를
사하노라."

단정한 손길로 성호를 긋는 가람 때문에 헛웃음이 터진
유리는 반사적으로 가람의 왼손 검지에 끼워진 묵주반지
를 바라보았다. 천주교 신자라더니 기어이 이름값을 하려나
보다. 문득 저런 반지를 끼웠으면서 맑은 눈으로 여기에 잡
혀 있는 이 이상한 애의 죄목이 궁금해진 유리는 대뜸 전과
종류를 묻기는 어색해 에둘러 다른 질문을 골랐다.

"너 몇 호 처분?"

"방 얘기하는 거야? 맞다, 유리 너 몇 호실 써?"

또 제 질문이 허공에서 깨져 버렸다. 그 순간 가람과의 대
화에서 확실한 이질감을 느낀 유리는 등받이에 기대놓았던
제 허리를 곧추세우며 아예 가람을 향해 상체를 돌렸다. 운
동장에서와는 달리 분명히 짚고 넘어갈 심산이었다. 그러나
앉은키 역시 커다란 흑발의 재소자가 순진무구한 표정을 짓
고 눈꺼풀을 끔뻑거리면 유리는 정확히 어떻게 꼬집어야 할
지 혼란스러워져 제 뒤통수를 긁을 수밖에 없었다. 그래도

지지 않고 무어라 운을 떼려는 그때, 유리는 서너 칸 멀리 앉아있던 9호실 재소자와 눈이 마주쳤다. 그는 운동장에서처럼 물끄러미 절 바라보며 오묘한 눈빛을 보낸 뒤 살며시 고개를 갸웃거리고 있었다. 그 얼굴과 작은 몸짓 아래 깔린 불편을 읽어내기란 유리에게 어렵지 않았다. 아마도 영화 시청에 방해가 되는 듯했다. 유리는 달싹거리던 제 입술을 다문 뒤 가람의 시선을 스크린에 돌리고자 전방을 턱짓했다. 조용히 영화를 보자는 의미였지만 가람은 꾸준히 유리를 보았다. 그리고 틈틈이 유리를 흘끗거리던 9호실 재소자는 몸을 일으키는가 싶더니 급기야 시청각실을 나가 버렸다. "너 때문이잖아." 유리가 꾸짖었고, "미안." 가람이 속삭였다.

일주일에 한 번, 정규수업을 마친 뒤 상담실에 들어설 때마다 유리의 눈동자는 공허해졌다. 매주 목요일 오후 다섯 시가 돌아오면 최 실장의 면전에 대고 그럴듯한 대화를 꾸며내는 일은 대가가 없어 마냥 지루했기 때문이다. 그런데 어째서인지 오늘은 도입부터 평소와는 기미가 달랐다. 최 실장은 유리가 들어오길 기다렸다는 듯 책상 위로 팔꿈치를 걸친 채 양손을 모으며 턱을 괴었다.

"요즘은 좀 어떠니?"

"똑같은데요?"

당장 어젯밤에도 똑같이 약을 뱉어 낸 유리는 그 누구보다 평안하다는 표정을 짓고 어깨를 으쓱였다.

"생활하는 부분에서 달라졌거나 적응이 되지 않는 점이 있다면 얘기해 줄래?"

없었고, 없고, 앞으로도 없을 예정이라고 대답한다면 오히려 상담이 길어질 터였다. 잠시 눈을 감더니 지난 일주일이 어땠었나 되새김질한 진유리는 조금씩 말을 섞기 시작한 모범수 천가람의 이야기를 덧붙일까 고민했다. 하지만 별로 그런 긍정적인 면을 보이고 싶지 않아 어엿한 10호짜리 장기 송치 재소자만이 겪을 수 있는 경험을 그럴듯한 화제로 결정했다.

"……같이 방 쓰던 애 중 하나가 퇴소했어요. 걔는 9호 처분 두 달짜리거든요."

"들어오긴 같이 들어왔는데 먼저 나가는 걸 보면 기분이 좋진 않았겠네."

"딱히요. 그냥 걘 그만큼, 난 이만큼인 거죠. 애초에 죄질이 다르니까."

방금은 진심이었다. 유리는 어른들의 잣대를 들어 결정된 처분이 짜증은 났지만 불공평하다고 느끼지 않았다. 오히려 진유리에게 불공평한 공간은 소년원이 아니라 사회와 학교였다. 그곳에 비한다면 정말 여타의 아이들과 똑같은 취급을 당하는 이곳은 유리의 기준에서 적응이 어렵지도 않거니와, 모두 공평히 이마에 범죄자 딱지를 붙인 상태라 누가 물밑으로 어떤 짓을 하는지 신경 쓰지 않아도 되어 편리했다. 학교에서처럼 재고 따질 필요가 없다는 의미였다.

유리는 제게 어떤 문제가 있어야 하냐는 듯 눈썹을 끌어올렸고 최 실장은 그저께 퇴소한, 유리가 방금 언급한 그 재소자의 증언을 떠올렸다.

'진유리요, 자꾸 허공을 보면서 중얼중얼 그래요. 저 몇 번이나 봤어요.'

그 소년수는 마지막 상담에서야 최 실장에게 머뭇거리다가 고백했다. 최 실장은 정황을 끼워 맞추기 위해 잠시 사이를 두었다. 짚이는 부분이 있었기 때문이다.

"……유리는 집에 혼자 계실 아버지가 걱정되겠구나. 다른 아이들과 달리 유리 넌 네가 보호자나 다름없으니까."

정신 상담 전문의에게 소년범의 가정환경은 가장 중요한 정보였다. 유리의 기록을 내려 특이사항을 재차 살펴본 최 실장은 이제 의사가 아닌 탐정처럼 굴기 시작했다. 문제의 원인을 밝혀 내야 한다는 점에 두 직업은 꽤 비슷했다. 퇴소한 9호 처분 소년수가 유리를 떠올리며 묘사한 종류의 '혼잣말'은, 절대 좋은 징조가 아니었다.

"선생님이 궁금한 게 있어. 농인을 상대로 대화할 때, 수어뿐 아니라 직접 발화하기도 하지 않니? 그러니까, 목소리를 사용하는 대화 말이다."

아직 질문의 저의를 파악하지 못한 유리는 제 발밑으로 몰려드는 불쾌함을 자박자박 밟아 치워 내듯 운동화 끝을 까닥이며 일단은 성실히 대답했다.

"'독화'라고도 하고, '구화'라고도 하고. 상대방의 입술을 읽는 방법인데 아빠가 익혀두셔서 나쁠 게 없으니까요. 그래서 수어로 얘기하는 동시에 저는 저대로 말을 해요."

"돌아오는 대답이 없어도? 내 말은. '목소리'의 개념에서."

취급을 주의받지 않아도 되는 사람은 죄를 지은 본인뿐이라고 생각했다. 그런데 어째서 제 아빠까지 이곳 어른들의 입방아에 함부로 휘말려야 하는지 이해할 수 없어 유리는 질끈 몰아치는 두통을 이겨내고자 깊이 눈을 깜빡였다.

"난 한 번도 아빠 목소리가 필요한 적 없었어요. 아빠는 늘 똑바로, 올바르게 대답해 주셨으니까. 내 문제에 원인이 있다면 그건 그냥 나고, 우리 아빠가 아니란 뜻이에요. 나는 적어도 아빠한테만큼은 잘 배웠어요. 다만 배운 걸 더럽게 써먹어서 이 꼴이지."

최 실장은 딱히 사과하지 않고 천천히 고개만 주억거렸다. 그는 이런 문제를 꺼내기 무섭게 날을 세우는 유리에게 더는 조심스러운 말로 포장할 필요가 없다고 판단했다. 진유리는 독립심이 과했다. 그런 유리가 원하는 대로 그의 배경에서 아빠의 그림자를 지워낸 최 실장의 눈빛은 차츰 차가워졌다.

"유리 네가 혼잣말을 한다던데. 운동장에서, 검정고시반 교실에서, 또 시청각실에서. 정서적 불안인가 아니면 단순한 습관인가, 선생님은 확인해야 해. 방금 네 말을 들어 보니 단순 습관인 것 같다만. 그렇게 알고 있으면 될까?"

마치 정서적 불안은 허락하지 않는다는 말투였다. 동시에 미간을 구긴 유리는 최 실장이 지적한 장소들과 제 행동을 곱씹었다. 혼잣말이라니. 두 사람 사이의 이해가 충돌하고 있었다. 근래 유리가 운동장에서, 검정고시반 교실에서, 또 시청각실에서 혼잣말을 중얼거릴 수는 없었다. 일단 그런 습관 따위 없을뿐더러 요즘에는 꼭 가는 곳마다 제 옆에 껌딱지처럼 천가람이 붙어있었기 때문이다. 쉴 틈 없이 자신을 향해 물음표를 찍어 오던 가람의 상기된 목소리를 떠올리며 최 실장에게 제가 특정한 천가람의 외양을 설명하려던 유리는 입술을 달싹거렸다. 뭘 어디서부터 어떻게 표현해야 할지 감이 잡히지 않아서였다. 더더군다나 유리는 이 사람 앞에 무엇이든 변명하기가 싫었다. 결국, 한숨과 공기만으로 입안을 채우다가 작은 헛웃음을 끄집은 유리는 제 앞머리를 쓸어넘긴 뒤 이미 대화를 마무리 지은 듯 보이는 최 실장과 시선을 맞추었다.

"……제 경험상 목소리를 가지고 대화해 봤자 일방통행인 경우가 더 많아요. 딱 지금처럼요."

유리는 어서 방으로 돌아가 일방통행으로 날아온 아빠의 편지에 여태까지 보내지 못한 답장을 적고 싶어졌다. 더도 말고 더도 말고 그냥 보고 싶다는 네 글자나마 말이다. 진이 빠진 듯 보이는 유리를 더 붙잡아 두지 않고 최 실장은 말없이 약통을 내밀었다. 어차피 최 실장의 상담은 매주 이렇게 마무리됐다. 작은 플라스틱 통을 주먹 안에 말아쥐고 몸을 일으킨 유리는 상담실을 나서기 전, 천가람에게까지 생각이 닿은 김에 아직도 해소되지 못한 궁금증을 내뱉었다.

"그보다, 혼자서만 다른 색 옷 입은 애는 뭐예요?"

그런 애는 없다. 소년원에서는 모범수랍시고 다른 색 옷을 입히지 않았다. 그러므로 혼자서만 보라색 체육복을 입은 채, 하고 많은 빈자리를 두고 지금 진유리의 옆자리를 독점한 천가람은 없는 애였다. 최 실장은 서락여자학교에서는 어떤 경우에도 소년범을 나누어 구분 짓지 않는다며 단호하게 대답했다. 행여 유리의 엉뚱한 질문을 꼬리 잡은 최 실장이 또다시 질문을 폭격할까, 최대한 아무렇지 않은 척 "그렇군요." 무마하며 상담실을 빠져나온 진유리였으나, 실은 몹시 심란해 지난 밤잠을 싹 설쳤다. 덕분에 퀭하니 꺼져 버린 유리의 거뭇한 눈가를 유심히 살펴보던 가람은 오늘따라 유독 저와 멀찍이 떨어진 그를 향해 한 걸음 더 의자를 끌었다.

"괜찮아? 시험은 4월이라는데, 벌써 너무 무리하는 거 아니야?"

그러는 본인은 시험 따위 치지 않는다는 말투였다. 아마 가람은 저들의 책상에 펼쳐져 있는 교과서들이 유리를 괴롭힌다고 생각했나 보다. 하필이면 과학 수업을 앞두고 제게 기웃거리는 천가람에 대해 진유리는 아주 비과학적인 판단을 내리는 중이었다. 지금 이 교실에서 천가람을 쳐다보는 사람은 아무도 없었다. 왜 진작 눈치채지 못했지? 천가람이 피구 경기 중 공에 맞지 않는 이유는 재소자들이 천가람을 봐주어서가 아니었다. 천가람이 보이지 않아서였다. 저 애가 전부 다 허깨비란 뜻이다. 또 누군가의 눈에 혼잣말을 일삼는 미친 사람처럼 보일까 봐 마른 입술을 축인 유리는 가람의 물음에 대꾸하지 않고 교과서에다 시선을 내리꽂았다. 가람은 다시 다른 아이들처럼 굴기 시작하는 유리의 만들어진 모습에 알만하다는 듯 한숨을 푹 내쉬며 책상 위로 엎드렸다. 얼굴은 유리를 향한 채였다. 가람이 슬금슬금 유리의 교과서 틈에 놓인 연필을 건드렸다. 남들의 눈에는 바람이나 중력의 짓으로 보일 만큼만 그랬다.

"유리 넌 학교 다닐 때 공부 잘했어?"

아무리 무시하려 애써도 너무 선명한 목소리와 손길이었다. 유리는 자신의 눈에만 보이고 들리는 천가람과 정면으로 맞닥뜨리고자 섣불리 결심할 수가 없었다. 일단은 대답하지 않고 가람을 바라본 그대로 고개를 도리도리 저었다. 반응이 영 없지는 않아, 가람이 기쁜 마음을 드러내듯 해맑게 웃었다.

"잘했을 것 같은데. 너처럼 말할 때마다 안경 반짝거리고, 목소리까지 똑 부러지는 애들은 성적도 좋지 않아? 막 서울대 준비하면서."

"……너 그거 편견……."

특히 좋아하지 않는 단어 때문에 저도 모르게 언성을 높이려던 유리는 골치 아프다는 표정을 숨기지 못하더니 다시 입을 다물었다. 가람은 이제 확신이 들었다. 유리가 가람이 가진 이질감을 깨달은 모양이다. 가능한 한 오래, 유리는 몰랐으면 바랐는데. 아쉽다는 양 짧은 한숨을 내쉰 가람은 그래도 미소진 얼굴이었다.

"대답하지 않아도 돼. 사람들이 이상하게 생각하잖아. 유리 네가 힘들면…… 안 쫓아다닐게. 말도 안 걸게. 나는 그냥 지금처럼 얘기할 수 있는 사람이 너무 오랜만이라."

백번 양보해 천가람의 형상이 유리의 '정서적 불안'에 기인한 헛것이라고 치자. 그렇다면 재를 만든 사람도 나인데 저런 식으로 내 동정을 자극하는 능동적인 대사를 꾸밀 수 있나? 유리의 머릿속에는 무수한 물음표가 피어났다. 무엇보다 천가람이 행하는 배려는 유리가 가진 속성이 아니었다. 저런 애가 유리의 내면에서 탄생할 순 없단 뜻이었다. 눈빛을 바꾼 유리는 슬슬 다시 수업이 재개되는 교실 안을 길게 훑으며 제 교과서 귀퉁이에 글씨를 적었다. 유리가 수어에 서툴렀던 시절, 아빠와 소통하던 방식이었다.

귀신 같은 거야? 여기서 사람 죽었다던데.

유리는 최 실장과의 첫 번째 상담을 되새긴 정보로 가람의 정체를 유추했다. 새로 개원한 소년원에서 몇 달 전 일어났다는 자살 사건의 장본인이 천가람이라면, 무언가 억울하여 소년원 건물에 붙어 있고 이런저런 이유로 승천하지 못해 제 눈에만 보이는 영혼이라는 유치한 전개가 어느 정도는 가능했다. 하지만 물끄러미 유리가 만든 문장을 읽어 내던 가람은 일말의 망설임 없이 도리질을 쳤다.

"초여름에 여기서 죽은 애? 나 걔 아니야. 실은 걔랑 몇 번 대화도 했었는데…… 아, 그때까지는 여기 있는 다른 애들이랑 다 얘기할 수 있었거든? 근데 어느 날부터 쟤들 눈에 내가 안 보이나 봐."

수업이 시작되었으나 가람은 이번에도 목소리를 낮출 필요가 없었다. 교실 안의 재소자들은 선생님의 지시대로 통합 과학 교과서를 펼쳤다. 가람이 아닌 반대쪽 책상에 앉은 급우의 교과서를 곁눈질한 유리도 똑같은 페이지를 펼쳤다. 유리는 판서를 바라보는 척 굴다가 방금 제가 적은 문장에 취소 선을 죽 긋더니 그 아래 사각사각 다른 말을 적었다.

그럼 너 귀신 맞아.

"진짜? 나 몰랐어."

가람과 유리가 시선을 맞추었다. 가람은 드디어 무언가를 깨달았단 사실에 영락없이 즐거워 보였다. 순간 두 사람은 누가 먼저랄 것도 없이 바람 빠지는 웃음을 터뜨렸다. 얼른 앞사람의 뒤통수 아래 고개를 숙여 웃음을 숨긴 진유리와 달리 뭐가 그리 신이 났는지, 가람은 소리 내 웃었다. 제게만 들리는 그 소리를 따라 아슬아슬 전염될 것만 같은 유리가 급히 주먹을 쥐어 제 입가를 지그시 가로막았다.

9호짜리 퇴소자의 빈자리는 빨리 채워지지 않았다. 유리는 어차피 아무의 눈에도 보이지 않는 가람을 제 옆자리로 끌어들였다. 도대체 혈혈단신의 몸으로 그동안 잠은 어디에서 잤는지, 아침은 어디에서 맞았는지 알 수 없는 가람에게 제멋대로 보금자리를 내어 준 것이다. 함께 9호실을 공유하는 다른 재소자들의 눈길을 피해 가람과 대화하는 법은 생각보다 간단했다. 유리는 생활관에 돌아와 일기와 편지를 쓰는 시간에 가람과 가벼운 필담을 나누었다. 남들이 왜 자신을 보지 못하는지는 차치하고 본인의 신원조차 기억하지 못하는 가람의 상태는 유리가 보기에 꽤 심각했으나 가람은 대수롭지 않다는 듯 어깨를 으쓱였다.

"여기에서 죽었을 테니까 나도 뭔가 나쁜 짓을 했으려나?"

이 소년원은 올해 개원했다는데?

"아, 그래서 그렇게 시끄러웠구나. 맞다, 나 너한테 줄 선물 있어. 내가 일어났을 때 이 체육복이랑 같이 주운 거야."

가람은 걸치고 있는 보라색 체육복을 턱짓한 뒤 유리의 빨래바구니를 가리켰다. 생활복 아래 무언가 깔린 듯 양감이 두툼했다. 주위를 살핀 유리가 제 옷가지를 살며시 파헤치자 웬 고물 비슷한 은색 캠코더가 들어 있었다. 요즘은 쓰지도 않는, 아주 오래된 물건이었다. 심지어 고장이 난 것 같다. 무슨 은혜를 갚는 까치 흉내인지 제 딴엔 그게 무엇이든 유리를 위한 선물이랍시고 뿌듯한 표정을 지어 보이는 가람이의 성의를 무시하기도 뭣해, 유리는 일단 소지품 사이에 제법 곤란한 그 물건을 숨겨 놓고서 가람의 체육복을 바라보다가 또 메모를 끄적였다.

네 체육복 아니었어? 주웠다니?

"내 체육복 맞아. 명찰 읽었을 때 내 이름인 건 확실히 알았어. 다들 날 이렇게 불렀었지, 참. 그러면서…… 아마 옷이 벗겨졌었나 봐."

보라색 천에 노란색 실로 박음질이 된 이름 위에는 동그란 표식이 있었다. 누가 봐도 교표 같았다. 사람 겉만 보곤 모른다지만, 하는 말이나 행동으로 가람이 무슨 죄를 지어 소년원에 들어왔다고 생각하지 않았던 유리였다. 유리는 이 로써 가람이 소년원 출신이 아니라 평범한 학생이었음을 조 금 더 확신하게 되었다. 내친김에 유리는 가람에게 다른 사 적인 것들을 질문했다. 하지만 가람이 기억하는 정보는 몇 없는 듯, 유리가 적어 놓는 질문에는 자꾸 어깨만 으쓱일 뿐 대답하지 못했다. 가람은 제 얘길 나누기보다 유리 얘길 듣 는 쪽을 좋아했다. 아마 내면에 쌓인 기억이 없어서인 것 같 았다. 꼭 백지에 새 그림을 그리는 사람처럼 자신과 교류할 수 있는 유일한 사람인 유리에게만 온갖 관심을 쏟기로 작 정했는지, 가람은 유리의 책상에 흩어져 있던 편지지를 끌 어와 멋대로 기웃거리기도 했다. 유리가 몇 글자 쓰다가 숨 겨둔 허전한 종이였다.

"아빠, 보고 싶어요. 끝?"

이번엔 유리가 어깨를 으쓱였다. 달랑 한 줄을 채운 편지 지의 넓은 공백에 무슨 마음을 담아야 할까, 유리는 아직도 고민 중이었다. 와중에 연말 감성 가득한 아빠의 편지는 유 리의 관물대에 차곡차곡 쌓이고 있었다. 아빠가 손수 뜬 목 도리나 장갑 같은 선물과 함께. 짧은 가을이 끝나 금방 기온

이 뚝 떨어진다는 기상 예보를 신경 쓰신 게 분명했다. 바보 같은 아빠는 여전한 딸내미 바라기였다. 유리는 아직도 제 잘못과 직면하지 못했는데 말이다. 자꾸 답장을 미루고 미루다 보니 면회는 더 두려워졌다. 아빠가 보고 싶긴 하지만, 부끄러웠다.

"유리 엄마는?"

검지와 중지를 나란히 모은 유리는 그 두 손가락을 제 턱에 가져다 댔다. '없다'라는 의미의 수어였다. 가람에게 틈틈이 가르쳐 둔 짧은 소통법은 요긴했다. 유리는 가람을 받아들이고 가람과 익숙해지는 순간마다 저도 모르는 사이 목소리를 낼 수 없는 아빠의 불편함을 이해하게 되었다. 가슴 언저리가 답답하지만, 발화를 참아야 한다. 가람은 유리에게 엄마가 왜 없는지 물었다. 유리는 가람의 천진한 편견에 악의가 없다는 걸 알아, 늘 껄끄럽게 여겼던 엄마에 대한 기억을 천천히 열기 위해 노력했다. 하지만 그 노력이 무색하리만치 다짜고짜 엄마의 마지막 모습부터 떠올랐다. 유리는 기운이 빠진 듯 침상에 펼쳐진 책상 위로 몸을 늘어뜨렸다. 머뭇거리던 유리는 한 획, 한 획 애를 써 꾸역꾸역 문장을 적었다.

유리가 편지를 쓰고 싶지 않은 이유는, 이렇게 쓴 말이 너무 오래 세상에 남기 때문이었다.

아빠한테 사기 치고 도망갔어. 나처럼.

농인인 유리의 아빠는 보통 사기의 대상이었다. 그리고 아빠는 배우자인 동시에 보호자나 다름없는 엄마의 얘기라면 무엇이든 진실인 줄 알았다. 심지어 아빠는 본인 앞에 빚만 잔뜩 달아 둔 채 어디론가 떠나가 버린 엄마를 참 성실하게도 기다렸다. 계약직이지만 꼬박꼬박 주어진 노동을 해냈고, 정직한 급여를 받았다. 그러나 아빠의 소박한 월급은 꾸준히 불어나는 빚더미에 잡아먹힐 뿐이었다. 그 이상한 부부관계를 보고 자란 유리가 아빠와 자신을 구하기 위해 선택한 방법은 이혼 서류였다. 아빠의 손을 잡아끌고 협의 이혼 서류를 떼다가 구청에 이혼 신고를 걸어 놓은 유리는, 이 이혼에 동의하고자 엄마가 돌아올 리는 절대 없다는 사실을 잘 알고 있었다. 두 사람이 쌍방 의지로 맺은 결혼은 한 사람의 의지만으로는 깨질 수 없는 성스러운 것이라고 했다. 유리는 결혼이란 참 쓸데없는 요식행위라고 생각했다.

그래서 가족관계 증명서를 위조했다. 진유리 인생에 첫 번째 위조였다. 유리는 빚쟁이들이 대문짝을 두들기면 무심한 표정으로 그들에게 엄마의 이름이 사라진 그 증명서를 들이밀었다.

"자, 보세요. 댁들이 찾는 사람 이름이 여기에 있나. 그러니까 그 사람이랑 여기 사는 진 씨는 그냥 남남이라니까요. 이미 이혼을 했기 때문에 우리 아빠한테는 그 빚을 짊어질 법적 의무가 없고, 자꾸 이러시면 이거 다 주거침입죕니다?"

교복을 입은 나이이니만큼 유리는 빚쟁이들이 절 얕잡아 보지 않도록 더욱 똑바르며 가차 없는 목소리를 꾸며 내야 했다. 그래도 좀처럼 돌아가지 않고 머뭇거리는 아저씨들 앞에 경찰과의 통화를 연기하는 일은 거듭되는 만큼 능숙해졌다. 꼭 112가 찍힌 핸드폰 화면을 내비쳐야 흩어지는 빚쟁이들은 빌라 복도를 떠날 때까지 끈질긴 욕설을 중얼거렸다. 그럴 때마다 유리는 바깥이 암만 시끄러워도 아빠의 세상은 마냥 조용해 다행이라고 생각했다. 문을 걸어 잠근 뒤 잠금쇠를 꼼꼼히 채운 유리는 아빠에게 돌아가 수화했다.

"괜찮아."

유리가 괜찮다면 아빠는 정말 괜찮은 줄 알았다. 유리는 자랄수록 아빠가 아닌 엄마를 닮아가는 제 모습이 혐오스러웠지만, 애석하게도 아빠처럼 사는 것보다 엄마처럼 사는 편이 세상을 견디기에 유리하다는 현실을 깨달아갈 뿐이었다.

학교 다닐 때 공부를 잘했느냐고? 단언컨대 성적에는 지능이 아닌 빈부격차가 반영된다. 양친 모두 안녕하시며 사교육에 돈을 들이는 집 애들을, 장애가 있는 편부모 아래 자란 진유리 혼자 따라잡기란 쉽지 않았다. 어른으로부터 관리되지 못한 학교생활 속에서 자연스레 성적은 떨어졌고, 가정이 부실한 유리는 대입 결과에만 열을 올리는 학교 선생들에게조차 버려지는 패였다. 심지어 그의 담임은 논술 부분에서 두각을 드러내는 유리로부터 교내 논술대회 상장을 빼앗은 전적이 있었다. 서울대를 준비한다는 전교 1등의 생활기록부를 밀어 주어야 한다는 터무니없는 이유 때문이었다. 어쩌면 서울대생이란 태어날 때부터 준비되는지도 모르겠다. 도대체 세상에는 오롯한 진실 같은 게 없는 것 같단 회의적인 생각이 아직 미성년자인 유리의 머릿속을 물들였다. 설령 정의가 있다고 하더라도 유리 같은 인생을 사는 애에겐 큰 영향을 끼치지 않았다. 그 사실을 너무 빨리 받아들이게 된 유리는 아무런 힘이 없는 교복 차림의 제 모습을 거울 속에서 뚫어지게 바라보다가 스스로 명찰을 떼어 냈다.

세상이 원하는 사람이 되면 돈을 벌 수 있고, 돈을 벌면 세상이 원하는 사람이 될 수 있다. 이 과정에서 진실은 중요하지 않다.

이름, 이유진. 서울대학교 경영학과 재학. 재학 증명서, 학생증, 수능 성적표까지 위조된 새로운 신분은 생각보다 더 그럴듯했다. 유리는 중고로 구한 서울대 점퍼를 걸친 거울 속 제 모습을 이리저리 뜯어보았다. 열여덟 고등학생이라지만 2차 성징이 끝난 유리의 겉모습은 스무 살 새내기와 구분되지 않았다. 유리의 착각일까 싶었는데, 정말 아무도 몰랐다. 만들어진 신분으로 중고등학생 대상 과외를 구한 진유리가 그들에게 무려 석 달 치 과외비를 뽑아 내는 동안에도 말이다.

"38번 문제에 답이 왜 3번인지 모르겠어요. 2번도 될 수 있지 않아요?"

유리보다 한 살이 많은 학생은 꼬박꼬박 유리에게 '선생님'이라는 호칭을 붙인 채 질문해 왔다. 유리는 저 역시 학교에서 배우고 있는 수능 영어 문제집을 짚어내며 안경을 고쳐 올렸다. 유리는 언제나 수업에 앞서, 이미 모든 답안지를 외우고 시작했다.

"내가 얘기했지? 영어 문제에는 사실 별다른 비결이 없어. 딱 하나만 생각해. 어른들한테는 이미 원하는 답이 있으니까, 넌 창의력 같은 거 발휘하지 말고 그냥 이 사람들 의도만 파악하면 되는 거야. 물론 2번도 답이 될 수 있지. 근데 3번이 더 '그럴 듯'해. 결국, '그럴 듯'한 애들만 만점을 받는다."

냉철한 설명이 아주 '그럴 듯'해서인지 유리가 도맡은 학생들은 정말 성적이 올랐다. 혹은 유리가 제 학생들의 정서를 신경 써서인지도 모르겠다. 남들보다 형편이 빠듯하여 맞벌이 부모를 둔 학생만을 골라 수업을 진행한 유리는 부모의 관심이 부족한 그들을 이해하고 결국 스스로 공부할 수 있게끔 그들의 학업 의식을 고무시키곤 했다.

"근데 이렇게 해서 만점을 받았으면, 그다음은 네 의도대로 살아. 3번이든 2번이든 너 원하는 답 만들면서."

진유리 자신은 꾸며낸 신분을 사는 중이었으나 제 학생들만은 어엿한 신분증을 받길 바랐다. 그런 유리의 모순된 마음은 은연중 수면 위로 드러났다. 그리고 이상한 진심이 통했는지, 학생들은 저와 비슷한 또래지만 이런저런 조언을 아끼지 않는 유리에게 여러모로 의지했다. 꼭 열심히 공부해서 언니와 같은 서울대에 가겠노라 다짐하는 학생들 덕분에 서울대생 '이유진'에 대한 학부모들의 만족도 역시 날이 갈수록 높아졌다.

유리는 몸 편히 벌어들인 돈으로 아빠와의 생활고를 해결했고, 푼돈이지만 아빠 몰래 엄마의 빚을 갚았다. 정말 갚고 싶지 않았으나 끈질긴 빚쟁이들이 가끔은 학교까지 따라왔기 때문이었다. 돈의 출처를 묻는 아빠에게 유리는 나라에서 이런저런 지원금이 나온다는 거짓말을 했다. 물론 나오

기도 하는데, 쥐뿔 조금 나왔다. 유리는 그저 오늘의 저녁상
에 소고기를 올릴 수 있고, 공장에서 몸이 고생한 아빠에게
그 소고기를 먹일 수 있으니 좋았다. 그러면서도 진유리는
이 말도 안 되는 사칭 과외를 지속할 수 없다는 현실을 잘 알
고 있었다. 감히 그 결말이 처참하지 않기만을 바란다면 너
무 큰 욕심이었나 보다.

"서울대학교 경영학과 이유진 씨?"

학부모의 신고는 아니었다. 상대는 유리에게 과외 학생을
빼앗긴 '진짜' 서울대생이었다. 자신을 해고하더니만 입소
문을 탄 유리의 과외로 넘어갔다는 한 학생의 소식을 들은
그는, 서울대 학부생 중 해당 학과에 '이유진'이라는 학생이
없다는 사실을 캐낸 뒤 노발대발 유리를 들쑤셨다. 특히 사
칭에 민감한 명문대생의 신고는 조속히 조사로 진행되었으
며 과외 수업 도중 경찰서에 끌려오게 된 유리는 하필이면
또 서울대 출신 검사를 배정받았다. 이쪽도 서울대, 저쪽도
서울대. 사회에는 생각보다 서울대생이 많구나. 그럼 나 하
나쯤 그냥 봐줄 것이지, 같이 좀 먹고 살자는데. 속으로만 중
얼거리며 쩝, 입맛을 다신 유리였지만 그는 막상 배정 검사
앞에서는 비굴한 소리라곤 일절 꺼내지 않았다.

"이유진 씨. 서울대생이면 공문서위조가 얼마나 큰 죄인

지 알지? 그렇게 벌어들인 과외비가, 보자······ 달에 200씩 석 달로 600이나. 학부모들이 너 사기죄로 고소했어. 이거 합의 못 받아내면, 그다음은 어떻게 되는지도 당연히 알지? 서울대생이니까."

한껏 빈정거린 검사는 유리로부터 반성의 태도를 압박하고 있었다. 아주 큰 죄를 지었으니 손이 닳도록 빌며 선처를 구하길 바라는 모양이었다. 반면 후드티 주머니에 양손을 꽂은 채 자신의 예상보다 그다지 위협적이지 않은 취조실을 구경하던 유리는 말끝마다 그놈의 서울대를 들먹이는 검사를 향해 마른 웃음을 터뜨렸다. 그리고 더없이 냉랭한 목소리로 대꾸했다.

"그딴 건 서울대생 아니어도 알아요."

진유리는 합의를 바라지 않았다. 뭐가 어디서부터 잘못됐는지 알 수 없었고 그래서 어떻게 반성해야 하는지를 몰랐기 때문이었다. 가진 돈을 다 털겠다며, 어떻게 해서라도 합의금을 배상하겠다며 저 대신 손이 닳도록 빌고 있는 아빠를 '괜찮다'는 수화로 달랠 수도 없었다. 입술을 질끈 깨문 유리는 처음으로 아빠를 외면했다. 발화가 어려운데도 꾸역꾸역 유리의 이름을 부르다 못해 눈물 젖어 어그러지는 아빠가 미워서는 아니었다. 저런 아빠를 두고 아무것도 할 수

125
2. 허그 미 이프 유 캔

없는 굉장한 무력감 탓이었다. 열여덟 살 진유리는 이 상황을 책임질 수 없었다. 엄마와 다를 바 없는, 아니, 그보다 더욱 처참한 결말이었다.

소년원 12개월 송치, 10호 처분을 받은 진유리는 제가 적은 문장을 씁쓸하게 바라보았다. 나란히 앉은 천가람도 물끄러미 바라보았다. 그러다가 가람은 유리의 손이 놓은 볼펜을 집어 들었다.

~~아빠한테 사기 치고 도망갔어. 나처럼.~~

조용히 취소선을 그은 가람이 미소지었다. 무얼 안다고 웃는지 싶었다.

"넌 소년원에 왔으니까, 도망친 게 아니잖아."

따라 웃고 말면 이 감정을 어물쩍 넘길 수 있었을 텐데, 편지지 위로 시선을 떨어뜨린 유리는 다시 속눈썹을 들어 올릴 수가 없었다. 축축하고 무거워져서였다. 이곳에 들어온 이래, 유리가 처음 마주하는 슬프고 죄스러운 감정이었다. 가람은 어떤 말을 덧붙이기보다 고작 여섯 글자가 적혀있는 편지지를 손수 접어 주었다.

아빠, 보고 싶어요.

그 종이를 봉투에 넣은 가람이 16개가 꼬박 멀쩡히 붙어 있는 전지 우표 중 끄트머리의 한 장을 뜯어 건넸다.

"그럼 아빠랑은 얼굴 보고 얘기하는 게 좋겠지?"

천천히 고개를 끄덕거린 유리는 떨리는 손끝으로 곱게 접힌 편지봉투를 만지작거리다가 우측 상단에 다람쥐 두 마리가 그려진 그 우표를 붙였다. 곱게 자리를 차지한 그림을 흐뭇하게 바라본 가람이 대뜸 유리를 향해 양팔을 뻗어왔다. 안을까? 꼭 표정으로 그렇게 말하는 것 같았다. 발화하지 않아도 충분히 전해지는 진심이었다. 그게 아주 낯간지러워 마침내 웃음을 낸 유리는 치우라는 듯 가람의 길쭉한 팔을 밀어 냈다. 그런데 밀리지 않았다. 유리는 그날 그 사실을 실감했다. 사람들은 천가람을 안을 수 없었다.

"그런 고로, 이런 짓이 가능하지."

소각장의 콘크리트 바닥을 뒹구는 찌그러진 음료수 깡통 하나를 집게손가락으로 아슬아슬 잡아 올린 진유리는 꼭 신희민이 그랬듯 천가람에게 그 조그만 쓰레기를 던졌다. 방금 벌어진 상황에 대한 확인사살처럼, 깡통은 또다시 가람의 몸을 관통했다. 오랜만의 장난이라 슬슬 재미가 들린 유리가 아예 근처의 나뭇가지를 주워다 마구 가람을 찌르고 그의 형상 위에 휘적휘적 원을 그리며 놀 때도 희민은 뻐근하리만치 벌어진 턱을 다물지 못해 가람의 원성을 샀다.

"사과해. 언니한테 미안합니다, 해."

"그래, 사과해. 고작 열여덟 먹고 이런 팔 척짜리 귀신 한 을 몸에 붙이면 희민이 너 여든까지 삭신 쑤신다."

금방이라도 눈물을 터뜨릴 것 같은 가람의 울망울망한 눈동자 때문에 부러 더 가람의 편을 들어 준 유리는 그만 나뭇가지를 던져 두고 탈탈 손바닥을 털었다. 그리고 딱딱하게 얼어 있는 희민을 돌아보며 쯧, 혀를 찼다. 정말 기가 찰 노릇은 천가람이 아니라 이 녀석이 저질렀다. 유리가 소박한 불씨를 머금고 타닥타닥 타들어 가는 드럼통을 턱짓했다.

"도대체 어떻게 소년원으로 담배를 들였냐. 솔직히 발상 하나는 꽤 영리했어. 이런 영재인 줄도 몰라뵙고 내가 칠칠치 못해 우표가 돈이 되니 어쩌니 입을 나불거렸네."

"……저 언니는 만질 수 있잖아요. 빨래도 개고, 공도 차고, 방금은 담배도……."

"그치? 그래서 귀신이 곡할 노릇이라는 조상님 속담은 있다만, 천가람한테는 갖다 붙일 물리법칙이 없더라. 아마

다른 사람들 눈에는 물건이 자기 혼자 움직이는 것처럼 보일걸? 희민이 너 그 영화 몰라? 〈파라노말 액티비티〉."

사물이 물리법칙을 위배하고 스스로 움직이는 초자연현상을 다룬 공포 영화의 제목 같은걸, '채이설'도 모르는 신희민이 알 리 없었다. 유리는 희민의 앞에 방금 손수 촬영해 둔 캠코더 영상을 들이밀었다. 화질은 형편없었으나 환풍기 앞에 쪼그려 앉아있는 희민의 모습, 그런 희민이 갑자기 벌떡 일어나 허공에 뜬 담뱃갑을 향해 손을 뻗는 모습, 그 담뱃갑이 드럼통에 빠지고 불이 번져 화가 난 희민이 벽을 향해 바람 빠진 배구공을 던지는 모습이 확실히 담겨 있었다. 그러나 화면 안에 천가람은 없었다. 낡은 캠코더와 눈앞의 천가람을, 아니 귀신을 번갈아 쳐다보던 희민은 머뭇머뭇 손을 뻗어 가람의 몸을 한 번 휙, 헤쳐 보았다. 놀랍게도 손에 잡히지 않았다. 희민은 살아생전 처음으로 사기를 당한 기분이 들었다.

새까만 단발머리를 움켜쥐던 희민은 조그만 입으로 커다랗게 한숨을 내쉬었다. 잠시 눈을 감아 뒤엉키는 이 감정을 정리해야 할 필요가 있었다. 9호실 바깥만을 관찰하느라 안일했던 희민의 사소한 의문들은 그제야 답을 찾아가고 있었다. 천가람의 보라색 체육복, 유독 비어 있는 천가람의 관물대…… 그러고 보니 9호실 방 앞에 천가람의 이름이 적혀 있었나? 희민은 본인이 가람을 향해 쓰레기를 던졌다는 사실보다, 아무것도 눈치채지 못한 과거가 후회되어 반성했다. 방심했고, 인정한다. 물론 이렇게 평범한 외관의 귀신과 사람을 구분하는 사람은 흔치 않겠지만 적어도 의심은 했어야지. 자책하던 희민의 가는 눈매가 다시 가람을 향했고 그의 입술이 사과를 뱉을랑, 말랑 달싹거렸다.

"아니 근데, 내 물건 함부로 태운 사람은 언니잖아요. 언니가 먼저 시작했거든요? 담배는 어떻게 배상하실 건데요. 저게 도 합 얼마짜리인지 언니가 아시냐고."

"……가람아, 너 이래도 열여덟이 귀엽고 소중하냐?"

축 늘어진 가람의 눈꼬리가 움찔거렸다. 저 작은 애가 윽박지른다고 여기에서 제일 큰놈이 홀랑 쪼그라들었다. 그 어이없는 상황에 제 이마를 짚은 유리가 쪽도 못 쓰는 가람을 대신하여 희민을 추궁하기 위해 팔짱을 끼울 때였다.

"잡담이 길다. 신희민, 진유리. 쓰레기 다 버렸으면 교육동으로 복귀해."

가람은 조속히 권 교관의 눈에 띄지 않게끔 불씨를 죽였고, 캠코더와 희민이 들고 온 종교 수업 팸플릿 무더기를 와르르 드럼통에 던져넣은 유리는 커다랗게 대답했다. 그리고 희민을 낚아채 교관의 뒤를 따라 소각장을 벗어나야 했다.

가람과 달리 자유롭지 못한 두 사람 사이에 팽팽한 긴장이 흘렀다. 유리는 제 곁에 서서 걷는, 저보다 한 뼘이나 작은 이 애가 보란 듯이 세워놓은 콧대를 내려다보았다. 지기 싫구나. 그 이전에, 신희민은 이런 문제를 지고 이긴다는 마음으로 판가름하는구나.

"너 생활관에 복귀할 때까지 한 군데도 빠짐없는 변명 준비해야 할 거야. 물론 천가람한테 할 사과까지 포함한."

"싫다면요."

유리는 희민의 마른 어깨 위에 제 팔 한쪽을 짓누르듯 감았다. 깊이 끌어당기면서도 교관의 눈을 피하는 것쯤, 유리에겐 아무것도 아니었다.

"앞으로 더 재미있어지는 거고."

유리가 보기에 이 열여덟은 귀엽고 소중하지 않았다. 그리고 진유리는 귀엽고 소중하지 않은 것들을 다룰 때 더없이 냉랭해졌다. 희민은 제 귓가를 파고드는 유리의 목소리가 낯설다고 생각했다. 반사적으로 올려다본 그의 얼굴 역시 마찬가지였다. 꼿꼿하게 세워 둔 체육복 카라의 깃 때문에 눈동자만 드러난 유리의 얼굴에는 위압감이 드리워져 있었다. 꼭 범죄자의 얼굴 같았다. 아, 범죄자 맞지. 깨닫고 나서야 신희민은 반항심과 별개로 마른침을 삼킬 수밖에 없었다.

3 · 환상 속의 그대

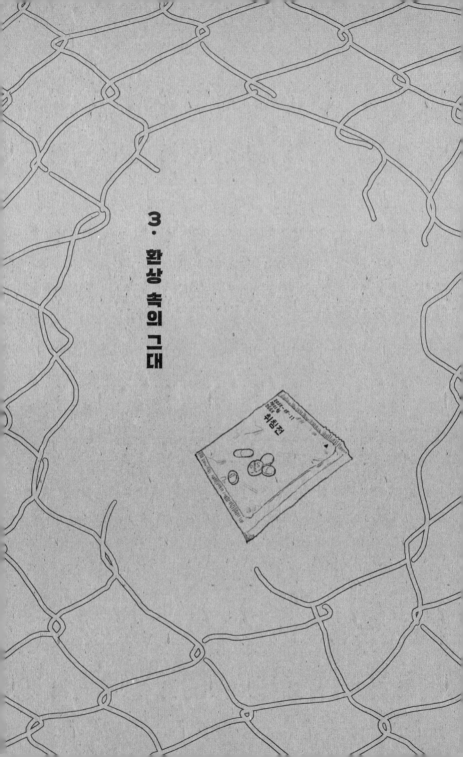

9호실에서는 네 사람이 대치 중이었다. 정확히는 1:2처럼 보이는 1:3의 구도였다. 채이설이 또 졸고 있었기 때문이다. 물론, 여기서 1은 신희민이었다. 방장의 권한으로 교관 대신 문을 단속한 뒤 신희민을 돌아본 진유리가 직행한 곳은 희민의 관물대 앞이었다. 멋대로 희민의 소지품을 뒤지며 차곡히 쌓인 우표들을 꺼내든 유리는 그 종이 뭉치를 부채처럼 펼쳐 가늠하다가 혀를 차는 소리를 끝으로 9호실 바닥에 내던졌다. 촤르륵 펼쳐지는 우표의 그림들이 가지각색 현란했다.

"너 이거 소지품 검사 들어가면 한 큐에 걸려. 혼자 이만큼이나 가지고 있는데 교관이 그냥 넘어갈 것 같냐?"

"그냥 넘어가게 도와 주실 것도 아니잖아요. 차라리 갖다 찌르시든가요."

"근데 이게 보자, 보자, 하니까."

겨우 육두문자를 참아낸 유리의 눈빛이 처음 보는 종류라 당황한 가람은 손을 뻗어 흩어진 우표들을 다시 모았다. 이런 것쯤이야 가람이 어디에다 숨겨 놓으면 어른들의 눈에 띄지 않을 것이다. 문제는 이런 우표가 아니었다.

"그래서 얘기 안 할 거야? 왜 그런 거 가져다 파는지?"

유리보다는 부드러운 목소리를 낸 가람이 질문을 정화했다.

"어떻게 들였는지도 얘기해."

하지만 유리는 호락호락하지 않았다. 희민은 차라리 제 장사가 교관에게 걸렸으면 걸렸지, 같은 9호실 재소자로부터 들쑤셔져 엉망이 되는 경우는 원치 않았다. 평소 같았으면 단칼에 무시했을 희민이었으나 지금은 이상한 변수가 끼어든 상황이었다. 당연한 말이지만 희민은 아직도 가람이 얼떨떨했다. 무던히 노력하여 티를 내지 않고 있을 뿐이었다. 두 언니를 번갈아 쳐다보던 희민은 이번에도 습관처럼 거래를 선택했다. 희민이 턱짓한 사람은 벽에 기댄 채 이설이었다.

"어떻게요? 쟤 포함해서 우리가 어떻게 이 언닐 보는지 설명해 주면요. 왜 하필 난데요? 혹시 9호실을 써서 그래요? 이 방에 붙은 지박령, 뭐 그런 거?"

유리는 묘하게 들쑥날쑥한 희민의 발성으로부터 묻어나온 급급한 호기심을 파악했다. 신희민은 똑똑한 애였다. 이

상황에서의 '갑'은 본인이 아니라는 사실 정도는 인지했을 것이다. 짧은 한숨으로 한 꺼풀 화를 삭인 유리가 꾸벅꾸벅 조는 이설의 옆에서 벽에 등을 기대앉은 뒤 삐딱하니 팔짱을 끼웠다.

"신희민. 넌 지금 그게 등가교환 가능한 정보라고 생각하는 모양인데, 너랑 다르게 나는 이 상황을 꽤 알아. 너 내가 무슨 수업 듣는지 모르지?"

제 관물대에서 유리가 빼든 책은 '타일기능사'의 기초 교제였다. 별다른 필기시험 없이 실기시험만이 존재하는 자격증 수업의 안전수칙과 간단한 이론이 적혀 있는 얇은 서적이었다. 4월 초에 검정고시 시험을 무사히 치른 유리는 그 난관을 거쳐야 수강할 수 있는 기술반에 입성한 상태였다. 심지어 다음 주에는 검정고시 시험의 합격 여부가 내려온다. 하지만 별로 걱정되지 않았다. 90%의 확률로 합격일 터였다.

유리는 이토록 바빴다. 담배팔이 신희민이 멋모르고 봄을 맞이하는 사이에 말이다.

"기술 직공이 먼저 담배 팔았지, 여기 애들한테. 특히 그 11호실 반삭. 단골손님이었을 거야. 근데 신희민 네가 그 손님을 가로챘고. 희민아, 넌 지금 네가 무슨 짓을 했는지 잘 모르나 본데 넌 그 아저씨의 독점 시장을 침범했어. 그쪽은 과연 언제까지 널 가만히 두고 볼까?"

이건 천가람 역시 듣도 보도 못한 얘기였다. 가람은 경악을 금치 못한 채 희민에게서 유리에게로 시선을 옮겼다. 희민의 짓이 맞는지 확인만 해 보자며 규칙을 운운하던 유리가 언뜻 불안해 보였던 이유가 이거였나 보다. 이 소년원에 담배를 처음 유통한 사람이 신희민이 아니라는 사실도, 진유리가 진작 그걸 알고 있었다는 사실도 가람을 혼란스럽게 만들었다. 반면 희민은 제 생각보다 상당한 유리의 기세에 그제야 머뭇거리는 기색을 보였다. 진유리는 진짜 보통이 아니었다. 오로지 희민만이 파악하고 있으리라 자만했던 기울어진 시장의 구조가 유리의 눈에도 읽힌 모양이었다.

"……까놓고, 그런 아저씨보다 나랑 거래하는 게 여기 애들한테는 이득이니까요. 그럼 언니도 알 거 아녜요. 기술 직공이 어떤 방법으로 담배 팔았는지."

유리는 잠시 안경을 벗어 콧잔등을 문질렀다. 안경 너머 드러난 그의 얼굴은 아주 골치가 아파 보였다.

철저히 관리되고 원칙적으로 돌아가는 것처럼 보이는 모든 공간에는 저마다의 구멍이 있다. 학교의 선생들조차 사리사욕을 억누르지 못하는 경우가 발생하는데 소년원이라곤 별다를까. 외부에서 파견되는 기술 직공은 재소자들을 협박하고 추행하는 대가로 기술 공방 안에서 재소자들이 담배를 한 개비씩 피우게끔 도왔다. 행위 자체를 직접 목격한 적은 없는 유리었지만, 어느 정도 유추할 수 있는 그림이었다.

강제성이 없다 한들, 사람을, 그것도 미성년자를 그런 식으로 취급하는 사고방식 자체가 기형적이기 짝이 없었다. 아이들 사이 암암리에 도는 그 소문을 소년원의 어른들이 알고 있는지는 희민이나 유리나 알 수 없었다. 하지만 유리는 그들이 알고도 묵인한다고 생각했다. 이미 전과자라는 딱지가 붙은 애들이 만든 추문을 올곧이 믿어 주고 공론화할 어른은 없을 게 분명했다. 더더군다나 기술 직공이 대단한 전문성 없이 이 소년원에서 설치고 다닐 수 있는 이유는 교장의 사촌쯤 된다는 혈육이기 때문이었다. 너무 뻔하디뻔해, 유리에게는 두통을 유발하는 흐름이었다.

"그래서 마냥 정의로운 마음에 어디선가 담배를 떼다 파셨다? 그 새끼랑 더러운 짓 하느니 신희민 널 통해서 행복하게 피우라고? 이야, 이거 내가 박수를 드려야 하나?"

"박수까진 됐고요. 그냥 여기 애들한테는 뭐가 필요한가 그걸 좀 봤어요, 내가."

다른 의미로 머리가 어지러워진 가람은 이제 1:2가 아니라 1:1:1로 대치를 바꾸어 유리와 희민을 번갈아 쳐다보았다. 유리는 잠시 침묵을 유지했다. 기술 직공의 파렴치한 짓거리는 당연히 유리의 눈에도 탐탁지가 않았다. 그저 좋게, 좋게 살다가 퇴소할 작정이었으니 그냥 외면하고 있던 차였다. 사실 외면해선 안 되는 문제였는데. 유리는 이로써 몇 번째인지 셀 수도 없는 한숨을 쉬었다. 뭔가 희민의 공로를 인정한다는 뉘앙스가 섞인 한숨이었다. 그 기류를 눈치챈 가람은 어째서인지 유리가 묘하게 설득을 당하는 이런 분위기부터 끊고자 노력했다. 가람은 우선 희민부터 겨눌 것을 결정했다.

"아니, 얘들아…… 담배를 안 피우는 쪽이 맞는 거 아니야? 여기 교도소도 아니고 소년원인데?"

어느 동네에 살았는지 참 순진한 물음이었다. 희민은 날것의 헛웃음을 터뜨렸다.

"소년원이니까 피우는 쪽이 맞죠. 장사가 얼마나 잘 되는지 언니는 모를 거다."

"……대부분 사회에서 피우던 버릇을 개 못 주고……"

결국, 신희민에게 동조한 진유리였다. 가람은 황급히 유리에게로 화살을 돌렸다.

"그렇다고 하더라도 그렇게까지 해서 담배를 피워야 한다고? 유리 너는 언제부터 그런 못된…… 그런 걸 알았어? 알고 있었으면 교관님한테 얘기부터 했어야지. 아니다, 그 사람 경찰서에다가 신고해야 하는 거 아냐?"

"소년원에서 경찰서에 신고를? 아무런 물증도 없이? 가람아, 진심이냐? 너 분명히 공부를 꽤 했을 거라며?"

2:1로 대치 상황이 바뀌었다. 이제 여기서 1은 신희민이 아닌 천가람이었다. 할 말을 잃고 금붕어처럼 입술을 뻐끔거리게 된 가람은 자신의 절망적인 표정을 가리기 위해 마른세수를 퍼부었다. 도무지 가람 혼자서는 두 범죄자의 대꾸를 감당할 수가 없었다. 유리는 퍽 괴로워하는 가람을 차치하고 다시 희민에게 뾰족한 시선을 돌렸다.

"머잖아 들통날걸. 우표가 이렇게 모인 것도 그렇고 결정적으로, 빨랫감에서 냄새가 나거든. 손님 끊긴 기술 직공이 제일 먼저 들쑤실 텐데 어떻게 대처할 생각?"

이미 지은 죄 만큼의 장기 송치 형량을 받고 소년원 처분 중인 상황에, 여기서 한 번 더 범법행위를 저지른다면 신희민은 다시 재판으로 회부될 것이다. 아마 소년원 10호 처분의 최대 형량 2년을 꽉 채우거나 그 이상까지 다뤄질지도 모른다. 유리는 희민이 왜 이런 공간에서까지 사서 말썽을 피우는지 이해할 수 없었다. 고작 담배 하나 못 끊어 물밑 거래를 하는 소년범들처럼 신희민 역시 나쁜 버릇을 개 못 줬다기엔 규모가 크고 촘촘했다. 유리는 희민이 꼭 무언가를 과시하고 싶어하는 것 같다고 생각했다. 희민은 다시 서늘한 제 동공에서 안광을 꺼뜨렸다. 그는 사이를 두다가 동문서답했다.

"……어떻게도 얘기하라고 했죠? 언니가 보기엔 어떤데요? 제가 어떻게 했을 것 같아요?"

제 나름 빠르게 머리를 굴리기 시작한 유리는 소년원까지 담배라는 품목을 들여오기 위해서는 불가피했을 외부와의 접촉을 가정했다. 폐쇄적인 공간을 들락거리는 사람들. 교사, 봉사활동자, 종교인, 더 나아가 재소자의 가족. 당연히 미성년자는 아닐 것이다. 그중 누구와 작당을 했든 스스로 돈을 벌 구석을 찾아 냈고 유통로까지 뚫었다는 점으로 미루어 보아, 신희민은 열여덟치고 담이 컸다. 나쁜 쪽으로 발휘되었으나 아무튼 장사치로서의 통찰력도 좋았다. 유리는 이제 '어떻게'는 중요하지 않다고 생각했다. 희민은 분명 숨겨진 '왜'를 가지고 있었다.

"취소, 얘기하지 마. 그 방법 듣는 순간 나도 공범이 되는 기분일 것 같다."

"현명하시네요. 모르는 게 약이라고 봅니다."

"질문을 바꿀게. 정말 돈이 목적이냐? 여기 상황을 다 계산했으면, 결국 끝이 어떨지도 알만한 애가?"

벽에 등을 기대앉은 희민은 제 두 다리를 끌어모아 무릎에 턱을 얹고서 반대편에 걸린 시계를 바라보았다. 째깍째깍. 초침이 흐를수록 희민의 얼굴은 다시 기본값을 찾아 차가워져 갔다.

"할머니가, 저는 아직 멀었대요."

어딘가 침울하게 느껴지는 희민의 대답 앞에 유리는 아무 말을 할 수 없었다. 저 또한 어디선가 들어본 적 있는 기시감 가득한 대사였다. 그제야 유리는, 어쩌면 저 애가 이 상황이 들통나길 바랐는지도 모르겠다는 추측을 했다. 희민이 아직도 그 누구의 면회도 받지 않았다는 사실을 떠올리며 말이다. 양친 모두 안녕하지 않은 집에 할머니와 살고 있었을 신희민의 조그마한 체구는 어째서인지 진유리 자신의 어린 날은 반추하게 했다. 유리는 익히 알고 있는 외로움이었다. 이내 유리는 완전히 입을 다물었다. 자그맣게 색색 피어나는 이설의 숨소리만 9호실의 정적을 건드릴 때였다.

"그치. 아직 멀었지, 아직 어리잖아. 그게 왜?"

미간을 잔뜩 구긴 천가람은 어른들의 비꼬아진 말을 이해하지 못하는 애였다. 또한, 멀었다고 한들 반발심을 못 이겨 송곳니를 드러내고 범법을 저지르는 이 애들도 이해할 수 없었다. 가람의 언성은 거듭 높아졌다.

"신희민, 넌 열여덟. 진유리, 넌 열아홉. 둘 다 아직 어리다고. 스무 살도 못 채운 애들이 도대체 왜 혼자 돈을 벌겠다고 아등바등 그러는데? 심지어 이렇게 위험한 짓까지 해 가면서? 유리는 엄마 없고, 희민이 넌 부모님 없으니까? 그래도 너희 인생에 누군가는 있을 거 아니야. 있었을 거 아니야, 어른들이. ······있어야 하잖아."

소년수들을 앞에 둔 채 순진한 환상을 설파하는 가람의 이론대로라면 애당초 소년원 따위 생길 이유가 없었다. 하지만 유리나 희민은 꽤 답답해 보이는 가람의 의문을 해소해 주지 못했다. 가람과 달리 푸르스름한 체육복을 걸친 두 소년수는 이제 서로를 바라본 채 가만히 입술을 깨물었다. 있어야 할 어른이라. 자연스레 유리는 제 엄마를, 희민은 제 부모님을 떠올렸다. 하지만 그들의 부재는 핑계일 뿐이고, 범죄는 우리가 지었다. 그게 외면할 수 없는 현실이었다.

"그러니까 애들아, 내 말은, 우리 다 미성년자잖아?"

절대 이 방 바깥으로 울려 퍼질 수 없는 천가람의 높아진 언성이 좁은 9호실만을 꽉 채울 때였다.

"와, 언니 진짜 시끄러워요."

덕분에 부스스 채이설이 깨어났다.

"죄송한데 한 분씩 질문해 주시겠어요? 한꺼번에 이러시면 너무 시끄러워요. 아뇨, 감량을 따로 신경 쓰지는 않았고 이번 신곡 안무가 전체적으로 어려워서 자연스럽게 살이 많이 내렸어요. 다들 고생했죠. 네, 그래서 지난 활동보다 콘셉트는 더 과감해질 수 있었고요. 의상이 예쁘지 않았나요? 아, 제가 더 예뻐졌다고요? 아니구나, 너무 말랐다고요? 건강합니다. 전 괜찮아요. 김밥도 혼자서 한 줄을 다 먹을 수 있는데요? 그보다, 신곡은 반응이 어떤가요? 제가 팀을 대표해서 여러분이 모두 사랑해 주시는, 좋은 노래를 쓰게 되어서 영광이었답니다. 무슨 소리세요…… 약이랑은 아무 관련이 없어요. 애초에 그런 약을 먹은 것도 아니고, 순수하게 제가 만든 곡이에요. 처방받은 약은 그냥 다이어트에 좋은, 아뇨, 따로 신경 쓰지 않았어요. 죄송합니다. 그건 정말 잠이 안 와서, 그래도 한 번씩은 푹 자고 싶은 마음에…… 저희 이번 쇼케이스 되게 열심히 준비했는데 음반 관련 질문은 없

으신가요? 여러분이 이렇게 시끄러우면 저 노래를 할 수가
……."

미닫이문이 열리는 순간 양팔을 모은 채 상체를 앞뒤로
흔들거리던 이설은 우뚝 입을 다물었다. 의사와 함께 들어
선 간호사가 이설의 팔오금에 꽂힌 링거의 수액 양을 조절
했고 여전히 창백한 이설의 안색을 살피며 의사는 물었다.
"채이설 양, 오늘은 좀 어때요. 아직도 계속 시끄러워요?"

눈가와 늑골이 퀭하니 꺼진 이설이 마른침을 삼킬 때마다
그것을 감당하지 못한 여린 목울대가 요동쳤다. 그러나 쇼
맨십 가득한 표정을 짓는 데는 1초도 필요하지 않은 이설이
라, 그는 능청스레 대답할 수 있었다.

"아뇨. 조용해요, 선생님. 많이 좋아졌어요."

4개월에 걸친 치료감호가 끝났다. 이설은 한시라도 빨리
이 병원을 벗어나고 싶었다.

소년원 중에서도 신설이라는 서락여자학교의 생활관은 4
인실짜리의 방들로 꾸며져 있으나 원활한 관리와 위생 준
칙을 위해 가능하면 한 방에 세 명 정도만 수용하도록 조정

된다고 했다. 설문조사 결과, 원생들 역시 두세 명의 인원으로 수용됐을 때 교관이나 선생님으로부터 세심한 관리를 받을 수 있으니 그편을 선호했다. 그런데 채이설이 배정받은 9호실은 어째서인지 침상이 꽉 차 있었다. 단출한 상자를 제 관물대에 내려놓은 이설은 당연하다시피 모두의 시선을 샀다.

"……갑자기 저렇게 생긴 애가 들어온다고?"

반사적으로 중얼거린 진유리는 뒤이어 기시감의 출처를 깨달았다. 사는 게 바쁜 유리였다지만 이런저런 매체와 CF에 다수 출연한 이설을 전혀 모르기는 어려웠다. 당장 유리의 고등학교 버스정류장에도 10대를 겨냥해 화장품을 광고하는 아이돌 '이설'의 얼굴이 대문짝만하게 붙어있었기 때문이다. 머잖아 출소를 앞둔 방장 언니가 휘둥그레진 눈으로 이설의 조막만 한 얼굴을 가까이서 뜯어 보기 시작했다.

"채이설? 맞는데, 채이설?"

"네. 맞아요, 채이설."

체육복의 앞섶을 가리며 조신하고 공손하게 인사한 이설은 절 신기하다는 듯 바라보는 유리와 방장 언니가 아닌, 당최 제가 누군지 모르겠다는 표정으로 멀뚱멀뚱 입을 다물고 있는 가람과 굳이 한 번 시선을 맞추었다. 유리의 옆에 붙어 있던 가람은 그 정확한 시선에 찔려 몸을 움찔, 웅크렸다.

"아, 여기 인터넷 안 되죠. 그래서 업데이트가 느리겠구나
……."

상습적 불법 약물 복용 및 거래 혐의를 지고 톱스타에서 순식간에 범죄자로 전락한 '마약돌 C양' 사건은 작년 여름 세간의 큰 화제였다. 당연했다. 가십을 씹는 사람들의 흥미를 자극할 수 있는 온갖 키워드가 한데 모여 있기 때문이었다. 여자 아이돌, 미성년자, 열여덟, 프로포폴, 식욕억제제, 톱스타, 파문. 이설의 이슈는 이리저리 어떻게 잘 조합하기에 따라 끊임없이 파격적인 기사 제목을 생산할 수 있는 슈퍼마켓이나 다름없었다. 기사나 동영상의 조회 수가 들끓기 시작하면 그때부터 사실관계는 중요하지 않았다. 사실 이제는 당사자조차도 뭐가 사실인지 잘 몰랐다. 어차피 남들의 입방아 위에서야 완성되는 직업인지라, 이설은 그러려니 했다.

"음…… 쉽게 말하면, 약쟁이에요. 이것저것 약을 하다 붙잡혀서 4개월 동안 병원에 있었고요, 여기서는 8개월 있어야 한대요. 10호 처분이라고 했었나? 모쪼록 잘 부탁드립니다."

한겨울에도 난방이 잘 돌지 않아 여실히 차가운 9호실 바

닥에는 거친 재질의 모포가 깔려 있었다. 배정받은 자리에 앉아 그 이불도 담요도 아닌 천 조각을 서툰 손길로 정리한 뒤 깡마른 어깨를 으쓱인 이설이 입꼬리를 동그랗게 말아 올렸다. 아주 매력적인 미소였다. 그 공간 속 재소자들은 잠시 숙연해졌다. 그때 조용히 주섬주섬 종이를 꺼내든 사람은 체육복 깃을 턱까지 끌어올려 잠근 방장 언니였다.

"……사인 좀. 내 동생이 너 엄청 좋아하거든."

"동생만요? 언니는요?"

나이를 밝히지도 않았는데 언니라는 살가운 호칭을 입에 올리는 게 아주 익숙해 보였다. 꼭 만인의 막냇동생 같은 말투였다. 사인회장을 방불케 하는 실력으로 금방 책상을 펴 자리 잡은 이설은 야무지게 제 소지품 속 펜을 찾았다. 잇새로 뚜껑을 열어 보인 이설이 방장이 내민 종이에 사인하는 와중에도 그와 다정히 시선을 맞췄다. 방장 언니가 퍽 수줍은 듯 체육복 깃 아래로 입술을 폭 감추었다. 나란히 벽에 붙어 앉아 있던 유리와 가람은 그 광경을 눈만 데굴데굴 굴려 바라볼 뿐이었다. 매사 무심하고 근엄한 축의 방장 언니에게서 영 처음 보는 모습이었다.

"뭐…… 나도 좋아하지. 너희 노래 많이 들었어."

"진짜요? 언니 여기 오래 계셨구나? 근데 아마 언니 동생한테는 이 사인 갖다 줘도 필요 없을 거예요. 이제 나 안 좋아할걸."

분명 백 번이고 천 번이고 그려본 사인일 텐데 이설의 손은 후들후들 떨리고 있었다. 애써 미소 지은 이설이 자꾸만 지렁이 기어가듯 망가지는 제 서명을 고치다가 깊은 한숨을 내쉰 뒤 작은 사과를 끝으로 받은 공책에서 새 종이를 뜯었다. 방장 언니는 그런 이설의 파리한 낯을 유심히, 또 조심스레 살피고 있었다.

"무슨 약을 얼마나 했길래 너 같은 애가 소년원까지 와? 초범은 보통 집행유예 뜨는데, 보석금으로도……."

"밖에."

그의 질문을 끊어먹기 무섭게 종이가 한 번 더 구겨졌다. 양손에 힘 조절이 되지 않아 펜 대신 종이를 움켜버린 이설이 어금니를 앙다무는 순간 마른 턱 가죽 아래 깨물근이 도드라졌다.

"밖에 나가시면 기사 읽으세요. 구구절절 얼마나 친절하던지."

겨우겨우 구겨진 종이를 펼친 이설은 웃는 낯으로 사과했다. 관용이라곤 모르는 줄 알았던 방장 언니는 척 보기에도 엉망인 사인을 가지고 괜찮다며 제 자리에 돌아갔다.

그는 다음 달로 다가온 출소일에 잊지 않고 가져가고자 이설의 사인을 소중히 접어 제 개인 소지품 사이에다 집어넣었다. 허튼 말이 아니라 정말 팬이었나 보다. 그런 뒷모습을 뿌듯하니 바라보던 이설은 기왕 꺼내든 펜의 뚜껑을 닫기 전, 건너편 침상에 앉아있는 유리와 가람에게로 시선을 던졌다.

"거기 두 분도 해 드릴까요?"

그 대사에는 정확히 두 사람과 한 귀신이 한꺼번에 놀랐다. 가람과 유리가 동시에 당혹스러운 눈빛을 교환하는 동안, 삐걱삐걱 고개를 돌린 방장 언니는 허공을 응시하는 유리를 바라본 채 낯빛을 식혔다.

"……두 분이라니?"

이설은 무엇이 잘못되었는지 모르겠다는 표정이었다. 동그랗고 커다란 눈망울을 끔뻑이는 이설을 향해 가람은 얼른 검지를 세우고서 후다닥 제 입술을 눌렀다. 그제야 짧은 감탄사를 터뜨린 이설이 대수롭지 않다는 듯 펜 뚜껑을 닫았다.

"아…… 죄송해요. 제가 아직 헛것이 보여서."

어쩐지 혼자서만 다른 옷을 입고 있더라니. 안심하라는 듯 검지 대신 펜을 세워 제 입술을 톡톡 두드린 이설은 가람을 눈에 담은 그대로 해사하게 웃어 주었다. 매가리 없이 풀려 있지만 아름다운 이설의 동공이 빛났다.

취침 30분 전, 방장 언니와 진유리는 빨간 알약이 담긴 통을 꺼냈다. 취침 점호를 도는 교관이 소년수들의 루틴을 감시하며 복도를 돌고 있었다. 채이설은 빨간 알약 대신 다른 알약이 이것저것 모여 있는 봉투를 한 칸 뜯었다. 치료감호를 받았던 정신병원에서 처방받은 내복약이었다. 그걸 한입에 털어 넣는 채이설을 유심히 관찰하던 진유리는, 빨간 알약을 먹는 척 혀 아래 붙인 뒤 물이 묻은 입가를 닦는 제 손바닥에 뱉어 냈다. 방장 언니는 늘 그렇듯 알약을 삼켰고, 9호실의 소년수들은 모두 나란히 누웠다. 유리를 제외한 두 사람이 순식간에 잠들었는지 그들의 숨소리가 달라졌다. 제 턱 아래까지 이불을 흠뻑 끌어당긴 유리가 얼마간의 정적을 계산하다가 취침을 위해 벗어 놓았던 안경을 잠시 걸쳤다. 밤새 불이 완전히 꺼지지 않는 생활관이라, 제 옆자리에 누워 있는 가람이 금방 눈에 띄었다. 작게 안도의 한숨을 내쉰 유리는 다시 안경다리를 붙잡아 접고 가지런히 속눈썹을 내렸다. 오랜만에 숙면할 수 있을 것 같았다.

다음 주가 벌써 설날이었다. 유리의 앞으로는 두 통의 편지가 도착했다. 하나는 떡국을 가지고 서락여자학교로 면회를 와도 괜찮겠냐는 아빠의 편지였고 다른 하나는 유리가 '이유진'의 이름으로 가르친 과외 학생의 편지였다. 어떻게 유리의 소재를 알아냈는지 조심스러운 인사말로 시작한 그 편지에는 뜻밖의 소식이 적혀 있었다.

이유진 선생님. 아니, 진유리 언니.

어른들은 이해하지 못하겠지만 언니의 과외 덕분에 제가 무사히 서울대에 합격했다는 소식을 전해드려요. 언니가 괜찮다면 한 번쯤 찾아가고 싶어요. 물론, 전화도 괜찮아요. 편지지 뒷면에 제 번호를 적어 놓았어요. 어떤 번호로 걸려와도 차단하지 않고 꼭 받을게요. 비록 언니는 진짜 서울대생이 아니었지만, 진짜 서울대생이 된 저에게 그 누구보다 큰 도움을 주셨어요. 저는 '그럴 듯'하게 만점을 받았으니 이제부터는 강한 어른이 되어 제 답을 찾겠습니다. 고마웠어요, 언니. 새해 복 많이 받으세요.

추신: 언니가 저보다 한 살 어리다는 건 알고 있어요. 하지만 한 번 언니는 영원한 언니잖아요?

38번 문제의 답이 왜 3번인지 모르겠다던 학생이었다. 그 편지를 뚫어지게 응시하는 유리의 표정이 멍해졌다. 얼떨떨한 기분도 잠시, 제 이마를 문지르던 유리는 정말 편지지 뒷면 귀퉁이에 적힌 학생의 번호를 확인했다. 꼭 새해의 선물 같았다. 두근거리는 마음으로 사무실을 찾아간 유리는 전화를 사용할 수 있는 시간과 면회 가능 날짜를 확인했다. 해가 바뀌어서인가, 유리는 사회에서 자신을 부르는 두 사람에게 화답하고 싶었다. 특히 아빠가 손수 끓인 떡국을 먹어야만 정말 나이를 먹을 수 있을 것 같았다. 드디어 아빠에게 면회권을 사용하는 유리를 기특하게 바라보던 담당 선생님이 '명절 접견'이라는 명단에 진유리의 이름 석 자를 적었다. 교무실의 창밖에서 흰 눈이 내리고 있었다.

또 아빠가 헛걸음하시지 않도록 날짜와 시간이 적힌 안내 문자를 부탁하고 생활관으로 돌아온 유리는 교관의 지시를 따라 다른 아이들이 그러했듯 기다란 삽자루를 받아든 뒤 운동장에 쌓인 눈을 치웠다. 간밤 펑펑 내린 함박눈은 산골짜기의 통행을 먹통으로 만들었으나 원래 갇혀 있던 재소자들에게는 반가운 장난감일 뿐이었다. 굳이 그들과 함께 눈을 치울 필요가 없는 천가람은 잔뜩 신이 났는지 제 손바닥 안에 눈 뭉치를 만들어 두툼한 겉옷을 걸친 유리를 겨냥하며 뛰어다녔다. 가람만이 아니라 소소하게 눈싸움의 시동을 거는 악동들이 뒤섞인 운동장이었기 때문에 출처 없이 허공을 가로지르는 눈덩이들은 누구의 눈에도 이상한 그림이 아니었다. 맞고 맞다가 성질이 뻗친 유리도 가람을 향해 와르르 눈더미를 무너뜨렸으나 허튼짓이었다. 이런 겨울에도 춥지는 않은지 여전한 체육복 한 장 차림의 천가람이 폴짝폴짝 온 운동장을 뛰어다니다가 한 번씩 유리의 곁에 붙어 그의 삽질을 도울 때였다.

"야, 가람아. 솔직히 나는 내가 미친 셈 치고 있었어. 너한테는 진짜 미안한 소리인 거 아는데 여기에서는 내 눈에만 네가 보이니까. 이걸 누구한테 얘기할 수도 없고."

"괜찮아. 유리 네가 무슨 말을 해봤자 어차피 아무도 안 믿을걸. 유리 바깥에서 사기 엄청 쳐가지고. 맞지?"

"맞고 싶지?"

"아, 안타깝습니다. 절대 못 때리죠?"

이깟 함박눈이 뭐라고 그렇지 않아도 똥강아지 같던 놈이 배로 까불거렸다. 차가운 기온 탓에 빨개진 코끝을 훌쩍인 유리가 가람을 흘기다 말고 생활관 쪽을 멀거니 응시했다. 운동장에 채이설은 없었다. 치료감호를 끝낸 뒤 이송되었다는 말이 무색하게 이설은 걸핏하면 보건실 신세를 지는 중이었다. 환청을 동반한 발작 증세가 튀어나올 때마다,

이설은 두통약을 먹고 하루쯤은 조용한 침실에서 잠을 자야 한다고 했다. 재소자 중에 그런 이설의 보건실행을 특혜라고 생각하는 사람은 없었다. 이설은 겉보기에도 꽤 불안해 보였고, 오히려 다시 치료감호로 돌아가야 하지 않을까 싶은 마음을 불러일으켰다.

"……아마 채이설도 자기가 계속 미친 줄 알고 있을걸."

"응. 그래 보이더라. 근데 인사는 잘 받아 줘, 오히려 남의 눈 신경 안 쓰고. 누구 씨와는 달리?"

"미친 전적이 있는 애랑 나랑 같냐?"

진짜 미쳤다는 채이설을 통해 제가 미치지 않았다는 확신을 얻게 된 진유리였지만, 마냥 안심하고 있을 수만은 없었다. 유리는 방장 언니가 아무런 의심 없이 꼬박꼬박 챙겨 먹는 빨간 알약을 떠올렸다. 서락여자학교의 소년수 모두에게 내려지는 최 실장의 공평한 처방. 저 혼자 미치지 않았다는 뜻은, 바꾸어 말해 저 빼고 모두가 미쳤다는 의미가 된다. 제 짐작이 맞다면 이설은 빨간 알약을 먹지 않았을 것이다. 이젠 쪼그려 앉아 눈사람을 뭉치고 있는 가람의 옆으로 몸을 구긴 유리가 재채기 탓에 비뚤어진 안경을 고쳐 올리며 속삭였다.

"너 보건실 가서 채이설한테 혹시 최 실장이 준 빨간 알약도 먹느냐고 물어 봐. 아마 지금 들어가면 둘만 있을 수도 있어."

"그런 건 직접 물어 봐도 되잖아. 유리 이제 스무 살 성인 됐으면서 저 귀엽고 소중한 열여덟이랑 낯 가리는 거야?"

"내가 어떻게 물어 보냐? 좀처럼 둘만 남을 기회가 없는데? 9호실에서는 방장 언니가 떡하니 버티고 있어서 너 보인다는 티도 못 내. 언니 출소할 때까지 비둘기 좀 해라, 가람아. 며칠 안 남았잖아. 내가 뭐 나만 좋자고 이래?"

맞는 말이었다. 유리만 좋은 일은 아니었다. 가람 역시 어떤 애들이 자신을 볼 수 있는지 궁금하긴 그랬다. 채이설은 하얗고 다소 비현실적으로 생겨 아직 좀 어색하지만, 유리만큼 친해지고 싶었던 참이라 가람은 일단 고개를 주억거렸다.

"알았어. 근데 최 실장이 누구야?"

"여기 애들 정신 상담해 주는 의사 하나 있어. 그 사람이 약을 주거든. 난 그걸 안 먹고, 쟤도 어쩐지 그걸 안 먹는 것 같아서."

"유리야, 넌 왜 의사 말까지 안 들어? 판사, 검사한테도 대들었다더니?"

"사자 직업에 편견 있다, 됐냐? 빨리빨리 좀 움직여. 시간 없어."

그의 잔소리에 입술을 비죽거리던 가람은 드디어 손바닥
에서 눈을 털고 몸을 일으켰다. 그렇게 보건실이 딸린 생활
관 쪽을 향해 발끝을 돌리는가 싶더니 가람은 저 하늘에서
부터 펑펑 쏟아지는 눈과 함께 넘어간 달력을 떠올리며 갑
자기 유리에게 뒷걸음질 쳐왔다. 어딘가 산만하고 들뜬 목
소리였다.

"아, 유리야. 그럼 이제 나 너한테 유리 언니, 그래도 돼?
난 계속 열아홉이잖아. 나 언니 생긴 거야?"

쟤는 사실 천주교가 아니라 유교인가. 유리는 저보다 한
뼘은 큰 애가 그런 호칭으로 어리광을 피우는 꼴을 상상
하다가 다소 징그러워져 미간을 좁혔다. 열아홉에서 나이가
끊겼다는 천가람의 기억은 꽤 중요하고 거의 유일한 정보였
으니 나이에 집착을 보이는 부분을 이해할 수 없는 건 아니
었다. 보통 소년원에서는 스무 살이 드물어서인지, 자신은
영영 스무 살이 될 수 없어서인지 가람의 눈빛이 반짝거리
고 있었다. 곤란하다는 듯 그 눈싸움을 삐그덕 피해 버린 유
리가 갑자기 제 머리를 벅벅 긁었다.

"……나 스무 살 아냐. 올해로 열아홉이야. 작년에 열여덟
이었다고."

삽시간에 배신당한 얼굴로 뒤바뀐 가람은 유리가 기껏 쌓아둔 눈더미를 와르르 무너뜨렸다. 그게 꼭 제 신뢰라는 것처럼 시위하는 표정이었다.

"뭐? 유리 너 나한테까지 사기를 쳤어?"

"뭘 고작 나이 한 살 가지고 사기씩이나…… 아, 빨리 가. 앞으론 진짜 사기 안 침. 하나님과 그 어쩌고 앞에 거룩히 맹세."

꽤 민망한 듯 도루묵이 된 눈더미를 장화 끝으로 퍽퍽 걷어찬 유리가 삽자루 끝을 휘적휘적 저어 보였다. 날이 춥기도 하고 제 발이 저리기도 한지 유리의 귀 끝이 붉었다. 그를 위아래로 흘기던 가람이 쯧, 혀를 찼다. 까짓 한 번은 봐줄 수 있다. 열여덟이었다면 가람보다 동생이었을 테니까. 살며시 발목을 돌린 가람은 소년수들이 터놓은 눈길을 두고 굳이 폭닥폭닥한 눈밭을 선택해 뛰었다. 운동장을 가로질러 반쯤 멀어지던 가람은, 대뜸 다시 유리를 돌아보더니 커다랗게 소리쳤다.

"유리야, 그럼 우리 이제 진짜 친구네!"

펄쩍 뛰어오른 장신의 그가 부서지게 웃다가 제 팔을 휘적거렸다. 진유리는 저 낯간지러운 광경이 제 눈에만 보인다는 사실에 몹시 감사하며 후다닥 등을 돌렸다. 귀 끝은 여전히 새빨간 꼴이, 꼭 흰 눈더미 사이 움튼 동백꽃 같았다.

소년원이 너무 추워서인지, 면역력이 낮아서인지 이설은
열감기까지 앓는 것 같았다. 어차피 발소리는 없지만 그래
도 더 조심조심 보건실을 찾아간 가람은 이설이 누워 있는
침대의 커튼 안으로 파고들어 새근새근 잠들어 있는 이설을
내려다보았다. 폭 내려앉은 속눈썹이 아주 길고 피부는 창
백한데 양 뺨만 더운지 불긋불긋했다. 그의 체온을 잴 수 없
는 가람이 곁을 종종거리다가 열이라도 식히고자 호오 입바
람을 불었다. 꼭 쥐가 파먹은 것처럼 짧게 잘려 있는 이설의
앞머리가 팔랑, 흩어졌다. 그리고 촘촘한 눈꺼풀이 들렸다.
짐짓 당황한 가람이 이설의 이불을 고쳐주며 인사했다.
　"안녕. 깨울 생각은 없었는데, 미안."
　"괜찮아요. 어차피 안 잤어요."
　퍽 몽롱해 보이는 눈동자로 천장을 응시하는가 싶던 이설
은 이불에 폭 싸인 채 고개만 돌려 가람에게 좀 앉을 것을 권
유했다. 가람은 그가 누운 침대 끝에 걸터앉아 멋쩍은 듯 손
장난을 치다가 서두 없이 물었다.

"이설이 너, 최 실장이 주는 빨간 알약 먹어?"

최 실장? 한참 모호한 표정을 짓던 이설은 고개를 갸웃거리다가 이 시설을 담당한다며 자신을 소개한 상담 전문의를 떠올렸다. 백발의 중년 여성. 그는 이설에게 본인의 재량대로 약을 처방할 수 없다고 했다. 치료 병동에서 처방받던 채 이설의 차트가 거기서 뭘 더 손을 쓸 수 없게끔 고정되어 넘어왔기 때문이었다.

"빨간 알약…… 안 먹어요. 저는 이미 먹는 약이 너무 많대요."

"그, 약을 많이 먹어서 여기에 왔다고 하지 않았어?"

"나쁜 약을 먹었던 거라 이제 좋은 약을 먹이는 게 아닐까요?"

뻑뻑한 눈꺼풀을 북북 비빈 이설이 누워있던 상체를 일으키며 침대 헤드에 기대 앉았다. 가람이 목까지 덮어 주었던 이불이 이설의 가슴팍 아래로 톡 떨어졌고 그대로 앙상한 빗장뼈가 드러나 가람의 시선을 샀다. 툭하면 쓰러질 만한 몸이었다.

"그런데 나한테 왜 그런 걸 물어봐요? 그쪽은 내가 만든 환영이잖아요."

그렇게 확신하고 있던 이설은 대뜸 마른 팔을 뻗어 가람의 몸을 더듬었다. 잡힐 리가 없으니 역시 제 예상이 맞았구나, 이설은 고개를 주억거렸다. 그러나 가람은 스스로 미쳤다고 확신하는 이설의 오해를 풀어 주고 싶었다. 이 소년원에 이설보다도, 유리보다도 오래 머무르고 있던 가람에게는 많은 소년수 중 자신을 볼 수 있는 두 아이가 참 귀했다. 주춤거리던 가람이 조심스레 제 손바닥을 들어 이설의 눈앞에서 살랑여 보였다. 부드럽게 넘실거리는 기다란 손가락을 좇느라 이설의 옅은 색 동공이 도르륵 굴렀다.

"너 9호실 같이 쓰는 유리 언니 알지? 그 언니도 내가 보여. 그러니까 내가 귀신일 수는 있지만, 너 혼자서 만든 환상은 아니야."

의외에 대답에 반쯤 감겨 있던 눈꺼풀을 바짝 곤추세운 이설은 곰곰이 유리의 인상착의를 떠올렸다. 확실히 미친 사람의 행색은 아니었다. 진유리라는 소년수의 눈동자는 형형히 번듯했으며 약물에 중독되었거나 건강이 나빠 보이지도 않았다. 그제야 제 말실수를 자각한 이설이 가람을 향해 눈꼬리를 늘어뜨렸다.

"죄송해요. 중독 상태일 때 워낙 헛것이니 환청이니 그런 게 심해서…… 저는 당연히 저한테만 보이는 줄 알고, 아, 내가 아직도 약이 덜 깼구나 싶었거든요."

소녀, 감빵에 가다

"무슨 약을 그렇게 먹었어? 어디가 아팠어?"

"……아팠던 건 아녜요."

이설은 그다지 떠올리고 싶지 않은 기억을 외면하듯 고개를 가로저었다. 그리고 이제 의구심이 아닌 호기심이 서린 눈으로 손끝을 내밀어 가람의 몸체를 스쳤다. 분명 환영이 아니라고는 하는데 두 사람은 마찰하지 않고 겹쳐졌다. 손가락과 닿은 표면이 해를 가린 구름의 흰 가장자리처럼 오묘한 빛을 냈다. 서서히 입꼬리를 끌어올린 이설이 웃음기가 만연한 목소리로 대답했다.

"환상처럼 살아야 했거든요. 사람이 아닌 것처럼 말이에요."

가람은 입소 직후부터 능숙하게 사인회를 열었던 이설의 모습을 떠올렸다. 남들에게는 낯설지 않으면서, 낯선 사람들에게 활짝 웃어 주던 얼굴이 그렇게 예쁠 수가 없었다. 섣불리 그게 이설의 가장 행복한 표정이라고 생각했는데, 세 살짜리가 물장난을 치듯 제 몸을 스치며 즐거워하는 지금 이 얼굴이야말로 그때보다 더 행복해 보였다.

"정말 나한테만 보이는 게 아니죠?"

"응. 아닌 척해도 유리가 널 많이 기다리고 있었나 봐. 혼자서 나 때문에 고생했거든."

그런 그에게 미안하다는 듯 눈썹을 늘어뜨린 가람의 어깨가 축 처졌다. 이설은 닿지 않을 걸 알면서도 거리낌 없이 그런 가람을 토닥거렸다. 아무도 이해해 주지 않는 허깨비를 혼자 보는 기분이라면 가장 잘 아는 이설이었다. 가람처럼 '환상'이 된 당사자의 기분 또한 말이다. 순간 이설은 이 소년원이 아주 마음에 들기 시작했다. 바짝 허리를 곧추세워 고쳐앉은 이설이 낭랑하게 표정을 다잡았다.

"제 눈에도 확실히 보이니까 걱정하지 말라고 전해 주세요."

가람은 지금 당장 자신을 쳐다보는 이설의 똑바른 시선과 늘 제게 무언가를 당부하는 유리의 똑바른 목소리를 겹쳤다. 적어도 이 두 사람 앞에서 자신은 진짜 존재하는 '천가람'이었다. 한 박자 느렸지만, 가람 역시 당찬 얼굴로 고개를 끄덕였다.

"그럼 잘 부탁해, 이설아."

"반가워요, 가람 언니."

고개를 가까이 가져가 가람의 이름표를 읽어 낸 이설은 배시시 미소지었다. 이렇게 순수하고 맑아 보이는데 어쩌다가 여기까지 떨어졌는지, 동정보다는 호기심이 차오른 가람이었으나 그날은 더 많은 대화를 나눌 수 없었다. 머잖아 백색 코트를 휘날리며 보건교사가 들어왔기 때문이다. 그는 이설에게 혼자 무얼 그리 중얼거렸느냐 물었고 이설은 늘 그랬듯 잠시 환청이 들렸노라 대답했다. 보건교사가 건넨 감기약을 삼킨 이설은 금방 또 몽롱하니 약 기운에 젖어 까무룩 잠이 들었다. 폭 가라앉은 눈꺼풀까지를 확인하고서야 가람은 보건실을 나섰다.

그런데 드르륵, 미닫이문이 닫히는 순간, 가람에게는 기시감이 들었다. 반사적으로 '보건실' 팻말을 올려다본 가람이 느릿느릿 속눈썹을 깜빡거렸다. 조용한 복도 한가운데 두둥실 떠 있는 그 세 글자가, 마치 가람을 어느 시간으로 데려가려는 듯 일렁거리는 것 같았다.

벌떡 허리를 곧추세운 채이설은 이미 산발인 제 머리칼을 움켜쥐었다. 그러더니 별안간 제 두개골을 탁탁 내리치기 시작했다.

"진짜 시끄럽다고요. 사람 자는 거 안 보여요? 언니 목소리가 너무 크단 말이에요."

"야, 채이설. 너 왜 이래."

꼭 악몽이라도 꾸다 깬 사람처럼 신경이 쇠약해 보이는 이설의 기행에 그와 맞은편에 앉아 있던 희민이 재빠르게 그의 마른 팔을 뜯어말렸다. 9호실 밖 복도를 의식해 의식적으로 소리를 낮추고 있던 유리나 희민과 달리 이설은 목청을 찢으며 두통을 호소했다. 그 소란을 찾아 한달음에 달려온 권 교관이 이설을 진정시키고자 애썼다.

"채이설, 또 무슨 소리가 들려? 선생님 봐. 채이설."

"아니, 자꾸 말도 안 되는 소리를 하잖아요……. 저 머리가 너무 아파요. 시끄러워……."

능숙한 손길로 이설의 이마를 짚어 보던 권 교관은 결국 이설의 몸을 이끌고 보건실로 향했다. 잘 자던 이설을 깨운 장본인인 천가람은 어쩔 줄 몰라 동동거리다가 그런 이설을 따라 9호실을 나섰다. 그의 상태가 어떤지 살펴 보라는 유리의 권유 때문이기도 했다. 희민은 아닌 척하면서 9호실 창문 너머로 거의 끌려가다시피 사라지는 이설을 걱정스레 쳐다보고 있었다. 거칠게 제 앞머리를 쓸어넘긴 유리는 그런 희민을 향해 툭 던지듯 내뱉었다.

"가끔 저렇게 자다가 깨. 발작 증세라고 그러는데, 그래도 너 오고는 처음이니까 빈도가 나름 줄었네."

"……자주 저랬어요? 더 치료받아야 하는 거 아녜요?"

"초반엔 좀. 그래서 최 실장이 아니고 병원이 주는 약을 먹더라고, 채이설은."

그제야 희민은 겨우 다리의 힘을 풀 수 있었다. 요란하게 퇴장한 채이설 덕분에 진유리, 신희민만 남은 9호실 방 안은 무거운 적막이 가라앉았다. 이설이 환청에 괴로워할 때마다 마찬가지로 마음이 편치 않은 유리는 나지막한 한숨을 내쉬더니 제 관물대를 뒤적여 빨간 알약이 든 약통을 집어 들었다. 이곳의 재소자라면 채이설을 제외하고 모두가 아는 알약이었다. 때문에, 그를 지켜 보던 희민은 미세하게 눈꺼풀을 떨었다. 유리는 이제 담배 이야기가 아닌 다른 이야기를 꺼낼 참이었다.

"우리가 어떻게 천가람을 보는지 설명해 달라고 했지. 천가람은 9호실 지박령 같은 게 아니야. 하필이면 9호실에 유독 말을 안 듣는 애들이 모인 것뿐이지."

입소 후 단 한 번도 이 약을 믿어본 적 없는 유리는 꼭 저처럼 희민이 세면대에 흘려보낸 알약을 하나 꺼냈다. 검지와 엄지 사이에 붙잡힌 알약을 형광등 아래 비추면 그 안에 든 가루가 넘실거리는 게 보였다. 처음부터 그 빨간 알약에 대한 불신을 못 이긴 신희민이 입소 직후 이 약을 버린 순간, 그 장면을 포착한 천가람과 진유리가 대번에 확신한 가정이 하나 있었다.

"이 약을 안 먹는 사람만 천가람이 보여."

희민은 순식간에 미간을 구겼다. 솔직한 반응이었다.

"그러니까 천가람이 귀찮으면, 이 약을 먹어."

그런 희민을 바라보는 유리의 눈빛은 아직 냉랭했다. 꼭 '어디 한 번 먹어보라'는 말투와 다르지 않았다. 어떠한 반박도 꺼내지 못한 희민의 까만 동공이 일렁이기 시작했다. 하지만 진유리는 그치지 않고 몰아붙였다.

"쓰레기를 던질 만큼 싫으면, 아무것도 모르는 애 상처 주지 말고 차라리 이 약 먹으면서 제대로 무시하라고. 자는 입에 억지로 처넣기 전에."

몸은 다칠 수 없는 만큼 마음이 더 다쳤을 게 뻔한 가람이었다. 진유리는 천가람을 그런 식으로 취급하는 신희민의 태도를 더 참아줄 수 없었다. 참기는커녕 희민이 반성하지 않을 시, 희민의 시야에서 천가람을 지워 버릴 작정이었다. 낮게 깔린 유리의 목소리에 일말의 거짓이나 꾸밈 따위는 없었다. 당장이라도 희민의 작은 입에 약을 쑤셔 넣을 기세를 숨기지 않았다. 때문에, 희민은 숨을 죽였다. 설령 정말로 저 약을 먹어 천가람을 보지 않게 된대도 천가람은 진짜 없어지는 게 아니었다. 계속 진유리와 채이설 곁에 머무를 것이다. 이렇게까지 치닫는 상황에서 희민은 제 눈을 가리고 싶지 않았다. 왜인지 그토록 귀찮다고 생각한 가람이 제 눈에만 보이지 않는다면 앞으로는 9호실에 속하지 못할 것 같다는 마음이 들었다. 아직도 형량이 10개월 이상 남은 희민이었다. 인정하기 싫었는데, 또 자존심이 상했다. 희민은 걸핏하면 상해버리는 제 자존심이 나약하다고 생각했다. 질끈 주먹을 쥔 희민이 목소리를 내리깔았다.

"……사과할게요."

"나 말고, 천가람한테."

조그만 머리통이 한차례 끄덕여졌다. 그제야 속으로만 미소를 띤 진유리는 알약을 제 손아귀에 집어넣었다. 새까만 단발머리를 톡 헝클이는 것도 잊지 않고 말이다. 겁을 주는 포인트는 확실하게, 그리고 '그럴 듯'하게. 유리가 제 과외 학생들을 다루던 방법이었다.

따뜻한 희망으로 새 삶을 시작하는 우리

보건실 창문을 통해서는 그 슬로건이 잘리지 않고 전부 읽혔다. 이미 취침 점호도 끝난 시각이라 슬로건의 양옆에 세워진 전등 때문에 더욱 눈에 띄었다. 꼭 글씨가 허공에 동동 떠 있는 것만 같았다. 몇 초 충분히 읽어 내던 이설이 초점 없는 눈동자를 굴려 어두워진 창에 비치지 않는 가람을 돌아보았다. 가람은 가습기를 켜고 있었다. 숙면하기 좋은 최선의 환경을 만들어 주는 모양이었다. 봄과 여름의 사이는 아주 건조했다.

"꼰대 언니. 언니 눈에는 진짜 우리가 그렇게 애 같아요?"

"응? 응, 그럼. 희민이랑 이설이 넌 특히 더 작아서 그런가."

혹시 어른들이 들락거릴까, 꼼꼼히 커튼을 고쳐 단 가람은 저 때문에 자다 깨어난 이설의 가슴팍을 조심조심 눕히려 들었다. 하지만 손은 닿지 않아 그저 허공을 꾹꾹 어루만지는 꼴이었다. 저도 모르게 신경질을 낸 이설이었지만, 가람이 이럴수록 무장은 해제되고 어쩐지 투정을 부리고 싶어졌다. 애 취급을 받고 싶은 애는 아무도 없을 것이다. 사실 애가 맞으니까 애 취급을 받아도 괜찮은데도 말이다. 아랫입술을 비죽인 이설은 이불을 흠뻑 끌어안았다.

"열여덟이면 알 거 다 알아요. 다들 그렇게 말하기도 하고
……. 그러는 어른 중에는 애들 옆에 없느니만 못한 사람도 많거든요. 미성년자면 그게 뭐? 오히려 미성년자라서 요리

조리 해놓고 원하는 부분만 골라 먹는 나쁜 어른, 여기에도 있잖아요. 기술 직공처럼요."

멋모르고 뱉은 가람의 그 말이 이설의 심기를 건드렸나 보다. 단 한 번도 가람에게 웃어 주지 않은 적 없던 이설이었는데 착 가라앉은 하얀 얼굴은 가람으로 하여금 갸륵한 감정을 불러일으켰다. 이설은 멈추지 않고 덧붙였다.

"근데 저는 그렇다고 해서 다 어른들 탓을 하고 싶진 않아요. 열여덟이면 알 거 다 아니까, 잘못도 선택할 수 있거든요. 기술 직공이 그런 식으로 담배를 팔아도 애들이 안 피웠으면 돼요. 누군가 약물을 권유해도 안 먹었으면 돼요. 어른들이야 어떻든, 죄짓지 않으면서 평범하게 사는 애들이 훨씬 많으니까. 나는…… 나이가 어리다는 것쯤 그냥 핑계라고 생각해요."

이설과 가람 사이에 포르르 가습기의 연기가 피어올랐다. 덕분에 공기가 뭉근하고 촉촉해졌다. 그 감촉까지는 느낄 수 없는 가람이었으나 가람의 눈에는 착 가라앉은 이설의 고통이 보였다. 왜인지 그 통증은 아주 살살이, 또 선명히 가람의 존재하지 않는 육체를 파고들었다. 동시에 이설의 영혼 안으로는 채 가시지 않은 소음이 파고드는 듯했다. 이설은 교차시킨 팔로 제 어깨를 끌어안고 문질렀다. 그리고 출처 모를 목소리들을 반복하듯 중얼거렸다.

"……저는 제 주제를 알아요. 제가 어린 나이에 너무 큰 돈 맛을 봐서, 사랑만 받아서, 부끄러운 줄을 모른대요. 그러니까 어리다고 봐주면 안 된대요, 사회에서 매장을 시켜야 똑같은 일이 안 생긴다고. 마약 같은 게 멋있는 줄 알고 애들이 절 따라 한대요. 다 저 때문이래요. 내 책임이래요. 그러니까 죽어도 싸대. 죽는 게 낫대."

"이설아."

형량에 포함된 치료감호가 끝났으나 완벽히 사라지지 않는 환청이었다. 끌어안은 제 무릎에 입술을 파묻은 이설은 공허한 눈동자가 건조해져도 눈꺼풀을 깜빡이지 않았다. 되려 불안해진 가람은 소음을 일으켜 교관을 불러야 하는지를 고민하다가 이미 귀를 막은 듯 보이는 이설과 마주 앉았다. 데굴데굴, 이설의 투명한 눈동자가 그런 가람을 따라갔다. 가람은 무게감이 없었지만, 이설에게는 항상 그와 함께 앉아 있는 침대가 옴폭 꺼지는 감각이 느껴졌다.

"죽는 거, 사는 거보다 별로야. 별로 안 나아. 그 사람들이 안 죽어봐서 뭘 모르고 하는 헛소리야."

천가람만이 건넬 수 있는 일차원적인 대답이었다. 흠칫 놀라버린 이설은 천천히 속눈썹을 깜빡거렸다. 사실 병동에 갇혀있을 땐, 최악까지를 생각했던 이설인지라 그는 조금 호기심을 틔웠다.

"진짜요? 언니는 살아있었을 때 기억도 없는데 그걸 어떻게 알아요?"

"그러니까 별로지? 아무것도 없어. 생각해 봐, 너희들이 아니면 난 아무것도 아니잖아. 나한테도 기억이 없고, 남들 세상에 내가 없고."

남들 세상에 내가 없고. 그건 이설이 원했던 모습이었다. 눈매가 동그래진 이설이 바스락 안은 다리를 풀어내며 자세를 고쳐앉아 가람과 가까워졌다.

"남들 세상에서 사라지고 싶으면요?"

생전의 기억은 비어있고 열아홉이라는 나이가 주는 소년기의 특성만으로 채워진 가람으로서는 단 한 번도 해 본 적 없는 생각이었다. 바깥에서 그토록 궂은 직업을 가졌다는 이설의 눈동자에는 어쩐지 위험한 기대감이 깃들어 있었다. 가람은 이설이 살았던 세상이 어땠는지 정확히는 몰랐지만, 그렇다고 이토록 반짝거리는 애가 사라진다면 그건 분명히 이 세상의 손해라고 생각했다. 길게 손을 뻗은 가람이 이설의 부스스한 머리칼을 쓰다듬듯 제 손가락을 넣었다.

"음…… 우리 이렇게 하자. 활짝 잘 웃고, 성격도 좋고, 착하고, 노래에 춤에 외모까지 뭐 하나 빠지는 거 없는 천상 아이돌 '이설'은 이제 사라진 거야."

가람은 짝, 하고 손뼉을 쳤다. 깜짝 놀라 눈꺼풀을 깜빡인 이설은 제가 여태껏 갈고 닦아온 가장 환상적인 그 모습을 떠올렸다. 그렇게 받는 사랑이야말로 이설에게는 가장 달콤하며 중독적이었다. 그와 동시에 이설은 4개월 동안 이어진 치료감호를 되새겼다. 그곳은 약물도, 사랑도 받을 수 없는 공간이었다. 그리고 깨달았던 것은 중독물질의 자극이 강할수록 끊기가 어렵다는 사실이었다. 팬들의 열렬한 사랑은 악랄한 비난으로, 약물의 강력한 효과는 지독한 갈증으로 돌아왔다. 이설은 꼭 새장 같은 치료 병동의 침상에서 고작 40kg이 겨우 넘는 조그마한 몸으로 그 어마어마한 고통을 홀로 견뎠었다.

"앞으로 이설이 넌 딱 하나만 해도 돼. 가령…… 밥을 잘 먹거나, 잠을 잘 자거나, 잘 웃거나, 착하거나, 노래하거나, 춤을 추거나. 네가 여태까지 혼자 다 짊어졌던 것 중에서 딱 하나만 잘해도 기특하고 예뻐."

하지만 이곳에선 혼자가 아니었다. 항상 이설의 곁에 붙어 있는 가람의 목소리는 늘 그랬듯 진실해, 이설의 머릿속에 고여있던 얼굴 없는 사람들의 비난을 흐릿하게 만들었다.

무슨 주문에 걸린 것처럼 그런 가람의 말을 천천히 곱씹어 보던 이설은 그제야 깨달았다. 그토록 이 세상에서 사라지고 싶다는 생각을 했으면서, 그 무수한 악몽의 밤을 오롯이 견뎌온 이유를 말이다.

"……정말 그래도 괜찮아요?"

채이설은 애초부터 살고 싶었다. 그리고 평범한 하루를 살아가는 데에는, 이렇게 사소한 애정이면 충분했다.

"그럼. 어쩜 숨도 잘 쉬네, 우리 이설이는?"

저보다도 한 수 위인 가람의 능청을 이기지 못한 이설의 조막만 한 얼굴에 부스스 미소가 번져 올랐다.

이튿날까지 채이설은 9호실에 돌아오지 않았다. 여러모로 시끄러웠던 9호실을 피해 보건실에서 조용히 하룻밤을 보내고 싶었던 모양이었다. 하지만 하룻밤이야 그렇다 치고, 검정고시 준비반의 교실에서까지 이설은 자취를 감추었다. 허전한 자신의 옆자리를 물끄러미 바라보던 신희민은 저도 모르게 그 애의 안위를 걱정하다가 이내 고개를 저었다. 그렇지 않아도 신경 쓸 구석이 많은 희민은 별안간 특이 행동을 일으켰던 이설에 대해 더 생각하고 싶지 않았다.

옆에서 떠드는 이가 없어 더욱 조용한 식후 운동 시간이었다. 낮이 많이 길어진 계절이라 생활관으로 돌아가는 시간 또한 아주 조금씩 늦어졌다. 교관들은 가능한 한 재소자들이 운동장을 더 많이 뛰어다니길 바라는 것 같았다. 하지만 무얼 했다고 이미 제 하루에 지쳐 희민은 벌써 구령대에 주저앉았다. 그런 희민의 곁으로 운동장을 가로지른 11호실 반삭의 무리가 찾아왔다. 그들은 살가운 척 희민에게 다가와 어깨동무를 두르더니 자연스러운 손길로 희민의 주머니에 초코바를 넣어 주었다. 그 일련의 행위가 좀 불편해진 희민은 저 멀리 떨어져서 자신을 지켜보는 9호실 언니들을 흘끗거리다가 목소리를 낮추었다.

"일에 차질이 생겼어. 이번 주는 어렵고 다음 날짜까지 기다려야 할 거야."

"다음 날짜면 2주나 남았잖아. 나 손 떨리는 거 안 보여? 너 설마, 걸렸냐?"

11호실 반삭은 후들후들 경련하는 손을 과장하며 보란 듯이 희민의 눈앞에 내밀었다. 이게 다 금단 증상이라는 채근의 의미였다. 천가람이 태워 버린 2주 치의 담배만큼 싫은 소리로 손해를 보고 있는 신희민은 절 겁박하듯 자신의 체육복 옷자락을 꽉 말아쥐는 그의 손길을 조용히 털어 냈다. 이들이 무얼 불안히 여기는지 희민은 잘 알고 있었다.

"안 걸려. 걸린다 치더라도 혼자 죽을 테니까 나보다 네 간수나 잘해."

이번엔 희민의 마른 손가락이 11호실 반삭의 옷가지를 움켜쥐었다. 그쪽으로 고개를 바짝 기울인 희민이 삼백안을 치뜨며 중얼거렸다.

"냄새나잖아."

꼭 제게 책임을 전가하듯 구는 희민의 지적이 거슬렸는지 욕설을 참지 않은 11호실 반삭이 이죽거리는 표정과 함께 주먹을 쥐어왔다. 소동을 일으켰다가는 교관이 달려올 텐데 참 생각이 짧은 녀석이었다. 아니나 다를까, 뭔가의 낌새를 눈치챈 권 교관이 저 멀리서부터 구령대를 향해 걸어오기 시작했다. 희민까지 곤란해지려는 찰나, 누군가 그런 두 사람을 사이에 끼고 한꺼번에 끌어안았다. 채이설이었다.

"친구야, 까짓 담배 뭐 별거라고 고작 2주를 못 참니?"

고개를 쳐들고 빙글빙글 웃어 보인 이설이 권 교관을 향해 손바닥을 흔들자 잠시 거리를 유지하던 권 교관은 다시 운동장 쪽의 아이들에게로 관심을 돌렸다. 희민은 조용히 안도했으나 11호실 반삭은 제 까끌까끌한 뒤통수를 허락 없이 쓰다듬는 이설을 아주 무섭게 노려보고 있었다. 둥글게 말린 입꼬리를 유지한 채, 이설은 듣기 좋은 목소리로 속삭거렸다.

"너 세 보이고 싶어서 머리 이렇게 밀었구나. 나는 삭발을 해 봤거든? 그것도 눈썹까지 싹. 온몸에 털이란 털은 다 밀었는데 별로 보람은 없었어. 어차피 피 뽑히는 순간, 약쟁이는 다 잡히더라고. 그래서 4개월 동안 정신병원엘 갔지? 거기서 손발 꽁꽁 묶여서는 중독 치료를 받는데, 밤마다 천장에서 벌레가 우수수 떨어지는 거야. 그것도 내 얼굴로. 이목구비 가릴 거 없이 뿔뿔뿔 잘도 기어 다녀. 막 모공을 뚫고 저들끼리 번식을 해. 그때 내가 무슨 생각을 했는지 알아?"

함부로 매만지던 뒤통수에서 그의 목덜미까지 손을 옮긴 이설은 쭈뼛 돋아 버린 그의 닭살을 확인하더니 해맑은 웃음을 터뜨렸다.

"아, 담배 끊는 건 아무것도 아니구나."

꼭 절친한 친구를 대하듯 뺨을 꼬집어 오는 이설의 손길이 괴이하게 느껴졌는지 사색이 된 11호실 재소자들은 급히 구령대를 벗어났다. 가만히 쪼그려 앉아 그들의 등에 대고 혀를 차던 이설이 계단을 한 칸 내려와 교실에서 늘 그랬듯 희민의 옆자리를 차지했다. 하얗게 질린 이는 저 애들뿐이 아니었다. 이설은 어쩐지 한층 더 창백해진 희민을 빤히 보다가 어깨를 으쓱였다.

"뻥이야. 나 담배 안 했어. 아, 대마초나 LSD도. 그거 구하기가 얼마나 힘든데."

"……그렇게 힘들진 않아."

대마초까지 배달한 전적이 있는 희민이었다. 물론 곧 죽어도 본인 입에 댄 적은 없었다. 방금 이설이 얘기한 환각 증세 같은 건 겪고 싶지 않기도 했거니와, 유통업자는 물건에 손을 대지 않는 게 희민이 알고 있는 그 바닥 규칙이었다. 보건실에서 푹 쉬다 온 모양인지 이설의 얼굴은 좀 나아 보였다. 그래서 희민은 굳이 안부를 묻지 않았다. 대신 다른 걸 물었다.

"그럼 뭐 했어? 치료감호 받은 건 맞잖아."

"음…… 식욕억제제랑 프로포폴. 둘 다 내 이름으로 받은 게 아니라 불법이었고, 내 이름으로 받았어도 불법이었어."

희민은 어쩐지 투약 종목이 좀 이상하다고 생각했다. 이설의 세계를 알 리 없는 희민이 가만히 눈썹을 구겼다.

"밥 안 먹고 잠자려고?"

"응. 배고프고 잠이 안 와서."

"그럼 밥 먹고 자면 되잖아."

빙글빙글 제자리걸음인 대화가 우스운지 어깨까지 무너뜨려 웃던 이설이 앙상한 자신의 두 다리를 죽 뻗으며 대답했다.

"그런 건 '자기관리'가 아니거든."

"……그거 뭐 어떻게 하는 건데."

반짝반짝 촉망받는 아이돌로 데뷔한 '이설'과 그의 그룹에 속한 여자아이들을 쪼르륵 회의실에 앉혀놓고, 팀을 담당하는 어른들은 꾸준히 '자기관리'를 강조했다. 그건 청소년이지만 연예인이라는 꿈을 이뤘으니 프로로서 기꺼이 감내해야 하는 멋들어진 단어처럼 들렸다. 그러나 포장을 벗겨 보면 실상은 이랬다. 키에서 120을 뺀 몸무게를 유지할 것. 하지만 카메라 앞에서는 '잘' 먹을 것. 이설이 상충 되는 두 문장을 이해하기까지는 그리 오래 걸리지 않았다. 이설의 '자기관리'를 돕는 사람은 비단 엔터테인먼트 업계의 어른들뿐이 아니었으니 말이다.

옆에 멤버 밥은 이설이가 다 뺏어 먹냐?

걸그룹 몸매치곤 10kg은 불음

회사가 애들 관리를 안 하네

단순한 악성 댓글로 그치는 말이 아니었다. 살이 오르면 적나라한 기사가 났고, 팀 담당 실장과 엔터테인먼트 대표로부터 압박을 받았다. 이설은 제 몸보다 재능으로 스포트라이트가 비추길 바라는 마음에 열심히 마른 몸을 만들었다. 그들의 눈에 거슬리는 부분이 없어야만 작사, 작곡으로 앨범에 이름을 올린 자신의 진가가 드러날 수 있으리라 생각했다. 독한 마음을 먹은 이설은 매니저를 통해 식욕억제제를 부탁했다. 대리 처방이 불법임을 알면서도 처음에만 만류하던 회사 사람들은 은근히 이설의 비정상적 체중 조절을 환영했다. 덕분인지 고작 두어 달 동안 반쪽이 된 이설은 다음 앨범 발표를 두고 설레는 마음을 참을 수가 없었다. 이제는 제가 쓴 곡을 다룬 기사가 나올 수 있으리라.

　이설이 살 독하게 뺀 듯 진짜 훨씬 예쁨

　근데 너무 말랐다 좀 징그러운데

　회사가 애들 밥을 안 주네

　밤낮없이 심혈을 기울여 만든 노래와, 피나는 연습으로 더욱 아름답게 녹음된 목소리 같은 건 처음부터 대중의 관심사가 아니었나 보다. 채이설은 감히 아이돌의 옷을 입고 음악가가 되길 바랐다. 그래도 걸친 껍데기가 예뻐서인지, 머잖아 이설은 그룹 안에서도 가장 큰 인기를 누리는 스타가 됐다. 수십 개의 광고, 수십억의 수익, 수백만 명의 팔로워. 고작 열일곱의 나이였다. 하얗고 마르고 아름다운 이설은 감히 액수를 가늠할 수 없는 명품을 휘두른 꼴로 흠뻑 제 몸을 적시는 플래시 세례를 맞았다. 그 빛이 과하게 눈부셔도, 점차 눈을 깜빡이지 않는 법을 익혀갔다. 이설의 발아래 차이는 건 매일 레드카펫이었다.

인기를 실감하듯 지나친 일정 때문에 살기 위한 밥을 먹었을 뿐인데, 이설은 새벽에 숙소에 돌아와 눈을 붙일 때마다 죄책감을 못 이겨 허우적거렸다. 오늘 먹은 저녁이 몇 칼로리였지? 자고 일어나면 얼마나 쪘을까? 차라리 밤을 새우면 그나마 얼굴이 붓지 않아 보이던데. 행사상품처럼 따라온 불면증은 이설의 생각보다 버거웠다. 그렇다고 맘이 편해지고자 밥을 굶은 채 침대에 누우면 또 지독한 허기를 못 이긴 이설은 잠을 설쳤다. 심각한 악순환이었다.

"언니, 저…… 너무 자고 싶은데, 혹시 오늘 피부과 갈 수 있을까요?"

"……스케줄 잠깐 비는지 볼게."

밴 안의 룸미러를 통해 파리해진 이설의 낯을 흘끔거린 매니저는 병원으로 전화를 연결했다. 배고프고 잠을 못 잔 이설은 공연 리허설 중 쓰러져 대중의 입방아에 오른 적이 있었다. 의사는 당연하게도 영양실조와 수면 부족을 지적했다. 영양실조야 차치하고, 성공 가도를 달리고 있는 이설이 어째서 편히 잠을 못 이루는지 이해할 수 없었던 회사의 직원들은 응급 처방이랍시고 계약된 피부과에 이설을 눕혀 놓은 뒤 피부 시술을 위한 수면 마취를 핑계 삼아 프로포폴을 미량 투약했다. 그저 한숨 푹 자라는 의미였으나 데뷔 이래 처음으로 꿈 없이 숙면한 이설은 그 달콤한 중독을 떨쳐 내지 못했다. 끊임없이, 꾸준히, 이설은 약을 취하고 약에 취했다. 그럴 때마다 아득히 멀어진 현실이 그립지도 않았다. 너무 미련이 없어서일까, 현실로부터의 배신이 참 빨랐다.

"채이설 양, 상습적 프로포폴 투약이 사실인가요?"

"정말 불법 처방받은 식욕억제제를 섭취 중이신가요?"

"그렇게 체중을 감량하신 겁니까?"

"건강하게 살을 뺐다는 과거 인터뷰는 모두 거짓인가요?"

"대마초를 피우고 곡을 썼다는 루머에 대해 어떻게 생각하시나요?"

"모든 광고 위약금은 해결되었나요?"

"정말 그룹에서 탈퇴하시는 겁니까?"

"소년원 10호 처분에 대한 심경은 어떠십니까?"

너무 시끄러웠다. 물음표로 도배된 불특정다수의 질문들은 치료감호를 받은 4개월이 무색하듯 여전히 이설의 곁에 남았다. 약물을 끊고 나니 고통을 넘어 이따금 환상이 보였다. 하늘을 붕붕 떠다니는 기분. 이설은 하루빨리 제 세상이 조용해지다 못해 이 망가진 몸이 마르고 말라 증발해버렸으면 좋겠다고 생각했다.

하지만 이설은 증발하지 못했다. 채이설은 소년원에 있다. 가장 비현실적인 세상에 살았는데, 이제는 너무 현실적 세상에 떨어진 것이다. 연습실 바닥에 찧고 찧은 상처가 고스란히 쌓인 제 무릎을 매만지던 이설은 맥빠진 눈동자를 돌렸다. 그리고 절 바라보는 희민의 얼굴 가득 그려진 물음표를 지우고자 그 작고 동그란 코끝을 톡 건드렸다. 이 애가 절 몰라 좋았다.

"나는 사람들의 환상이었어. 그리고 환상에는, 대개 말할 수 없는 비밀이 있지."

그 '자기관리'라는 게 이설의 비밀인가 보다. 굳이 캐묻지 않은 희민은 체구가 작은 편인 제 어깨보다도 비쩍 마른 그를 물끄러미 보다가 물었다.

"오늘도 밥 안 먹었냐?"

보건실에서 잠만 자다 겨우 마실 나온 이설이 고개를 끄덕였다. 저녁 배식은 진작 끝났을 시간이었다. 탐탁지 않은 표정으로 혀를 찬 희민은 마침 제 주머니에 잡힌 간식을 이설에게 내밀었다. 키쉬땅콩초코바였다. 바보처럼 웃음을 터뜨린 이설이 바스락 초코바를 받아들었다.

"이런 거 먹으면 살쪄."

"넌 그러다 죽어."

"……그런 말도 좀 상처야. 살이 찌면 쪘다고 구박, 마르면 말랐다고 구박."

후자에 관해서는 희민도 적잖이 듣고 사는 말이었다. 평균보다 키가 작고 마른 체질이라, 삼시 세끼 곧잘 먹어 봤자 어차피 그대로였지만 할머니는 꼭 피죽도 못 얻어먹고 사는 애 같다며 희민이 하복을 꺼내 입을 때마다 화를 내셨다. 그냥 지나가는 학생 1 정도의 삶을 살았던 자신조차 이골이 나게 들었던 잔소리였다. 그런데 이설이라곤 오죽했을까. 희민은 턱 아래를 매만지다가 사람들의 참견으로부터 무신경한 편인 제가 그 성정을 고수할 수 있었던 방법을 하나 꺼내 놓았다.

"야. 네가 종일 쫄쫄 굶고서 동네 편의점에 초코바를 사러 가고 있어. 근데 어디서 나타났는지 길목마다 웬 개들이 널 보면서 막 짖어. 너 편의점 가다 말고 그거 하나하나 달래 주고 있을 거냐? 배고파 죽겠는데?"

자기도 모르게 초코바의 껍질에 적힌 성분표와 칼로리를 읽어내고 있던 이설은 당연히 높은 열량을 자랑하는 숫자가 보이지 않게끔 초코바를 뒤집었다. 아무런 대꾸를 하지 못한 이설은 살짝 고개를 내저었다. 개를 다 달래 주다가는, 편의점에 가지 못할 것이다.

"⋯⋯걔들 물어?"

"안 물어. 아니, 못 물어. 겁이 많으니까 길목에 숨어 짓는 거야."

이설은 빠르게 단언하는 희민의 모습이 왜인지 가람과 닮아 있다고 생각했다. 희민과 가람은 이설에게 포장지만 다른 초콜릿 같았다. 행동이나 말투가 어떻든, 어차피 삼켜 보면 절 향한 애정이었으니 말이다. 이설은 서투르게 초코바의 껍질을 까 자그마한 한 입을 깨물었다. 달콤하고, 고소하고, 가끔은 짭쪼롬한 것이, 참 기분이 좋아지는 맛이었다.

최 실장이 내미는 이번 주의 빨간 알약 일곱 개를 받아들며 신희민은 처음으로 그에게 질문했다. 상담 중 희민이 물음표를 던진 건 처음이었다.

"⋯⋯의사들은 귀신 같은 거 안 믿죠."

신희민은 짧은 대꾸만이 일상이었던, 상담에 수동적인 아이였다. 최 실장은 흥미를 표하듯 안경테를 고쳐 올리며 나름 진중한 대답을 고르기 시작했다.

"귀신이라는 건…… 보통 특정한 장소에서 특정한 현상을 기대하는 사람들이 내면화한 환상이라고 볼 수 있지. 특히 청소년기에는 감각이 예민하고 상상력이 풍부해서 쉽게 그런 종류에 현혹될 가능성이 크단다. 대답이 됐니?"

그럼 그렇지. 정신과 의사가 비과학적 가십에 휘둘릴 리 없었다. 작은 반경으로 고개를 주억거린 희민이 더 이상의 질문 없이 자리에서 일어선 순간이었다. 최 실장은 꽤 급급한 목소리로 덧붙였다.

"밀폐된 공간에서 그런 환상에 집중했다가는 쉽게 무력감을 느낄 수 있어. 혹시, 요즘 우울한 기분이 드니? 그런 거라면 꼭 나한테 말해 줘야 한다. 도움을 줄 수 있으니까."

특히 마지막 문장을 강조하는 최 실장에게 희민은 별달리 대꾸하지 않았다. 가만 보면 최 실장은 제 얼굴을 볼 때마다 우울감을 들먹이는 것 같다고, 희민은 시큰둥한 생각을 했다. 표정이 없어서인가. 애가 영 웃지를 않는다는 핀잔은 할머니에게서도 자주 듣던 희민이었다. 애가 웃지를 않는다는 건 애한테 웃을 일이 없다는 뜻일 뿐인데 어른들은 항상 거기에 자기 멋대로 해석을 달아댔다. 하기야, 이 사람에겐 그게 직업이겠지. 최 실장의 명패를 바라보며 건조한 눈알을 끔뻑이던 희민은 그만 운동화 끝을 돌렸다.

희민은 상담실 바깥에서 절 기다리는 권 교관을 따라 9호실을 향해 걸어갔다. 방과 가까워지는 그 걸음을 한 발짝 옮길 때마다 신희민은 천가람을 생각했다. 세 사람의 시야 안에 분명히 존재하는 천가람. 누군가 만든 단순한 환상이 아니다. 천가람은 9호실에 '있다'. 이 약을 먹는 사람은 볼 수 없다지만, 그렇다고 해서 '없어'지지는 않는다. 어떻게든 합리적으로 천가람을 추측하고자 애쓰기 바빠 정신을 빼앗긴 희민은 어느덧 9호실 문 앞에 도착한 채였다. 교관이 그를 들여보낸 뒤 문을 잠그는 소리가 들렸다.

그렇다면 어떻게 없앨 수 있을까? 왜 저기 있을까?

진유리와, 채이설과, 천가람이 동시에 신희민을 쳐다보았다.

4.

들을 수 있는 비밀

가정의 달에는 행사가 많다. 모두가 어린이는 아니지만 어린이를 위하라는 공휴일이 있고, 모두가 어버이는 아니지만 어버이를 위하라는 기념일이 있다. 어린이도, 어버이도 아닌 서락여자학교의 재소자들은 그 덕분에 5월의 혜택을 받을 수 있었다. 그들 역시 누군가의 가족이었기 때문이다.

엉망이던 4월의 날씨가 말끔히 갠 5월 초의 주말, 소년원으로 소년수들의 가족이 한데 모였다. 이렇게 반짝이는 날씨에도 바깥에 나갈 수 없는 아이들을 위한 연례행사였다. 연말을 기념하는 12월에도 비슷한 행사가 있었으나 아버지의 면회를 거절했던 진유리와 당시 막 소년원에 입소한 채이설은 그 크리스마스 행사에 참여하지 못했으니 사실상 9호실의 재소자들은 이번 이벤트가 처음이었다. 가족들을 맞이하기 위해 모든 재소자는 십시일반 대청소를 했고, 제 가족이 오는 것도 아니면서 괜히 들뜬 천가람 또한 이를 도왔다. 가장 큰 신장을 자랑하는 가람은 남몰래 천장 구석구석 드리운 거미줄을 거두었다. 매듭이 잘못 묶여 비뚤어진 알록달록한 벽 장식을 고치기도 했다. 어차피 아무도 모를 선행일 텐데 손을 보탤 수 있다는 사실에 마냥 기분이 좋아진 가람이었다.

"야, 희민아. 우리 아빠 손 엄청 커. 도시락 분명 5단일 거란 말임. 그러니까 내 옆에서 입 좀 더해라."

"됐어요. 전 그냥 방에서 쉴 건데."

그에 반해 희민의 표정은 늘 그렇듯 무뚝뚝했다. 희민이 굳이 할머니에게 연락하지 않아도 이런 행사의 소식은 소년원 측에서 미리 우편을 전달한다고 했다. 하지만 교무 직원은 희민에게 할머니의 불참 여부를 전해 주었다. 연휴가 긴 5월은 음식 장사에 있어 대목이었다. 할머니가 이 황금 같은 주말에 가게 문을 잠근 뒤 왕복 세 시간이 걸리는 서락여자학교로 달려올 리는 없었다. 아이들과 함께 식사하는 등 행사에 참여하는 시간을 통틀면 꼬박 하루를 버리는 셈이나 마찬가지니까. 거기까지 진작 계산을 마친 희민은 할머니의 부재를 그다지 대수롭지 않게 여겼으나 진유리는 은근히 그런 희민이 맘에 걸렸다. 천가람의 마음에는 대놓고 턱턱 걸렸다.

"할머니 정말 안 오시는 거야? 그럼 유리 말대로 같이 가서 사식도 먹고 그래. 이설이네 부모님까지 오신다는데."

"혼자 방 차지하고 낮잠 잘 절호의 기회를 제가 왜 걷어차요?"

"누구 마음대로 낮잠을 자?"

달그락, 9호실의 방문을 열고 끼어든 사람은 권 교관이었다. 기껏 천막이며 야외 테이블을 설치하느라 소년원의 직원들이 얼마나 애를 썼는데 이런 날 가족이 오지 않는답시고 고독해지려는 단독 행동은 금지였다. 온몸으로 불평을 표하던 희민은 그대로 언니들과 이설의 꽁무니에 붙어 운동장에 끌려갔다. 서락여자학교의 주차장으로 하나둘씩 자가용과 택시가 모여들었다.

이설의 부모님은 자가용을 타고 오셨고 유리의 아빠는 택시를 타고 오셨다. 세 사람 다 양손이 무거워 보였다. 몇 번의 면회를 겪은 유리와 그의 아빠는 이제 소년원에서의 만남이 꽤 편안한 듯싶었지만 이설은 제 부모님을 어색해했다. 중학교 1학년 때부터 서울로 연습생 수업을 다녔기 때문에 평소 가족과 깊은 유대감을 형성할 수 없었거니와, 결국 자신 때문에 부모님까지 사회적 오명을 뒤집어써야 했으니 이설은 아직도 부모님의 시선을 피하기 바빴다.

한 테이블에 모아 앉은 9호실 재소자들을 두고 보호자들은 각각 준비한 사식을 펼쳤다. 유리의 아빠는 정말 손이 크셨다. 아이들의 머릿수를 참고해도 꽤 많은 양의 도시락이었다. 어른들의 눈치를 살피던 유리가 빈 의자를 하나 가져와 저들의 테이블에 보탰다. 멀뚱멀뚱 서 있던 가람은 거기에 앉았다. 당연히 천가람이 보일 리 없던 이설의 엄마는 자신의 핸드백을 그 자리에 놓았다. 가람은 제 무릎에 얹어진 그 가방을 그냥 소중히 끌어안았다. 소년원 바깥의 사람들 눈에도 애가 보이지는 않는구나. 유리는 기민하게 깨달았다.

"……치료 받고서는 이제 좀 잘 먹는 줄 알았는데, 살이 하나도 안 붙었네……."

체육복 반소매 아래 덜렁 드러난 이설의 마른 팔을 유리 인형 다루듯 어루만지던 그의 엄마는 순식간에 눈동자를 적셨다.

"아니야, 잘 먹어요. 체질이 바뀌어서 그렇지."

낯선 사람 앞에서는 체면 차리지 않고 곰살맞더니 막상 제 부모 앞에서는 경직되어 겨우겨우 대꾸하는 이설은 희민이 보기에도 퍽 안쓰러웠다. 이설과 나란히 앉아 있던 희민은 어설프지만 이설의 변호를 자처했다.

"맞아요, 잘 먹어요. 소년원 밥 괜찮은 편이거든요. 가끔 매점에서 같이 초코바도 사 먹고."

희민의 거짓말이 민망하지 않도록 이설은 얼른 엄마가 포장해 온 피자 한 조각을 들고 과장하듯 한 입을 깨물더니 동그랗게 뜬 눈으로 열심히 씹기 시작했다. 아직 급식을 깨작거리기 일쑤인 이설이었으나 부모님의 걱정을 듣는다고 거식증세에 도움이 될 것 같진 않아 희민은 말을 덧붙이기 위해 머리를 굴렸다. 그리고 몸을 쓰는 직군이었던 덕에 어렵지 않게 구보를 뛰던 이설의 모습을 떠올렸다.

"운동도 열심히 하고 있으니까, 걱정하지 마세요."

검정고시에 무사히 합격했다는 소식을 나누며 아빠와 대화하느라 손이 바쁜 유리는 무슨 바람이 불었는지 남의 일에 참견하는 희민을 힐끗거렸다. 그리고 희민의 입에서 뱉어진 이설의 근황에 마음이 좀 놓인 이설의 부모님은 더는 가타부타 말을 않고 그저 이설의 등허리만 토닥토닥 쓰다듬으셨다. 그래서인가, 잘 씹은 피자를 삼킨 이설은 웬일로 목이 막히지 않아 한 입을 더 베어 물었다. 보온이 잘 되었는지 치즈가 알맞게 늘어나는 모습이 꼭 CF의 한 장면 같아서, 보고 있던 이들은 저마다 한 번씩 웃음을 터뜨렸다.

"이설이가 제대로 된 학교생활을 해 본 적이 없으니까 잘 적응할지 걱정했는데, 직접 와서 보니까 아빠 마음이 좀 놓인다."

"이렇게 똑같은 옷 입은 친구들까지 사귀고. 엄마 눈엔 꼭 교복 같네?"

한시름 놓은 듯 보인 이설의 부모님 앞에서 괜히 뿌듯해진 유리와 가람은 홍조를 띤 뺨 안 가득 피자를 오물거리는 이설을 흐뭇하게 바라보았다. 꼭 이 자리에 이설의 부모가 넷인 것 같은 눈빛이었다. 9호실에서 이설을 챙기는 그들에게 고마움을 표하는 건지, 이설의 부모님은 유리와 희민의 앞으로 자꾸 음식들을 밀어 주었다. 이미 아빠의 5단 도시락 앞에서 쩔쩔매던 유리가 얼른 피자 한 조각을 떼어먹으며 말했다.

"이설이는 워낙 성격이 좋으니까 잘 지내고요, 문제는 이 녀석이에요. 따지고 보면 둘이 친구 아니고 얘가 막내거든요. 하여간 짬이 덜 찼다고 해야 하나……."

꼭 일러바치듯 피자 끝으로 희민을 콕 가리킨 유리는 세차게 돌아오는 희민의 날 선 시선에도 뻔뻔히 눈썹을 끌어올렸다. 사제 피자의 맛이 상당히 좋았다. 유리의 목소리에 조금 상기된 이설이 얼른 엄마 아빠 앞에 자랑하듯 덧붙였다.

"맞아. 나보다 거의 석 달이나 늦게 들어왔어요, 희민이가."

"······혹시 여기도 군대 같이, 너희들끼리 그러니?"

펙 심각해진 이설의 아빠가 주변 가득 포진한 교관의 눈치를 살피며 목소리를 낮추었다. 유리는 제 아빠에게도 피자를 한 조각 떼어 건넨 뒤 뾰로통 부풀어있는 희민의 뺨을 흘끗거리며 대수롭지 않다는 듯 대답했다.

"뭐······ 놀러 온 건 아니니까요."

놀러 온 소년원이 아닌데, 저마다 가족을 달고 있는 재소자들 대부분의 얼굴에는 꼭 놀이공원을 방불케 하는 웃음꽃이 피어 있었다. 희민은 소년수들의 미소가 이곳에서도 잘 지내고 있다는 보호자들을 위한 과시라고 생각했다. 도대체 누가 누구 마음을 돌보는 건지 모르겠다. 아무도 면회를 오지 않은 재소자는 비단 희민뿐이 아니었으나, 원래 가진 게 없는 애 눈에는 똑같이 가진 게 없는 사람보다 뭘 많이 가진 사람만이 눈에 띄고 그랬다. 희민은 다양한 음식 앞에서 자기는 잘 모를 이야기를 주고받는 9호실 테이블을 벗어나기 위해 화장실에 다녀온다는 핑계를 댔다. 소년원 안에 외부 어른이 많아서인지 다행히 교관들의 감시가 느슨한 날이었다.

시끄럽고 분주한 분위기 속에서 희민은 발 빠르게 소각장, 샤워실, 급식소의 뒤편을 훑었다. 가람이 미처 챙기지 못한 담배가 남아있을지도 모른다는 생각 때문이었다. 하지만 마지막 장소인 급식소의 굴뚝 아래에도 물건은 없었다. 그 협소한 공간에서 실낱같은 희망을 잃은 희민이 조그만 한숨을 폭 내쉴 때였다.

"솔직히 얘기해라. 걸렸지, 너?"

어쩐 일인지 11호실 반삭은 혼자였다. 늘 옆에 달고 다니는 오합지졸을 그들의 보호자에게 빼앗긴 모양이었다. 높다랗게 쌓여 희민의 몸을 숨겨 준 주스 상자들을 불량한 걸음으로 피해 들어온 그는 큰 망설임 없이 주스를 덮은 비닐 포장을 할퀴어 찢었다. 붉은색 사과가 그려진 팩 주스 하나를 멋대로 꺼낸 11호실 반삭이 그 종이 팩에 붙어 있던 빨대를 입으로 뜯었다. 희민은 귀찮게 되었다는 식의 입소리를 냈다. 제 할머니처럼 어기적어기적 허리를 짚고 일어난 희민은 포커페이스를 유지했다. 희민에게 물건이 없다는 사실이 들통나면 갑을 관계는 단박에 뒤바뀔 테다.

"머리가 그렇게 안 돌아 어째. 걸렸으면, 내가 여기에 있겠냐. 진작 담당 판사한테 끌려갔지."

사과 주스를 쪽 빨아 삼킨 11호실 반삭은 어느 정도 동의하는 눈빛을 보이는 것 같더니만, 순식간에 돌변했다. 그의 입꼬리가 실실 찢어졌다. 희민을 비웃는 모양새였다.

"아, 알겠다. 너 손절 당했구나. 담배 대주는 아줌마한테."

틀렸다. 바보 같은 성 씨 이모는 계속 담배를 보내고 있을 것이다. 제대로 된 프로세스도 모르는 주제에 대뜸 넘겨짚는 목소리는 어떻게든 희민의 약점을 쥐고 싶어 안달이 나 있었다. 허허실실 마냥 좋아서는 주머니에 초코바 꽂아줄 땐 언제고, 물량을 2주 밀렸더니 홀랑 돌변한다. 소비자 심리가 이토록 까다롭다. 이제 이 녀석을 달래는 일에 이골이 날 듯한 희민이었다.

"물건 들어와도 너한텐 안 판다. '블랙컨슈머'라는 말, 알지."

"블랙…… 뭐?"

"너 진상이라고. 야, 됐으니까 기술한테나 가라. 인내심이라곤 한 톨도 없는 너랑은 그게 딱 어울려. 둘이 상부상조하세요."

"근데 씨, 이 쥐 같은 새끼가 얻다 대고."

키가 작다는 것은 이런 일이 발생했을 때 가장 큰 단점이다. 잘 빨던 사과 주스를 팩 채로 희민에게 내던진 11호실 반삭이 희민의 멱살을 쥐어 벽에 몰았다. 가슴팍에 주스를 맞아 희민의 체육복에 얼룩이 번져갔다. 희민은 신음 한 번을 내지 않고 절 덮치는 이를 노려보았으며 그런 희민의 자극적인 말에 곧이곧대로 열이 받은 반삭 머리는 욕지기가 반인 협박을 쏘아붙이기 시작했다.

"고작 여기에 담배 좀 뚫어 줬다고 네가 뭐라도 되는 줄 아나 본데, 착각하지 마. 부모가 버리고 튀어서 너 천애 고아인 거, 내가 모를 것 같냐? 신희민. 네 꼬라지를 봐. 너처럼 뒷배 없는 새끼들은 백날 기를 써봤자…… 티가 나. 애미, 애비 없는 티가 난다고."

뒷배라곤 없어 보이는 행색. 그래서 성 씨 이모와 제가 붙잡힌 걸까. 그의 말은 오랜 가뭄 끝 딱딱히 메마른 줄 알았던 희민의 새까만 눈동자에 미세한 파동을 허락했다. 희민은, 더 듣고 싶지 않다고 생각했다. 하지만 한 번 터진 입이 쉽게 멈출 리는 만무했다. 덩달아 희민의 목울대는 더욱 거세게 조여왔다.

"넌 너랑 내가 여기서 한 짓 어른들한테 걸리면 우리가 똑같이 좆 될 것 같지? 천만에. 너 우리 엄마가 어떤 사람인 줄 알아? 다 뒤집어쓰고 혼자 망하는 건 신희민 너야. 넌 아무도 없잖아. 네 뒤에, 아무도 없잖아."

희민의 아가미가 속절없이 막혀갔다. 비틀린 악력에 눌려 운동화를 삐끗거린 희민은 눈꺼풀을 반쯤 감으며 얼굴조차 모르는 사람들을 떠올렸다. 이목구비가 없는 그 회색 사람들은 희민의 시야 변두리를 기웃거리다가 이내 관심을 거두고 뭉실뭉실 사라지는 것 같았다.

맞아. 아무도 없다. 맞는 말은 아프다. 너무 세게 맞아서 아프다.

희민은 마치 깊은 저수지에 빠져버린 것처럼 잠식되는 기분을 느꼈다. 목을 조르는 손길 때문인지, 정확히 폐부를 때리는 목소리 때문인지 잘은 모르겠지만, 희민은 아무래도 가라앉고 싶지 않았다. 그래서 상대의 급소를 노리고자 그 조그만 주먹을 꽉 움켜쥘 때였다.

"너 지금 뭐 하는 거니. 그것도 이런 날에?"

가정의 달 행사를 맞아 소년원에 배급된 사과 주스 상자가 굉음을 내며 와르르 쏟아졌다. 덕분에 일방적으로 치고, 조만간 대갚음을 하려던 두 소년수의 모습이 그대로 두 어른 앞에 드러냈다. 그들은 이름 모를 교관과 이름 모를 외부인이었다. 희민이 그 낯선 어른들을 길게 훑을 때, 희민의 옷깃을 움키고 있던 11호실 반삭의 악력은 마치 튕기는 것처럼 희민으로부터 도망쳤다.

"……엄마……."

"따라와. 가시죠, 교관님."

교관 한 명을 대동하고서 식사 자리를 이탈한 11호실 반 삭을 이 잡듯 찾아낸 이는 그의 보호자였다. 그리고 어떠한 반사 작용인지 뻣뻣하게 굳어 마른침을 삼킨 11호실 재소 자는 희민을 돌아보지도 못한 채 곧장 교관의 손에 이끌려 제 엄마를 따랐다. 앞장 서는 그 고고한 걸음걸이를 보필하 기 바쁜 교관은 급식소 뒤편 구석에 남아있는 희민을 신경 쓰지 않았다. 겨우 큰 숨을 몰아쉴 수 있게 된 희민은 그들이 운동장을 향해 사라진 다음에야 기침하며 주저앉았다. 희민 의 조그만 몸체 주위에 엉망으로 쏟아진 새 사과 주스가 잔 뜩이었다. 희민은 그중에서도 제 가슴팍을 때리고 터져버린 주스 팩을 멀거니 바라보았다. 저 애가 고작 한 입을 빨아서 인가 옆구리 터진 주스 팩은 내용물을 꼬르륵 피처럼 흘려 보내고 있었다.

"어디 봐. 안 다쳤어?"

주스 팩은 분명히 다쳤다. 그런데 나는 다쳤나? 희민은 천 천히 눈꺼풀을 깜빡거렸다. 희끄무레했던 희민의 시야 속에 회색으로 뭉개졌다고 생각한 웬 얼굴이 선명해졌다.

"희민아, 보건실 갈까?"

사람은 아니고, 천가람이었다. 어째서인지 맥이 풀려 버린 희민은 벽에 기댄 채 중얼중얼 대답했다.

"……아파요. 근데 보건실 갈 정도는 아녜요."

쪼그려 앉아 그런 희민의 안색을 살핀 가람은 사과 주스로 젖어버린 희민의 체육복을 톡톡 털어주었다. 희민의 가슴팍에 건조한 바람이 닿아왔다. 나직이 속눈썹을 내리깐 희민은 그런 제 목덜미까지 꼼꼼히 살피고 있는 가람의 관심을 거절할 기운이 없었다. 체육복 깃 위를 쥐어서인지 희민의 하얀 목에는 11호실 반삭이 움켜쥔 상처가 남지 않았다. 하지만 원래 드러나지 않는 상처가 가장 아픈 법이었다. 보건실에서든, 병원에서든, 호소할 수 없는 그런 상처 말이다. 걱정 어린 숨을 내쉰 가람은 천천히 희민의 주위를 정리해 나갔다. 엉망으로 흩뿌려져 있던 사과 주스들이 다시 행렬을 찾아 돌아갔다.

"어쩐지 화장실 간다는 애가 너무 늦더라. 조금 더 빨리 왔어야 했는데."

주스 상자는 혼자 엎어진 게 아니었나 보다. 팩들을 곱게 정리해 둔 가람은 마지막으로 옆구리가 터진 주스를 쥐어 쓰레기통에 던져 넣었다. 유통기한이 너무 짧고 나약하기 그지없는 희민의 자존심이, 상하기 직전이었다.

"다 들었어요?"

"어떻게 요즘 애들은, 욕 없이 대사 한 줄을 못 치지?"

"다 들었냐고요."

다 듣고, 다 보았을까. 어느 시점에서부터 아무런 반박조차 하지 못하고 잡스럽게 짓눌리는 희민의 비쩍 마른 몸뚱이를 말이다. 아주 볼품없었을 거다. 희민은 이상한 수치심이 너무 무거워 쉬이 몸을 일으키지 못했다. 그리고 가람은 그 작은 애를 제 그늘에 가두어 식히듯 굳게 두 다리를 버틴 채 내려다보고 있었다.

"응. 근데 쟤가 다 틀렸어. 희민이 네가 뒷배가 없기는 왜 없어?"

땅바닥에 시선이 고정되어 있던 희민은 서서히 고개를 들어 올렸다. 그리고 의미 모를 외국어를 들은 사람처럼 눈살을 찌푸렸다. 팔짱을 끼우고서 긴 다리를 툭툭 정리한 가람은 별다른 설명 없이 흐트러진 희민의 머리칼을 토닥토닥 다듬더니 시원하게 엄지를 세워 운동장을 가리켰다.

"가자, 밥 먹었으면 이제 후식 먹어야지."

희민은 옆구리가 터진 주스처럼 꼬르륵 웃었다. 어째, 가람의 앞에서는 자존심이 상할 새조차 없었다.

야외에서의 식사 뒤에는 재소자들의 편지 낭독과 짧은 공연이 열렸다. 거창한 건 아니었고 심심한 반주를 배경으로 노래를 좀 하는 녀석들이 한 곡씩 부르고 내려가는 식이었다. 한때 잠실 체조 경기장도 꽉 채워 공연했던 이설은 사람들의 호응에 빼지 않고 구령대 위로 올라가 담백한 목소리와 편안한 곡조로 운동장을 울렸다. 운동장의 구석, 등나무 오두막에 떨어져 앉아 배급된 사과 주스를 빨며 그 노래를 듣던 희민은 저 무리가 아닌 제 옆에 붙어 있는 가람을 웬일로 번거롭게 여기지 않았다.

"이설이 노래 진짜 잘한다."

"……인정."

벤치 아래로 늘어뜨렸던 제 다리를 감싸 끌어안은 희민은 점차 노을이 차기 시작하는 하늘을 바라보았다. 이렇게만 쳐다보면 정말 태양이 지구를 돌고 있는 것 같다. 금방이라도 해가 사라질 듯 녹아 흘렀다.

"……미안요."

"뭐라고? 잘 안 들려, 희민아."

가람이 이설의 노래에 신경을 빼앗긴 틈이었다. 거의 복화

203

술 수준으로 툭 사과를 흘린 희민의 목소리는 개미의 것만큼 작았으나 가람은 확실히 들었기 때문에 여실히 웃는 낯이었다. 그렇지만 한 번 더 듣고 싶었다. 그래서 연신 희민의 얼굴 앞에 기웃거렸다. 확 물고 있던 주스를 뱉어 버릴까, 짧게 갈등한 희민은 말자 싶어 작은 목젖을 꿀꺽 울렸다.

"아, 미안하다고요. 언니한테 쓰레긴지 뭔지, 하여튼 물건 던진 거. 만약 언니가 진짜 사람이었으면 그거 맞고 다쳤을지도 모르는데, 그때는 언니가 뭐라고 내 일에 참견인가 너무 화가 났단 말이에요."

심지어 손바닥보다 작은 이 사과 주스 팩조차 그렇게 맞으니 꽤 아팠다. 미약한 얼룩이 남아 있는 제 체육복 앞섶을 꼬집은 희민이 손가락을 꼼지락거렸다. 누가 사과를 시킨 티는 났지만, 가람은 그래도 기특했다. 사과란 막상 뱉고 보면 자존심이 다치기보다 오히려 올라가는 신기한 말 한마디 아닌가. 가람의 생각이 맞았는지 구구절절 변명을 실토하는 희민의 목소리에는 전보다 훨씬 많은 감정이 담겨 있었다.

"그래서 이제는 화 안 나?"

"뭔 소리세요. 당연히 화나지. 담배 그게 다 얼마짜린데…… 언니 계속 내가 들이는 물건마다 그렇게 태울 거예요?"

"응. 귀신같이 찾아내서 모조리 싹."

과하게 낭랑한 대답이라 골치가 아파진 희민이 제 머리칼을 마구 헝클이더니 세운 무릎 사이에다 고개를 푹 처박았다. 욕설에서 출발한 희민의 중얼거림은 점차 신세 한탄이 되어가고 있었다.

"싹 찾아 내서 태우는 그건 도대체 어떻게 가능해요?"

"희민아, 나 그래도 귀신인데 그 정도 베네핏은 줘."

"……나는 돈을 벌어야 한다고요."

가람은 곧장 미간을 구겼다. 당장 한 품에 차고도 남을 만큼 조그마한 녀석이 무슨 돈이 그렇게 필요해서. 아무리 소년원 신세를 지게 되었다지만, 곧장 손녀에게 용돈을 끊어버렸다는 얼굴 모를 희민의 할머니가 야속한 마음에 가람은 아랫입술을 짓씹었다.

"원래도 할머니가 용돈 안 주셨어?"

"주셨는데요. 많이."

할머니가 희민에게 용돈을, 그것도 많이 주셨던 이유는 아무런 사고를 치지 말고 번듯하게 자라라는 의미였을 거다. 하지만 희민이 보기에 할머니의 '용돈'은 부모가 버리고 떠난 아이지만 부족함 없이 이렇게 키우고 있다는, 어쩌면 할머니 자신을 위한 과시 같았다. 희민은 할머니의 가게를 들락거리는 배달기사 아저씨들의 목소리를 떠올렸다.

'희민이는 좋겠네. 할머니가 용돈도 척척 그렇게 많이 주시고.'

그럴 때마다 희민은 예의라고는 조금도 없는 차가운 시선을 들어 아저씨들을 지나쳤다. 어른이 된 다음에는 키워준 값을 하라시던 할머니였으니, 갚아야 할 돈이지 무작정 받고 웃을 돈은 아니었기 때문이다.

지금이라고 크게 달라진 눈빛은 아니었다. 별안간 희민은 주차장에 세워진 한 외제차를 턱짓했다.

"저 차, 11호실 그 반삭. 걔네 엄마 차예요. 엄마가 뭐 사짜 직업 하신다고 했나…… 아무튼 집에 돈이 진짜 많대요. 근데도 반삭 걔, 그깟 담배 좀 피우겠다면서 기술 직공한테 숙이고 들어갔어요. 이유가 뭐일 것 같아요? 소년원 아니고 교도소 갈 뻔한 애 형량까지 낮춰 준 재력가 자제인데."

주차장에서도 월등히 반질거리는 외제 차를 바라보던 가람은 희민의 말대로 그렇게 귀한 집 자식이 누가 봐도 불합리한 짓을 자처하는 이유를 추측하고자 제 머리통을 긁적거렸다. 평생 저런 차에만 태우며 어화둥둥 싸서 키웠을 텐데. 자동차와 마찬가지로, 운동장에 앉아 있는 사람들 틈에서 반삭 머리 재소자와 그 옆의 호화로운 차림새의 보호자를 찾기란 어렵지 않았다. 저 어른은 가까이서 보나 멀리서 보나 호락호락해 보이지 않는 행색이었다. 그런 엄마를 옆에 두었지만 어째 11호실 재소자는 그리 행복해 보이지 않았다. 든든해 보이지도 않았다. 오히려 얼굴은 흙빛에 가까웠다. 급식소의 뒤편에서 제 엄마를 맞닥뜨린 그의 얼굴은, 꼭 귀신을 본 표정이었다. 시선을 길게 던져 그들을 훑어 낸 진짜 귀신 천가람은 다시 희민의 옆얼굴을 쳐다보며 물었다.

"……이유가 뭔데? 희민이 넌 알아?"

희민은 여전히 사람들 쪽을 응시하고 있었다. 희민은 이제 양팔을 뒤로 뻗어 오두막 바닥을 짚고 몸의 무게중심을 바꾸며 자세를 고쳤다. 그리고 무심하게 고개를 끄덕였다. 장사에 앞서 고객층 파악은 필수였다. 희민은 소년원 아이들 사이 퍼진 '천애 고아'라는 쓸데없는 제 정보가 무색하리만치 11호실 반삭에 대해 훨씬 많은 것을 알고 있었다.

"갚아야 하는 돈이 너무 많았던 거겠죠. 귀한 집 자식인 만큼 기대하는 바가 큰데 도저히 부응은 못 하겠고. 그래서 할 수 있는 반항은 다 하다가 범죄까지 저질렀지만, 결과는 또 부모 입김으로 형량 낮춰 들어온 소년원. 이제 더는 하지 말라는 짓을 할 수조차 없는 상황에서, 못 끊은 담배는 피우고 싶어 죽겠는데, 때마침 부모 돈이 아닌 자기 혼자 힘으로 해결할 수 있는 구멍이 생긴 거예요. 쟤는 담배도 담배지만 그걸 못 끊고 있어요. 독립했다는 희열. 이상하지 않아요? 누구보다 부모님 그늘을 이용해 살아온 애가 누구보다 그 그늘을 벗어나고 싶어 하는 심리? 꼭 저 잘난 부모 오점이 되고 싶어 안달이 난 애처럼 말이에요. 관심받은 만큼 보답하는 게 그렇게 어려운가."

부모로부터 기대는커녕 관심조차 받아 본 적 없는 희민으로서는 11호실 반삭이 복에 겨워 보이기도 했다. 하지만 개인적인 감정은 거래에 도움이 되지 않으니 배제했다. 아무튼, 미성년자에게 금지된 흡연이라는 문제를 소년원이라는 공간에서 스스로 해소했다는 11호실 반삭의 비뚤어진 성취감은 오래 가지 않았을 것이다. 흡연 욕구가 채워지는 만큼 기분은 더러워졌을 테니 말이다. 하지만 중독이 고통스러운 이유는 멈추는 순간 때문이다. 다시 같은 일을 반복하면 괴롭지 않다. 가장 강해 보이는 저 애는 희민이 보기에 사실 가장 약한 애였다.

그리고 때마침 등장한, 물질만능주의의 담배팔이 신희민. 슬슬 불쾌감이 한계에 다다른 11호실 반삭에게 희민은 구세주나 다름없었다. 그는 제 우표나 영치금의 출처가 제 부모라는 사실을 망각한 채 간편히 흡연 욕구를 채우고자 희민의 주머니를 채웠다. 또 부모의 돈을 이용하는 치욕을 반복한 것이다. 희민은 사치품인 핸드크림의 출처 역시 저 11호실 반삭임을 실토했다. 가끔은 우표 대신 생필품을 두고 담배와 물물교환하기도 했다. 우표 자체는 당장 소년원 안에서 돈으로 바꿀 수 없기 때문이었다.

"……희민이 너 엄청 치밀하다."

희민의 목소리가 가람의 앞에서 이토록 길어진 적은 처음이었다. 내내 입을 다물지 못하는 가람을 향해 희민은 별거아니라는 식의 입소리를 냈다. 이 정도의 관찰력과 융통성을 발휘하지 않고는 제약이 많은 공간에서 아무것도 시도할 수 없었다.

"'니즈가 맞다'는 말 알아요?"

"상부상조?"

"정말 공부를 꽤 하셨나 보네."

"진짜 똑똑한 건 희민이 너고. 근데 칭찬이지만 독려는 아니야. 알지? 그만둬야 해."

"오늘은 그 입바른 소리를 왜 안 하나 했다."

희민은 이번에야말로 제 특기를 돈이 아닌 다른 것을 위해서 보기로 했다. 막상 눈앞에 귀찮도록 일렁이는 얼굴이 이 순진무구한 천가람이라 어쩔 수 없다는 제 식의 논리였다. 사과 주스를 거의 다 비워 낸 신희민은 신중하면서도 조용

히 목표물을 조정했다. 잠시 고인 두 사람 사이의 정적을, 주
스의 밑바닥을 훔치는 빨대의 목소리가 매웠다. 쪼로롭.

"그러니까 언니도 말해 봐요. 왜 여기에 있는지. 이유를 알
아야 없애 주지."

"없애 준다고? 왜?"

"귀신은 승천해야 하는 거 아녜요?"

"공존은 역시 무리인가…… 요즘 되게 재밌는데. 이설이
랑 희민이 너까지 생겨서."

"우리 다 출소하고 나면요? 진짜 아무도 언니 못 보게 되
면?"

"……또 누군가를 기다리지 않을까…….."

1년 전 이맘때였나, 아니다. 조금 더 추웠던 3월이었을
거다. 서락여자학교가 개원한 뒤 이 운동장을 지나는 아이들
이 생기고, 그들의 목소리와 함께 가람은 기지개를 켰다. 그
때만 해도 모두 가람을 볼 수 있었으니 가람조차 자신이 껍
데기를 잃은 영혼인 줄 몰랐다. 한 재소자가 스스로 목숨을
끊고 서락여자학교로 부임한 정신과 전문의가 원생들에게
같은 약을 처방한 이래 그들의 시야에서 가람이 사라졌다는
것까지가 9호실 재소자들이 파악한 전말이었다. 진유리가
그 배경에 집중했다면 신희민은 대상에 집중할 작정이었다.

"생전 기억은 하나도 없다고 하셨죠."

"그치. 이렇게 달랑 체육복 재킷 하나 건진 덕분에 그래도 이름은 얻어 다행이야. 내 이름 예쁘지 않아? 가람이."

"……거 참 끝내주는 긍정이네. 뭐 원한이나 그런 것도요? 누굴 찾아내서 뭘 어떻게 해야 한다든지. 복수심이라든지."

"전혀. 왜 죽었는지도 모르겠어. 중요한가?"

"당연히 중요하죠."

마냥 늘어져 있을 줄 알았던 희민이 버럭 언성을 높이며 조그만 주먹을 말았다. 오두막 마루를 쿵 내리친 희민의 눈빛에는 꽤 이글이글한 불이 붙어 있었다. 가람은 영 처음 보는 표정이었다. 어쩐지 이 조그만 녀석의 탐정 놀이에 합을 맞춰 주어야 할 것 같았다. 곰곰이 고민하는 신음을 흘리던 가람은 이 공간에서 생활하는 내내 한 번씩 느껴졌던 기시감을 떠올렸다. 체육복, 운동장. 뛰어다니는 게 좋다. 아, 열아홉. 나이라면 아이들과 통성명을 나눌 때마다 제멋대로 대답이 되어서 알았다. 꼭 어딜 가든 제 이름 옆에 열아홉이라는 나이가 꼬리처럼 매달린 기분이었다. 분명 고등학생이었겠지. 이 사실은 체육복에 붙은 조그만 교표도 말해 주고 있었다. 이 이름 모를 학교의 3학년. 언제까지고 계속 재학 중. 가장 최근에 기시감을 느꼈던 곳이라면 아마 보건실이었던 것 같다. 이설을 돌본 뒤 잠시 시선을 빼앗겼던 팻말에서 무언가 기억이 날 듯, 말 듯 그랬다. 하지만 정확히는 모르겠다. 새로 지어졌다는 이 공간은 가람에게 마냥 낯설었고 그 때문인지 아무런 기억이 떠오르지 않았다.

"……근데 희민이 넌 내가 없어지면 아쉽지 않겠어?"

"네. 얼른 없애고 다시 담배 팔 건데요. 상부상조."

제 단발머리처럼 칼 같은 대답이었다. 그게 얄미워 애의 앞머리에 입바람을 불자 희민은 당연히 질색했다.

"그건 상부상조가 아니라 협박 아니야? 맘 놓고 마저 나쁜 짓 해야 하니까 나 같은 건 빨리 사라지란 뜻이잖아. 희민이 넌 꼭 너 같은 동생 생겨서 똑같이 고생해 봐야 언니 마음을 알 거다."

"동생 생길 일 없거든요."

반사적으로 대답한 희민이었지만 사실 모르는 일이었다. 할머니의 말마따나 각자의 인생을 살고자 갈라진 엄마나 아빠가, 이미 어딘가에서 희민은 모를 희민의 동생을 만들었을지는. 또 엉뚱하게 빠져 버리는 감상이 기분을 엉망으로 망치기 전에, 희민은 재빠른 손길을 들어 제 앞머리를 다시 일 자로 정리했다. 그리고 때마침 누군가의 마지막 노래가 막을 내렸다. 저무는 노을에 맞춰 행사가 정리되는 듯했다.

가족들을 보내고 싶지 않은 재소자들과 얼른 보내고 싶은 재소자들이 뒤섞여 운동장을 어지럽혔다. 교관들이 호루라기를 부는 소리가 들렸다. 짧은 자유를 만끽하던 신희민도 행렬로 돌아가야 했다. 등나무 오두막에서 몸을 일으킨 희민이 탈탈 제 체육복을 정리할 때였다. 희민의 운동화 사이로 바람 빠진 축구공이 공이 데구르르 굴러가 가람의 발치에 닿고 말았다. 어느 재소자의 가족인지 초등학생도 못 된 듯 작고 작은 아이 하나가 공을 따라 뛰어오고 있었다. 아이는 희민을 지나쳤다. 그리고 가람의 앞에 다다랐다. 가람은 반사적으로 쪼그려 앉아 축구공을 멈춰놓은 채였다.

"고맙습니다."

운동장의 표면과 가람의 손바닥 사이에 끼워져 멈춘 공을 챙겨 든 아이는 가람을 향해 배꼽 인사했다. 세상 아무 때가 묻지 않은 아이의 미소가 노을처럼 부서졌다.

소년부 재판 현장은 협소했다. 피고인들과의 거리가 가까운 판사는 유독 조용한 장내에서 말없이 세워진 학생과 그 뒤의 보호자를 번갈아 바라보았다. 여타의 배심원은 없지만, 이 학생을 돕기 위한 두세 명의 사람들이 재판에 들어왔다. 학생의 부모는 제발 선처를 바란다는 듯 구슬 같은 눈물을 흘리며 서로의 손을 붙잡고 있었다. 최선을 다해 제 할 수 있는 한 피고인의 심리적 불안과 도움이 필요한 상황을 호소한 변호인은 이제 피고인에게 가장 낮은 형량이 떨어지기만을 기도해야 했다.

의사봉이 아닌 볼펜을 딸깍거리던 판사는 변호사의 최후 변론을 고려하였는지 서류에 무언가를 고쳐 적기 시작했다. 안경을 추켜올린 판사가 고개를 끄덕였다. 판결에 앞서, 말쑥한 정장을 입은 사람이 판사의 옆에 자리를 잡았다. 그는 학생에게 자신의 손이 잘 보일 수 있게끔 정갈한 동작을 준비했다. 재판장 안에 짙은 한숨을 돌린 판사는 저 대신 수화통역사를 바라보는 학생을 향해 판결을 읊조렸다.

"사건번호 202X푸7831. 피고는 위험한 물건을 휴대하여 타인의 신체에 폭행을 가하는 특수폭행에 대한 죄책목을 진다. 학교생활 중 급우들 사이 소외된 동생을 위한 보복성 행동이었다고는 하나, 어두운 골목에서 피해자가 귀가할 시간을 노려 흉기가 될 수 있는 물건으로 피해자에게 치명상을 입힌 행위는 명백한 계획성 범죄이다. 피고인은 자신보다 신체적으로 힘이 센 남성에게 위해를 가하고자 도구를 사용하였고, 그 치명성을 모르는 바 아닌 나이에 피해자의 후두부를 가격하였으니 우발성이 짙었다는 변호인의 호소는 이에 기각된다. 다행히 피해자의 생명에는 지장이 없으나, 피해자 측은 선처 및 합의를 바라지 않고 피해자가 당분간 정상적인 생활을 하기 어렵다는 의학적 소견으로 보아 처벌은 불가피하다. ……그러나 사고에 관하여, 피해자가 피고인의 가족에게 가한 평소 언행은 학교 폭력과 다름이 없고, 보복성 범죄의 원인이 되기 충분하다. 또한, 피고는 자신의 죄를 진심으로 뉘우치고 있으며 피고에게 청각장애가 있음을 고려해야 한다. 이를 토대로 사고 후 미조치에 경우 피고의 능력 미달이라는 변호를 정상 참작하여, 본 법정은.”

수화통역사를 바라보는 학생의 눈이 판사에게로 옮겨졌다.

“피고 한솔아에게 소년원 1개월의 단기 송치 8호를 처분한다.”

그는 깊이 눈을 감았다. 안도인지 슬픔인지 구분할 수 없는 부모의 울음이 재판장을 울렸다.

9호실에는 가정의 달 행사의 여파가 은은하게 남아있

었다. 고작 식사 한 번이었지만 각자의 가족과 안면을 트게 된 재소자들은 저들끼리 화제를 늘리기도 하고 농담을 던지기도 했다. 그 후작용까지가 교직원들이 의도하는 그림임을 꿈에도 모른 아이들은 서로의 격이 풀린 만큼 덩달아 입도 풀려 이따금 교관이 직접 지적해야 할 지경이었다.

"아기들 눈에는 또 보인다고?"

"한 요만…… 무릎만 했나? 그죠, 언니."

"응. 그렇게 작은 애들은 몇 살이나 먹었는지 모르겠는데 나 쳐다보면서 '고맙습니다' 그러더라니까? 진짜 귀여워서 닿을 수만 있었다면 흠뻑 안아 주고 싶더라."

"난 아기들 좀 무서워요. 그렇게 안았다가 부서지면 어떡하지?"

"조심조심 예뻐해야지. 근데 누구 동생이 그렇게 어려? 부럽다, 막냇동생."

이제는 발화자가 누구인지 모를 만큼 조잘조잘 목소리가 계속되기 때문일까, 한 바퀴 복도를 돌고 온 권 교관이 평소에는 잘 쓰지도 않는 곤봉을 꺼내 9호실의 창살을 두드렸다. 세 사람으로 보이는 네 사람은 거의 동시에 입술을 다물며 9호실 창밖을 돌아 보았다. 넉살 좋은 이설이 교관을 향해 이젠 꼭 조용히 하겠노라 새끼손가락을 들어 보이는 순간, 9호실의 문이 열렸다. 먼저 문지방을 넘어 방 안에 들어온 권 교관은 자신의 뒤에 딸린 한 사람을 눈짓으로 이끌었다. 낯선 이가 들어왔다.

"우리 시설에 새로 입소했고 오늘부터 9호실을 쓴다. 이름은 한솔아. 8호 처분이라 단기 송치 한 달이고 방장, 특히 네가 신경 써야 해."

반사적으로 몸을 일으킨 진유리가 의아하다는 표정을 지은 채 9호실 침상을 눈짓하며 교관에게 물었다.

"저희 방은 이미 세 명인데. 두 명만 쓰고 있는 방도 많지 않나요?"

유리가 알기로 10호실에서는 최근 한 명이 퇴소해 두 명이 되었으며 4호실이나 7호실 역시 침상이 많이 남아 있었다. 서락여자학교의 생활관에서 침상 네 개가 가득 찬 방은 한 군데도 없었다. 교관은 유리가 무엇을 지적하고 싶은지 잘 안다는 듯 고개를 주억거리다가 제가 데리고 온 소년수를 손수 빈 침상, 그러니까 천가람이 쓰고 있던 침상에 앉혔다. 얼굴에는 어린 티가 만연하나 희민보다는 키가 큰 신입생이 눈만 도르륵 굴리고 있었다. 9호실 아이들보다 상대적으로 긴 머리칼을 늘어뜨리고 있는 그는 꼭 아무것도 모르겠다는 표정이었다.

"유리 네 도움이 필요해서 9호실에 온 애야. 한솔아는 청각장애가 있어. 다행히 정규수업과 교정수업에서는 통역사한 분이 봉사를 나오신다고 하는데, 생활관에서는 아무래도 대화할 수 있는 사람 옆에 지내는 편이 좋겠다는 게 선생님들 결정이다."

그런 사정이라면 딱히 보탤 말이 없었다. 신희민이나 진유리도 마찬가지였다. 천가람이 별도의 부피감을 차지하지 않으니 공간적인 문제가 없고 소리를 들을 수 없다면 저들끼리의 소통에도 문제가 없다. 진유리는 고개를 끄덕이며 그냥 통상적인 인사말처럼 한솔아를 향해 수화했다.

"몇 살이야?"

"열일곱 살이요."

신희민과 채이설에게 동생이 생겼다. 진유리가 나머지를 향해 통역했다.

"열일곱이래."

"이 방에서 제일 어리기도 하고, 여러모로 불편할 테니 다들 신경 써 주길 바란다. 혹시 무슨 문제가 생긴다면 꼭 호출하렴."

거듭 강조한 권 교관이 아이들을 두고 9호실을 나서기 직전, 한솔아가 급히 교관의 옷자락을 잡아당겼다. 무언가 할 말이 있어 보였다. 중간 소통 처리에 능한 유리가 편히 이야기하라는 듯 솔아에게 눈짓했다.

"여기는 이미 사람이 다 찼는데요?"

의문이 가득한 솔아의 손짓을 알아들은 유리만이 몇 초간 벙쪘다. 생각해 보니 지급 받은 상자 안의 빨간 알약을, 이 애는 아직 먹기 전이었다. 미세한 탄식과 함께 얼빠진 유리를 무슨 일이냐는 듯 바라보는 교관과 아이들 사이에서 유리는 잠시 머뭇거리다가 금방 말끔한 표정을 꾸며 내며 교관을 향해 제 특기를 발휘했다.

"배고픈가 봐요. 밥때는 언제냐는데…… 뭐, 이따 제가 잘 데리고 다니겠습니다."

그럼 나머지를 부탁한다며 아무런 의심 없이 그런 유리의 어깨를 한 번 짚어 낸 교관은 9호실을 나섰다. 제대로 된 답을 얻지 못한 솔아는 고개를 쭉 빼 멀어지는 교관의 인영을 바라보고 있었다. 그런 솔아를 위아래로 훑던 유리가 짧은 한숨을 끊어 낸 뒤, 침상을 빼앗긴 탓인지 자발적으로 구석에 처박혀 있던 가람에게 손짓했다.

"……야, 가람아. 인사해라. 방이 미어터지네, 그냥."

여기 똑같이 생긴 두 사람이 있다.

일란성 쌍둥이로 태어난 두 사람은 공평한 생김새와 달리 출발점이 불공평했다. 신생아 시절, 들끓는 열감기를 앓던 한 명에게서 청력이 사라졌기 때문이다.

그런 이유로 7분 언니인 한솔아는 선천적이다시피 소리를 들을 수 없었다. 그의 가족 전체는 솔아와 소통하기 위해 수어를 배웠으며 장애가 있는 자신의 아이가 행여 박탈감을 느낄까, 부모는 할 수 있는 조치를 모두 취했다. 한솔아는 듣지 못한다는 사실을 제외하면 여느 아이들과 다를 것 없이 씩씩하게 자랐다. 농학교에 재학해야 했으나 독서량이 많아 성적이 좋았고 친구들과의 관계 역시 문제없었다. 하나뿐인 동생과는 언제나 자유롭게 이야기할 수 있어 특히 사이가 돈독했다. 자신과 달리 비장애인으로 자란 동생이 단 한 순간도 부럽지 않았다면 거짓말이겠지만, 솔아에게는 솔아만이 할 수 있는 일이 많았다. 솔아를 불편하게 만드는 것은 지나치게 조용한 세상이 아니었다. 지나친 부모님의 걱정이었다. 분명 쌍둥이로 태어난 자매였으나 부모님은 솔아의 장애를 이유로 애정을 공평하게 분배하지 못하고 있었다. 조용한 만큼 똑똑하고 현명한 솔아는 그런 부모님으로부터 무심코 상처받는 동생이 오히려 가엽게 느껴졌다.

7분 동생으로 태어난 한수아에게는 절대음감이 있었다. 열감기 이후 청력을 손실한 언니와 달리 잔병치레조차 없이 건강한 몸으로 태초부터 소리에 예민하여 부모님은 둘째에 대한 걱정을 덜었다. 그냥 듣기만 하는 게 아니라 타고난 음감을 지닌 수아는 악기 연주에 능했다. 그중에서도 피아노가 수준급이었다. 한수아는 초등학생 때부터 온갖 콩쿠르에 입상하며 자연스럽게 예중, 예고 진학을 밟았다. 두드러지는 천재의 삶을 사는 한수아는 적이 많았다. 치열한 대입을 준비해야 하는 예고에 진학한 이후부터 그는 또래의 표적이 됐다. 개최되는 콩쿠르의 트로피마다 한수아의 차지였기 때문이다. 그러나 재능부터 진로까지 알아서 찾고 걷는 한수아는 아무리 반짝이는 트로피를 가지고 와도 부모님의 큰 칭찬을 받지 못했다. 하고 많은 분야 중 하필이면 음악을 선택한 수아를 치켜세웠다가는 행여나 솔아가 혼자 상처를 받을까 싶은 부모님의 기우가 문제였다. 듣고 싶은 건 부모님의 사랑 어린 칭찬일 뿐인데 그것만 빼고 전부 들을 수 있는 한수아는 점차 짙은 외로움에 빠졌다. 학교에서도, 집안에서도 천재의 목소리를 듣는 이는 없었다. 반면 저 혼자 감당하기에는 너무 많은 괴로움이 들렸다. 그 감정이 켜켜이 쌓인 어느 날, 천재 피아니스트 한수아는 가방에 쑤셔박힌 트로피를 꺼내 동급생의 머리를 내리치고 말았다. 제 손을 타고 흐르는 피를 묻힌 그대로 현장에서 도망친 그가 제일 먼저 찾아간 사람은 부모가 아닌 제 하나뿐인 언니였다.

하나나 다름없는 한솔아와 한수아는 두 가지를 가정했다.

1. 한솔아가 재판을 받는 경우

농인인 한솔아가 한수아의 옷으로 갈아입고 자수했을 때, 현장에서 도망친 경위에 대해 핸드폰으로 경찰이나 병원에 신고할 수 없어 보호자를 찾아갔다는 변명을 할 수 있다. 폭행으로 입건이 된다 한들, 쌍둥이를 향한 언어적 폭력 상황과 한솔아의 장애를 내세워 선처를 호소할 수 있다. 피해자와 합의가 되지 못해도 형량은 가능한 한 가벼워질 것이다.

2. 한수아가 재판을 받는 경우

CCTV를 확보한 경찰이 조만간 이 집 문을 두드려 한수아를 연행하는 즉시 한수아는 특수폭행죄를 진다. 비장애인에 기준을 두어 무거워진 형량으로 소년원에 들어가는 순간 예술고등학교에서도 퇴학을 당할 것이다. 결정적으로, 이 집의 희망이나 다름없는 천재 피아니스트의 앞길에 빨간 줄이 그어진다.

이제 똑같이 생긴 이 두 사람이 내릴 수 있는 가장 합리적인 결정은 무엇일까?

신입생을 한가운데 앉혀 놓고 다닥다닥 붙어 앉은 세 사람과 한 귀신은 고심에 빠졌다. 최대한 합리적인 결정을 내려야 하는 시점이었다.

"어떡하지, 가람아. 약을 먹게 돼, 말아."

"본인 의사가 제일 중요한 거 아니에요? 설명하고 알아서 해라, 그래요."

희민은 저보다 어리다는 녀석이 대뜸 9호실에 끼어든 이 상황이 별로 마음에 들지 않았다. 똑같은 범죄자인데 누가 누굴 챙기긴 더 챙긴단 말인가. 희민의 코가 석 자였다.

"4인실인 방에 지금은 일단 다섯 명이 있는데, 너 그 약 먹은 다음 자고 일어나면 다시 네 명 된다고? 이걸 어떻게 설명해요? 우리 다 미친 줄 알겠네……."

머리가 복잡해진 이설은 제 깜냥이 아니라는 듯 혀를 내두르며 한 걸음 뒤로 기어가 벽에 기대앉았다. 정자세로 가부좌를 틀고 있던 가람은 최대한 이 어린 학생의 안정을 지켜 주고 싶은 모양인지 조심스레 의견을 내었다.

"그, 선의의 거짓말은 어때? 내가 사정이 있어서 오늘 딱 하루만 이 방 쓰는 거고 내일 되면 다른 방 갈 거라고. 아니면, 잠깐 9호실에 놀러 왔다고?"

"뭔 소년원이 놀이터인 줄 아냐? 그보다 천가람 너 방 옮기게?"

"아니, 유리야. 얘가 약 먹으면 어차피 내가 안 보일 테니까 사실상 옮기는 건 아니지. 나는 계속 여기에 있어. 근데 …… 그렇다고 그냥 약 먹이기도 좀 미안하다. 어쨌든 우리는 다 찜찜한 걸 알고 있잖아."

이 말에는 세 사람이 한꺼번에 동의를 표했다. 정작 본인들은 최 실장의 약을 불신해 줘 버렸으면서 별것 아니라는 양 굴기는 유쾌하지 않았다. 꼭 죄를 짓는 기분이었다. 잔머리라면 도가 튼 진유리조차 제 이마를 벅벅 긁어댈 때였다.

"자꾸 저 빼고 무슨 얘기를 그렇게 하세요?"

참다못한 한솔아의 수어가 끼어들었다. 농인을 앞에 두고 이러쿵저러쿵 떠드는 것만큼 무례한 작태가 또 없는데 완벽한 실수였다. 급히 사과부터 그린 진유리가 머뭇머뭇 질문했다.

"여기 들어오기 전에 상담실 다녀왔어?"

"네. 거기 있던 사람이 정신과 전문의인가요?"

유리는 손바닥을 세워 검지 쪽을 제 턱에 두 번 두드렸다. 가람도 배운 적이 있는, '맞다'라는 긍정의 대답이었다.

"정신과 전문의인데 왜 그런 이상한 약을 줘요?"

"이상한 약인지 아닌지 사실 우리는 정확히 몰라."

막상 대답하고는 있지만, 유리는 그 물음표로부터 뭔가가 잘못되었다는 사실을 깨닫기 시작했다. 대화의 흐름이 아주 이상했다.

"저 보라색 옷 입은 언니가 보이는 건, 정신과 전문의에게 비밀인가요?"

유리의 안색이 좋지 않았다. 두 사람만 가능한 대화를 꽤 집중해 바라보던 나머지 세 사람이 눈꺼풀을 끔뻑거렸다. 허공에서 손을 떨어뜨린 유리가 입을 열었다.

"……너 뭐야."

허공에서 손을 떨어뜨린 솔아도 입을 열었다.

"맞네. 비밀이구나?"

눈꺼풀을 끔뻑거리던 나머지 세 사람이 동시에 입을 틀어 막았다.

"엄마, 아빠한테는 비밀이야."

식당을 운영하시는 부모님에게는 주말이 없었다. 부모님

이 가장 바쁘게 손님을 받고 있을 주말에는 동생이 언니의 보호자라고 했다. 그렇게 강조하시는 부모님 덕분에 수아는 토요일의 예고 준비반에서만큼은 열외가 될 수 있었다. 학원가에서 삼삼오오 편의점이나 분식집을 찾아 들어가는 친구들과 어울리지 못하더라도, 수아에게는 가장 즐거운 날이 바로 토요일이었다.

"응. 나 피아노 안 치고 언니랑 게임 하는 거, 언니가 공범인 거. 전부 다 비밀."

들뜬 수아의 표정 앞에 못 말리겠다는 듯 혀를 내두른 솔아는 결국 이번 주도 수아의 손에 피아노 건반 대신 조이스틱을 쥐여 주었다. 불쌍한 척 눈꼬리를 늘어뜨리는 동생의 작전에는 넘어간 솔아였지만, 게임에서라면 말이 달랐다. 본격적인 레이스에 앞서 현란하게 손을 풀던 솔아는 한껏 유연해진 손가락으로 우선 배달 떡볶이부터 주문했다. 수아가 주중 내내 이 떡볶이를 얼마나 먹고 싶어 하는지, 솔아는 그가 말하지 않아도 알고 있었다.

"아니, 밥 먹고 게임만 해?"

거실 TV에 연결된 플레이스테이션 앞에서 두 사람은 꼭 한 몸처럼 앉아 있었다. 연달아 세 판을 내리 진 수아가 벌칙으로 현관에서 가져온 배달 떡볶이를 소파 아래의 테이블 위에

풀어 놓았다. 뒤이어 부엌에서 앞접시와 포크를 두 개씩 챙겨 오던 수아가 아차차 다시 돌아가 냉장고에서 콜라와 우유를 꺼냈다. 떡볶이에는 무조건 콜라라는 솔아의 철학을, 떡볶이에는 무조건 우유라는 수아는 이해할 수 없었다.

"그냥 네가 심각하게 재능이 없다는 생각은 안 해?"

43인치 모니터 속에서 수아가 고른 캐릭터의 자동차는 트랙을 벗어나 웬 사막 구덩이에 처박혀 있었다. 2분할 된 화면 안에 플레이어1은 환호를 질렀고 플레이어2는 제 머리통을 쥐어뜯었다. 그 모습이 수아를 꼭 빼닮았기에 콜라를 한 모금 마신 솔아가 웃음을 터뜨렸다. 물론 동생이 밥 먹고 피아노만 치는 만큼 게임을 하는 건 아니지만, 학원에 간 수아가 늦게 들어오는 평일 저녁마다 몇 번씩 연습하기는 했다. 수아를 놀려 주는 재미가 쏠쏠했기 때문이다.

"이거 다 먹으면 너 이제 들어가서 피아노 쳐."

"아, 한 시간밖에 못 놀았다고."

"곧 있으면 고등학교 입학시험이잖아. 정신 안 차려?"

솔아는 7분이나 언니인 만큼 손이 매웠다. 대뜸 언니에게 어깨를 한 대 얻어맞은 수아가 그 부위를 빠르게 문지르며 엄살을 피웠다. 피아노는 거실이 아닌 수아의 방에 있었다. 기껏 학원을 뺄 수 있는 토요일까지 피아노를 치라니. 입술을 비죽거린 수아는 식었어도 먹음직스러운 떡볶이를 뒤적거리다가 볼이 통통해지도록 몇 개를 한꺼번에 입에 문 채 소파에 기댔다. 열심히 씹을수록 수아의 눈썹 사이가 좁아졌다. 맛있는 걸 먹을 때에 드러나는 수아의 특징이었다. 솔아는 그저 얼굴을 바라보는 것만으로 남들의 기분을, 특히 제 동생의 기분을 훤히 읽을 수 있었다. 수어에서는 손만큼 표정이 참 중요하기 때문일지도 모르겠다.

"고등학교 가는 거 무서워?"

"조금."

"피아노 치기 싫어?"

"……조금."

"그럼 하지 마."

"난 할 수 있는 게 이것밖에 없단 말이야."

꼭 언니가 무얼 아느냐는 듯 억울해 보였다. 화가 난 동생이 수어를 할 때는 손바닥을 치는 반경이 빠르고 거칠었다. 손바닥이 빨갛게 달뜬 것만 보아도 알 수 있었다. 불만이 가득하면서도 부모님 앞에서는 일절 입을 떼지 못하는 수아야말로 우리 집의 유일한 농인이 아닐까. 솔아는 저 때문에 지고 있을 수아의 부담감을 알았다. 그뿐만 아니라 예술고등학교의 입시가 다가오는 만큼 '천재 피아니스트' 한수아가지는 책임까지 더하면 부담감의 무게가 상당할 것이었다. 제 분신을 물끄러미 바라보던 솔아가 차분히 수아의 양팔을 끌며 저와 마주 본 채 바로 앉혔다.

"또 입시 반 애들이 괴롭혀?"

"아니야. 안 괴롭혀."

"……방에 들어가서 가방 가지고 와. 두 번 말 안 해."

꾹 다문 입술로 오기를 표하는 것처럼 한참 꾸물거리던 수아는 날카로운 솔아의 표정을 못 이기고 어기적어기적 제 방으로 걸어가 문고리에 걸려 있던 가방을 가져왔다. 언니의 시선은 진땀이 날 만큼 수아의 등에 곧게 꽂혀 있었다. 수아의 손에서 매처럼 그 가방을 낚아챈 솔아는 조금의 망설임도 없이 가방의 지퍼를 열고 거꾸로 뒤집더니 탈탈 털어내기 시작했다. 망가진 물건들이 하나둘씩 떨어졌다. 수아의 이름이 적힌 음악 교과서는 커피 같은 음료로 얼룩져 쭈글쭈글했고 전자기기의 충전기는 줄이 끊어져 있었다. 그중에 구겨진 악보를 가져가 펼치려는 솔아의 손길을 겨우 막아낸 수아는 이제 거의 언니 앞에서 무릎을 꿇다시피 앉아 있었다.

"선생님한테 얘기해. 아니면 부모님한테라도. 네가 뭘 잘못했다고 학교에서 이런 취급을 받아?"

"어른들이 안다고 이게 해결이 돼? 걔들 다 있는 집 애들이고, 과외니 학원이니 있는 돈 없는 돈 퍼부었는데 내 발치도 못 따라오니까 부러워서 그래. 예고에 내가 수석으로 입학할 게 뻔하니까 다 부러워서. 솔직히 어디 얻어맞은 것도 아니라…… 이런 일로는 학폭위 못 열어."

솔아의 손아귀에서 구겨지는 교과서를 겨우 빼앗은 수아가 애써 웃는 낯으로 다시 물건들을 제 가방에 집어넣기 시작했다. 수아는 평생 아이처럼 살아야 하는 저 대신 부모님의 바람대로 혼자서 꾸역꾸역 어른이 될 작정인가 보다. 수아가 꼼꼼히 물건을 다시 담을 때까지, 솔아는 아무런 말을 들을 수 없었다. 손이 자유로워진 다음에야 한숨을 돌린 수아가 제 가방을 치워 두고서 솔아를 향해 돌아앉았다.

"원래 천재는 고독한 거래. 아마 모차르트도 친구 별로 없었을걸?"

"나중에 귀 자르지나 마, 베토벤처럼."

"언니는 무슨 안 들리는 사람이 그런 말을 하냐?"

"안 들리는 사람만이 할 수 있는 말이거든? 너 당하고만 있으면 안 돼."

"당연하지. 난 걔들 약오르게 만드는 방법이 뭔지 제일 잘 알아."

수아가 솔아의 앞에 꺼내 보인 건 가방 앞주머니에 들어 있던 반짝이는 트로피였다. 이미 비슷한 종류로 수아의 방 장식장을 메운 물건이었다. 언니 앞에서만 장난스레 젠체하는 그 표정이 얄미우면서도 기특해, 솔아는 수아의 이마에 가벼운 꿀밤을 먹였다. 고작 7분짜리 동생의 앞에서만이라도 언니로서 기능하고 싶던 솔아는 막상 동생에게 아무런 도움이 되지 못한다는 사실이 괴로웠다. 그러나 부모님 앞에서는 침묵할 수밖에 없는 수아의 마음을 알았다. 학교가 싫고 삶이 지친다는 말을, 학교에 보내고 삶을 주신 부모님께 어디서부터 어디까지 털어놓을 수 있을까. 수아는 그저 말없이 하루를 버티며 어른이 되기만을 기다려야 했다. 보호받는 나이가 좋을 때라는 위로는 수아에게 아무런 소용이 없었다. 정작 아무에게도 보호받지 못한다는 기분으로 살고 있기 때문이다. 어른들은 아이들의 세계에 쉽게 영향을 끼치는 반면, 크게 도움이 되지는 못한다.

"야, 한수아. 같이 저녁 먹으러 갈래?"

"넌 무슨 그런 말을 해? 그랑프리 받은 애가 우리 같은 애들이랑 겸상하겠냐?"

"하긴…… 밥도 못 먹고 슈필렌 준비해야 또 상금 받지. 한수아는 평생 먹여 살려야 할 객식구 딸렸잖냐. 귀머거리가 사회 나가면 뭘 해 먹고 살아."

"왜, 상금 펑펑 받는 천재 등골에 기생하면 되는데."

"척추에 빨대 꽂고 꿀 빨면서? 야, 수아야. 나도 네가 좀 먹여 살려 주면 안 되냐? 너 나랑 결혼할래? 나 정도면 되게 괜찮은데. 집에 돈 많지, 잘생겼지, 다 잘하지."

"미친 새끼. 넌 귀 말고 눈이 멀었냐? 쟤랑 결혼하게?"

한솔아가 아무것도 듣지 못해 다행이다. 이런 말은 나만 들을 수 있어 다행이다.

예술고등학교는 중학교와 달랐다. 부모의 재력을 믿고 음대 입시 성공을 미리부터 당연시하는 무리는 연습실에 앉아 있긴커녕 걸핏하면 한수아를 연습실에 가두거나 지능적으로 괴롭혔다. 그중 늘 간발의 차이로 수아에게 그랑프리를 빼앗기는 한 동급생은 특히 악질적이었다. 치라는 피아노는 치지 않고 학원 골목에 앉아 담배를 피우며 노닥거리니 부모 돈으로 고액의 레슨을 받아 봤자 한계가 있을 녀석이었다. 결국, 본인이 피나게 노력하기보다 경쟁자의 컨디션을 망치는 방법을 택한 그는 악독한 말로 한수아의 악보와 고막을 더럽혔다. 그러나 한수아는 고집스레 무시했다. 아무것도 듣지 못하는 언니처럼, 반응하지 않았다.

그날도 음악 학원 캐비닛에서 가방을 챙겨 든 한수아는

제 캐비닛에 덕지덕지 붙은 메모들을 헤치듯 떼어 내고서 상가 건물을 나섰다. 수아는 이제 토요일에도 학원을 빼먹지 못하는 열일곱이었다. 언니와 거실에 앉아 플레이스테이션을 가지고 놀던 시절이 고작 언제라고 아득했다. 아직은 부모님의 가게가 영업 중일 시간이니, 빠르게 돌아간다면 한 판 정도는 달릴 수 있을지도 몰랐다. 걸음이 급해진 한수아가 아이들을 피하고자 후드를 뒤집어쓴 채 정문 대신 후문으로 빠져나갈 때였다.

"야. 한수아 언니 한수아랑 진짜 똑같이 생겼더라."

"쌍둥이니까 똑같지. 근데 왜 한 명만 귀가 먹었지? 아, 씨. 둘 다 병신이었으면 우리 아빠가 나 이렇게 닦달하지도 않았을 텐데. 피아노는 내가 시작했나, 꼰대 지가 시켜놓고."

"그래도 꿋꿋하게 꽃다발 들고 콩쿠르 와서 앉아 있는 거 봤냐, 쥐뿔 듣지도 못하면서. 나 같으면 동생이고 뭐고 공연장엔 절대 못 가지. 걔는 고막 없는 김에 뇌도 없나 봄."

"야…… 공연장? 나 같으면 그냥 자살. 어차피 평생 누구 도움받으면서 구질구질 살아야 할 팔잔데. 솔직히 걔 부모도 어차피 똑같이 생긴 거, 장애인은 죽었으면 싶지 않겠냐? 벌레처럼 돈만 잡아먹고."

욕설을 섞어가며 배를 잡고 시시덕거리던 무리가 저마다

떨어뜨린 담배꽁초를 지지 밟았다. 그 순간 꺼진 불씨는 비단 담뱃불만이 아니었다. 겨우 남아있던 한수아의 아슬아슬한 안광이 순식간에 사라졌다.

"담배 떨어졌어, 좀 사 와. 오만 원 줄게."

"미친 새끼…… 감사합니다."

고가의 사복을 걸친 남학생은 잠시 골목에 혼자 남았다. 정적을 이기지 못한 그는 곧장 핸드폰을 꺼내든 채 짧은 동영상들을 넘기며 그곳에 정신을 빼앗긴 듯 보였다. 핸드폰 불빛이 반사되어 이죽거리는 그의 광대가 수아의 눈에 선명했다. 이성이 끊어진 수아는 가방을 더듬었다. 죽는 게 나은 사람? 벌레처럼 돈만 잡아먹는 사람? 그건 우리 언니가 아니라 너 같은 쓰레기겠지. 인내심이 바스스 타들어 간 수아의 손에는 저 녀석의 부모가 그렇게 돈을 들였어도 사지 못한 트로피가 잡혔다.

뒤이어, 둔탁한 파찰음이 어두운 골목을 울렸다. 그 소리가 수아의 귀에는 단조가 아닌 장조로 들렸다. 수아가 일시적인 해방감을 느낀 것이었다. 그러나 곧 제 손을 타고 흘러내리는 뜨끈뜨끈한 검붉은 액체는 낯선 공포를 몰고 왔다. 풀썩, 골목에 쓰러져 꿈틀거리는 그에게 구급차를 불러 줄 정신도 없이, 잠시 뒷걸음질 치며 커다랗게 숨을 고른 수아는 골목을 빠져나와 집으로 향했다. 온갖 도시의 소음이, 지겨운 목소리들이 수아의 발목을 잡고 늘어져 이따금 휘청거렸다. 하지만 계속 길을 가야 했다. 수아는 아무것도 돌아보고 싶지 않았다.

쌍둥이 자매의 집은 다른 집보다 현관의 등이 밝았다. 누군가 집에 돌아오면 그 불빛이 어디서든 한솔아의 시각을 건드릴 수 있게 하기 위함이었다. 부모님이 계시지 않는 토요일 저녁, 혼자서 야무진 저녁을 챙겨 먹은 솔아는 동생의 하원 시간에 맞추어 준비해 둔 플레이스테이션을 만지작거리고 있었다. 그렇게 동생을 반기고 싶었는데, 어째서인지 현관에 들어선 한수아는 무너지듯 주저앉더니 솔아를 불렀다.

"언니……."

수아는 솔아가 들을 수 없는 목소리로 중얼거렸다. 고꾸라진 동생 때문에 몹시 놀란 솔아가 조이스틱을 내려놓고 현관으로 달려갔다. 솔아는 수아의 얼굴을 제대로 확인하기 위해 얼른 무릎을 굽혔다. 수아는 언니의 언어로 말을 할 수 없었다. 피 묻은 손을 숨겨야 했기 때문이다. 곧이어 수아의 턱 아래로 구슬 같은 눈물이 떨어졌다. 그 눈물과 핏물을 번갈아 쳐다보던 솔아는, 그저 동생의 얼굴을 바라보는 것만으로 상황을 훤히 읽을 수 있었다.

"……옷 벗어. 빨리."

"언니…… 나 어떡해? 나 사람을 쳤어……."

거친 악력으로 수아가 걸치고 있는 후드티를 벗겨 낸 솔아는 제가 입고 있던 잠옷을 수아의 몸에 입힌 뒤 후드티의 소매를 끄집어 수아의 손에 묻어있던 피를 닦았다.

"언니, 언니……."

점차 공포가 커다래진 수아는 소리를 내어 솔아를 부르고 있었다. 동생의 목소리라면, 들을 수 있었다. 솔아가 연신 고개를 주억거리며 수아를 끌어안아 진정시켰다. 수아는 그제야 아이처럼 울기 시작했다.

언니는 아무것도 못 들어서 좋겠다. 언니가 아무것도 못 들어서 다행이다. 좋겠다. 다행이다. ……좋겠다.

거친 마음이 충돌되는 만큼 수아는 숨을 헐떡였다. 딱 두 번 동생의 등을 토닥인 솔아는 그와 대화하기 위해 제 몸인 듯 똑같은 체구를 떼어내며 단단히 눈을 맞추었다.

"너 지금부터 내가 하는 말 똑바로 들어."

배정받은 검사 앞에서 변호사와 부모님을 대동한 채 조사를 받는 농인 한솔아는 심리적 불안을 핑계 삼아 자발적으로 검사의 목소리를 놓쳤다. 검사 역시 그런 솔아를 압박하여 몰아붙일 수는 없었다. 그 과정을 곁에서 지켜보던 수아만이 속을 태웠다.

"동생이 그런 괴롭힘에 시달렸다는 사실을 어떻게 알고 있었니?"

검사에게는 의구심이 가득한 상황이었다. 하필이면 학원의 뒷문까지는 제대로 된 CCTV가 없었고, 소년들이 담배를 피우던 골목 역시 마찬가지였다. 흉기인 트로피를 들고 한수아의 차림으로 자수한 한솔아는 검사 앞에 동생의 가방을 쏟아부었다. 얼룩진 교과서, 망가진 악보가 잔뜩이었다. 솔아는 수아가 무던히도 숨겼던 악보를 흩어내며 거기에 적인 제 욕설을 내보였다. 캐비닛에 붙어있던 말도 안 되는 메모지도 듬성듬성 섞여 있었다.

"상황이 이런데 제가 어떻게 모를까요. 듣지 못할 뿐이지, 아쉽게도 다 읽을 수 있거든요."

검사와 어른들이 판단하기에도 선을 넘다 못해 악랄한 낙서들이었다. 쌍둥이의 부모님이 분노에 찬 울음을 터뜨리며 자신들의 가슴팍을 쥐어뜯었다. 피해자의 부모 또한 이 대목에서는 어떠한 반박이 어려운 듯 아랫입술을 꾹 깨물었다. 주춤거리는 그 어른들의 반응을 빠르게 읽어내린 한솔아는 증거물이 된 트로피를 가리켰다. 동생의 범행 현장에 돌아가는 길에 제 지문을 잔뜩 묻힌 흉기였다.

"동생 학원에 들어가야 하니까 동생 옷을 입고, 동생 가방을 들었어요. 거기에 트로피가 들어 있었고요. 수아를 괴롭히던 애들 얼굴은 콩쿠르 때 확인했습니다. 아시는지 모르겠지만, 연습하다 말고 골목으로 담배를 피우러 가길래 뒤를 밟았고요. 제 동생은 아주 오랫동안 이 일로 괴로워하고 있었어요. 전 어떤 벌을 받아도 좋아요. 걔들을 멈출 수 있다면요."

하도 씹어 엄지손톱이 사라질 것 같은 수아와 달리 솔아는 차분한 낯으로 빈틈없는 거짓말을 꾸며 냈다. 피해자의 부모는 끝끝내 쌍둥이의 부모와 합의하지 않았으나, 제 아들의 잘못을 0으로 만들 수 없는 상황을 억지로 들쑤시지도 않았다. 검사는 한솔아의 자수를 믿어 주었다.

협소한 소년부 재판장에서, 솔아의 예측대로 변호사는 사고 후 미조치에 대해 면죄를 받아냈으며 소년원 한 달 송치라는 가능한 한 가장 가벼운 처벌을 끌어 냈다. 이제 분류 심사원으로 이송되어야 하는 한솔아는 가족과 인사를 나눌 수 있는 시간에 부모님을 등지고 수아에게 사인했다. 고개를

끄덕이며 먼저 자리를 빠져나간 수아를 곁눈질한 뒤 아직
서럽게 울고 있는 엄마를 위로한 솔아는 잠시 화장실을 찾
았다. 두 사람은 칸 안에서 접견했다. 솔아는 그날보다는 부
드러운 악력으로 수아가 걸치고 있는 옷을 벗겨 냈다. 그리
고 제가 입고 있던 옷을 벗어 건넸다.

"가서 잘 배우고 와. 아무리 화가 나도, 사람 머리 깨는 건
안 돼."

솔아는 언니로서 동생에게 이 일에 대한 책임은 지게 하
고 싶었다. 그렇다기엔 첫 단추부터 잘못 꿰인 상황이었으
나 판사가 아닌 진실 앞에 변명하자면, 솔아는 드디어 언니
로서 동생을 도울 기회를 움켜쥔 것이었다. 수아가 푹 눌러
쓰고 있던 야구모자까지 빼앗아 제 머리에 꾹 눌러쓴 솔아
는 끝으로 수아의 이마에 꿀밤을 먹였다. 하지만 언제나 그
래왔듯 마지막은 깊은 포옹이었다.

"감동으로 포장하지 마라. 이거 완전 양아치들 아니야?"

사기라면 꽤 치는 진유리였지만 주제에 건드리지 말아야
할 선은 있었다. 순식간에 살벌해진 유리의 목소리 때문에,
쌍둥이의 계략이 제법이라고 생각했던 신희민은 그냥 입술
을 말아야 했다. 채이설도 아마 비슷한 생각을 한 모양인지
나란히 앉은 희민을 따라 똑같이 입술을 말았다. 유리 못지

않게 화가 난 사람, 아니, 귀신이라곤 천가람뿐이었다.

"유리야, 당장 권 교관님 불러. 바로 이런 상황에서는 소년원에서 경찰서에 신고해도 되는 거 맞지?"

"그렇지. 또 똑똑했어, 천가람."

체육복 소매를 걷어붙인 진유리가 금방이라도 9호실 문을 두드리기 위해 벌떡 몸을 일으킨 순간이었다. 사람의 머리를 깼다는 8호짜리 한솔아는 물러터진 녀석이 아니었다.

"그 교관님 불러오시면 저도 말씀드리면 되는 거죠? 여기이 보라돌이."

"천가람이거든?"

보라돌이가 질 세라 자기소개했다.

"네, 이름 석 자 참고해서 꼭 말씀드릴게요."

그야말로 환장할 노릇인지 크게 헛웃음을 터뜨리던 유리가 방문으로 향하다 말고 빙글 몸을 돌려 창살을 등지고서 제 앞머리를 뜯었다. 지금 장애를 이용해서 단기 송치로 감형을 받고 들어온 소년범이, 성실히 10개월째 이 소년원에뼈를 묻고 장기 송치 중인 이 소년범, 진유리를 두고 협박을한다. 저 구석에서 이설과 함께 기대앉아 있는 희민이 순식간에 선녀로 보였다. 인생, 산 넘어 산이 맞았다.

"넌 이런 건수 못 잡았으면 어쩔 뻔했냐?"

"뭐, 다른 건수를 잡았겠죠…… 어차피 제 쪽은 같이 살면 들켜요. 제가 소리에 많이 예민해서, 언니 흉내는 오래 못 낼 거예요. 상부상조라고 생각하시면 안 돼요? 그쪽들도 어른들한테 들키면 안 되는 게 있는 거잖아요."

언니는 한 달이나마 소년원에 보내 놓은 동생을 걱정할 테지만, 수아는 오히려 집안과 학교에서 어른들의 눈을 속이고 있을 언니 쪽이 걱정이었다. 동생은 말을 않으면 되는데 언니는 말을 할 수 없기 때문이다. 솔아는 알아서 한다고만 했다. 그렇게 말한 이상 정말 알아서 잘 해 내고 마는 언니라, 수아도 이곳에서 알아서 해 내야만 했다.

"그거랑 이거랑 같아?"

유리가 대놓고 정곡을 찌르자 푸르스름한 체육복의 끄트머리를 죽 늘린 한수아가 9호실을 뒤집어 놓은 주제에 이제 와 짙은 한숨을 내쉬었다. 언제부터인지 멀어져 있던 현실감이 차츰 돌아오는 모양이었다. 입소식을 마친 아이들이 으레 그러하듯 말이다.

"……저는 우리 집 기둥이라서요, 학교에서 퇴학당하면 큰일 나요."

"너만 기둥이냐? 야, 여기서 집안 기둥 아닌 사람 있어?"

똑같은 농인 가족을 둔 유리가 유독 분노해 소년수들을

돌아보자 서로를 바라보던 희민과 이설이 삐죽빼죽 손을 들었다.

"난 그냥 나 혼자 사고 친 건데. 우리 할머니 돈 잘 벌어요. 지금쯤 집에 나 없어서 엄청 행복하실 듯."

"나도…… 내가 물어준 위약금 때문에 이제 기둥은 아닌데요? 구멍이면 몰라도……."

하등, 도움이 되지 않는 동생들이었다. 유리와 가람은 신입생을 두고 경솔했던 자신들의 언행을 자책하며 꼬여 버린 상황에 머리를 싸맸다. 막상 협박한다는 놈은 말쑥한 모습으로 눈꺼풀을 끔뻑이다가 목소리만 큰 유리보다는 덩치가 큰 가람의 눈치를 살피며 물었다.

"근데요, 나야 언니 이름으로 소년원 들어온 거 걸리면 진짜 이래저래 망하지만…… 저 보라돌이는 왜 비밀이에요? 어른들이 알면 어떻게 된다고?"

주는 약을 먹지 않아서 허깨비가 보인다고 하면? 어른들이 저 기이한 환상을 알면? 들이닥쳐 본 적 없는 앞날을 모르는 모두가 정적을 유지하고 있을 때 먼저 입을 뗀 사람은 부스스한 제 산발을 만지작대던 채이설이었다.

"……나란히 정신병원 들어갈지도? 거기 사람들은 친절한데 되게 답답해. 뭐랄까, 나한테 이미 원하는 답이 있는 느낌? 그래도 우리 다 같이 가면 심심하진 않겠다."

"그걸 꼭 정신병원까지 끌려가 봐야 알아?"

어딘가 맹한 이설의 목소리와는 달리 차갑게 대꾸한 희민
은 수아에 손에 들린 빨간 알약과 천가람을 번갈아 가리키
며 저울질했다.

"귀신이든 뭐든, 사람들이 믿지 않을 말은 하지 않는 게 나
아요. 시끄러워지니까. 그래서 어른들은 무슨 일이 생겨도
흐린 눈으로 모른 척 살아가는 거라고요."

희민의 마른 검지가 제 입술 위를 톡톡 건드리자 저벅저
벅 복도를 걸어 다니는 교관들의 발소리가 선명해졌다. 9호
실은 저 어른들로부터 관리를 받는 공간이었다. 희민은 수
아가 아닌 유리에게로 시선을 돌려 아직 화를 삭이지 못하
는 그를 향해 속삭였다.

"그러니까 우리끼리 해결해요, 언니."

그 꼴을 더 보지 못하겠는지, 9호실에서 늘 상황을 정리해
야 했던 방장 진유리가 안경을 벗어 접었다. 유리는 멀뚱거
리는 신입생과 꼭 죄인처럼 곤란해 보이는 천가람을 등지고
침상에 올랐다. 벽을 본 채 누워 버리는 유리의 뒤에서 9호
실의 재소자들은 침묵을 지킬 수밖에 없었다.

대부분 다니던 중고등학교에서 퇴학을 당하는 소년수들은 정규 교육 외에 행동 교정 교육을 들어야 했다. 신희민은 10호 처분을 받은 순간 학교로부터 퇴출을 당했으며 채이설은 연예계 활동 때문에 고등학교에 입학하자마자 자퇴를 한 처지였다. 반면 한솔아의 이름을 쓴 한수아는 예외였다. 농학교에서 고등학교 과정까지를 이행하고 있던 한솔아는 한 달짜리 정학을 받았을 뿐, 퇴학을 당하지 않았다.

소년원의 정규 교육 과정은 농학교에서의 정규 교과 과정보다 느렸다. 그 덕에 한수아는 첫 주에는 폭행 행동 교정 교육과 범죄 재발 예방 교육과 같은 특수 수업에만 들어갔다. 교육동에서는 한 젊은 수화통역사가 그런 한수아의 곁을 지켰다. 그는 수화통역사 자격증을 막 취득한 대학생이라며 아이들에게 자신을 소개했다. 신뢰도 높은 생김새와 살뜰히 수아를 보살피는 다정함은 봉사자로서 당연한 처사였으나 그를 지켜보는 희민과 이설은 어쩐지 고까웠다. 아이들이 한데 모인 교정 교육 시간, 맨 뒷자리를 차지하고 앉은 희민과 이설은 가장 앞자리의 창가에 앉아 통역사와 수어로 이야기꽃을 피우는 수아를 삐딱하니 노려보았다.

"어쭈구리. 웃네."

"유리 언니 말이 맞아. 생각해보니까 불공평해. 저렇게 떠들어도 선생님이 뭐라고 안 하잖아. 우리 둘은 서로 조금만 얘기해도……."

"채이설, 신희민. 계속 그렇게 노닥거리면 둘이 사이좋게 묶어다가 운동장에 세워놓는다고 했어, 안 했어."

이것 보라는 듯 선생님을 턱짓한 이설이 얼른 입술을 꾹 다물었다. 물론 채이설이 유독 불필요한 말을 여러 겹 덧붙이는 편이라 몰래 하는 잡담에 취약하긴 하지만 문제는 그게 아니었다. 처음엔 별생각이 없었는데, 희민이 보기에도 저렇게 교육동에서도, 생활관에서도 혼자 편의를 다 누리고 있는 수아는 꽤 잘못된 그림이었다. 형량까지 반절 이상 깎아 들어와서는 어른들의 친절을 사다니. 특히 한수아 때문에 불필요한 통역을 다녀야 하는 유리의 입장이 신경 쓰였다. 온통 그 생각으로 골똘히 머리를 굴리느라 수업이 어떻게 끝났는지도 모른 신희민은, 채이설과 나란히 검정고시 반으로 돌아가는 중에 복도 창문 너머 별관을 바라보았다. 진유리가 수업을 듣고 있을 기술 공방이었다.

"아무래도 유리 언니가 먼저 꼰지르려나. 상태 안 좋아 보였는데."

"그랬다가 우리 눈에서 가람 언니 없어지면?"

"……없어지는 거지, 뭐."

없애려고 작정을 한 사람은 분명 신희민 자신이었는데, 타의에 의해 천가람이 사라진다고 생각하니 하나도 유쾌하지 않았다. 천가람이 무언가를 해소하여 이곳을 떠나는 거면 몰라도. 희민은 어른들을 이해시키지 못한 우리가 결국 약을 먹게 되고, 그렇게 아무도 자신을 보지 못하는 공간에서 황망히 떠도는 가람을 상상했다. ……역시 찝찝했다.

"일단 가람 언니는 둘째 치고, 채이설 너 치료감호 받았을 때 환각 증상 심했다고 했잖아. 그럴 때마다 어떤 약을 줬어?"

그리 유쾌하지 않은 기억을 들추는 이설의 얼굴이 밝은 햇빛 아래에서 잔뜩 구겨졌다. 이설은 떨떠름한 것처럼 쩝, 입소리를 내다가 절 살피는 희민의 눈빛이 꽤 조심스럽다는 사실을 눈치챈 다음에야 목소리를 낮추며 중얼거렸다.

"……신경안정제라고는 얘기하는데, 내 경우에는 그걸 먹으면 계속 잠이 왔어. 내가 사람들 보는 눈 때문에 병원 복도도 걸어 다니기 힘들어서 거의 침대를 못 벗어났거든? 침상에서 할 수 있는 최선의 치료였던 거지. 안정시키고, 여태 못 잔 잠 재우고. 그렇게 잠만 자다가 보면…… 평소에도 엄청 둔감해져서 이렇게 살을 만지거나, 작은 소리가 들려도 눈치를 못 채. 그냥 오감이 다 멍청해진다고 해야 하나?"

"예민하지 않게 만드는 거네."

"예민…… 맞아, 부모님 앞에서는 의사가 그런 말을 많이 했어. 원래 애들이야 조금만 아파도 없는 얘기를 지어내는 경우가 더러 있고, 워낙에 예민해서 신체적으로는 아무 문제 없는 환상통을 겪을 수가 있다는 거야."

"뭔 소리냐. 우리가 그래?"

"왜, 성인 되면 고막이 늙어서 못 듣는 주파수도 있다며. 그런 논리 아니야?"

"다리랑 머리 아파서 병원 갔더니 의사가 성장통이다, 진단 내리는 것처럼?"

"희민이 너도 그런 적 있어? 근데 왜 이렇게 안 컸어?"

놀림조의 목소리를 참지 않은 희민이 주먹을 치켜들자 이설은 교과서로 방어했다. 엎치락뒤치락 늘 앉던 검정고시반 책상에 저들의 교과서를 꺼내 올린 두 사람은 교실 안에 하나둘 모여드는 여타의 재소자들을 바라보았다. 기분 탓인지, 대부분 오전 수업의 지루함을 이기지 못한 하품을 하거나 어딘가 몽롱한 얼굴이었다. 게다가 조금이라도 더 잠을 자기 위해 책상에 엎어지는 움직임은 둔해 보였다. 그리고 거의 동시에, 신희민과 채이설이 서로를 향해 무언가를 깨달은 양 시선을 부딪쳤다.

둔감. 최 실장의 빨간 알약을 먹은 소년수들이 천가람을
볼 수 없는 이유였다.

최 실장은 소년원의 아이들을 재우고 있었다.

"요즘 애들, 정말 무섭다."

"왜. 열일곱은 열여덟보다 더 귀엽고 소중해야지."

"……나 진짜 너무 피곤해, 유리야."

"……야, 귀신도 피곤한데 사람은 어떻겠냐?"

기술 공방 뒷마당에 앉아 짧은 휴식을 취하던 진유리가
화풀이하듯 거칠게 목장갑을 벗어 던졌다. 구겨진 그 목장
갑을 주워든 천가람도 머잖아 다시 바닥에 패대기를 쳤다.
가람에게서 영 처음 보는 모습이었다. 9호실의 두 맏이는 꼭
같은 모양으로 턱을 괸 채 아무것도 모른다는 듯 평화로이
흘러가는 저 하늘의 구름을 바라보았다. 유리는 이제 고작
두 달이 남은 퇴소가 아주 간절해졌다.

"괘씸해. 남의 약점을 이용하는 것도, 자기 약점을 이용하
는 것도."

"그냥 신고하자, 내 문제는 너희 셋이 다 아니라고 잡아떼면 그만이잖아. 그럼 그 애만 억울해지지 않을까?"

"널 없는 사람 만들자고? 그 쌍둥이들처럼 뻔뻔하게 거짓말까지 해 가면서?"

그런 건 천가람의 방식이 아니었다. 이제는 진유리의 방식도 아닌 모양이다. 동시에 한숨을 내쉰 두 사람은 다시 하늘을 바라보았다. 둥둥 떠다니는 한결같은 구름이 그들의 얼굴에 이따금 그림자를 드리웠다. 가람의 낯빛이 어두워질 때였다.

"……나 기분이 이상해."

'그럼 그 애만 억울해지지 않을까?' 방금 제 입으로 뱉은 만큼 더욱 울렁거리는 말이었다. 분명 범죄를 저지른 아이지만, 그렇게 따지면 9호실 재소자들 모두가 마찬가지였다. 여태까지는 공평한 마음으로 모두를 감쌌으면서 9호실 애들에게 피해를 준다니 그 신입생이 야속한 가람이었다.

"점점 내가, 내가 아닌 것 같아."

기억과 경험이 더해질 수록 심어지는 낯선 감정이 버거운 듯, 천가람이 구름을 피해 고개를 숙였다. 제 무릎에다 이마를 콩 쥐어박는 가람을 쳐다보던 유리는 그 심정을 아주 잘 알 것 같아 무슨 말을 덧붙이기보다 그냥 얌전히 그의 옆을 지켰다.

"……내가 누군지도 모르는 주제에……."

자기를 모르는 건 귀신뿐 아니라 사람도 마찬가지라고, 유리는 그렇게 생각했다. 본인이 누군지 알면서 살아가는 애들이 몇이나 있을까. 나중에 대학만 잘 가면 어차피 그게 자신의 모습이 될 테니 말이다. '서울대생 이유진'처럼. 하물며 어른들이라고 딱히 그런 문제에 답을 놓아 가며 사는 것 같진 않아 보였다. 뭉실뭉실 구름의 그림자가 떠나갈 때까지 묵묵히 가람을 지켜보던 유리는 닿을 수 없으나 딱 가람과 겹쳐지는 만큼만 그의 어깨를 살살 건드렸다.

"야, 가람아. 기억을 잃었는데도 어떤 방식으로 행동하고 있으면 그게 진짜 자기 모습 아니냐? 네가 잊어 버린 건 기억이지 본성이 아니잖아."

자신을 보는 사람이라면 누구에게든 똑같은 목소리로 빙긋 인사하는 천가람 덕분에 진유리는 세상에 공평한 것이 단 하나쯤은 있구나, 깨달았다. 그러니까 단 하나만큼은 확실했다.

"너는 분명 나쁜 짓을 해서 여기에 이러고 있는 애가 아닐 거다, 천가람. 그건 내가 장담."

때마침 수업으로의 복귀를 알리는 종소리가 울렸다. 다시

기술 공방으로 돌아가야 하는 유리가 흙바닥을 구르던 목장
갑을 척척 찾아 끼우더니 가람에게 손을 흔들었다. 끼익 마
찰하며 유리를 삼켜낸 공방의 뒷문을 섭섭한 표정으로 바라
보던 가람은 한참을 더 그렇게 앉아 있다가 뭉그적거리며
허리를 펼쳤다. 거친 벽돌을 매만지며 그대로 공방의 그늘
을 벗어나는가 싶던 가람은 어느 순간 움푹 들어가는 개중
하나를 찾아 그 앞에 섰다. 제 눈높이에 맞는, 신희민처럼 조
그만 애는 신경 쓸 수 없는 벽돌이었다. 움직이는 벽돌을 조
심스럽게 빼 낸 가람은 그 안에 들어있는 담뱃갑 몇 뭉치를
다시 확인했다. 희민의 앞에서는 죄다 불을 질러 버렸노라
엄포를 놓은, 2주 치의 새 담배였다. 이번 물건은 샤워실 배
수관 아래에서 발견되었다. 희민의 사정을 모르는 성 씨 이
모가 계속해서 조달하는 물건이었다.

　"유리 미안. 나 왠지 나쁜 짓 할 줄 아는 것 같아⋯⋯."

　행여나 누군가 보고 있을까, 주변을 크게 한 바퀴 둘러 본
가람은 다시 벽돌을 끼워 담배를 가렸다. 터덜터덜 운동장
을 지나 아무도 없을 9호실로 돌아가는 가람의 뒷모습이 이
곳의 아이 중 가장 쓸쓸해 보였지만, 막상 상담실 창가에 기
대 텅 빈 운동장을 응시한 채 드립 커피 한 잔의 여유를 누리
는 최 실장의 눈에는 없는 광경이었다.

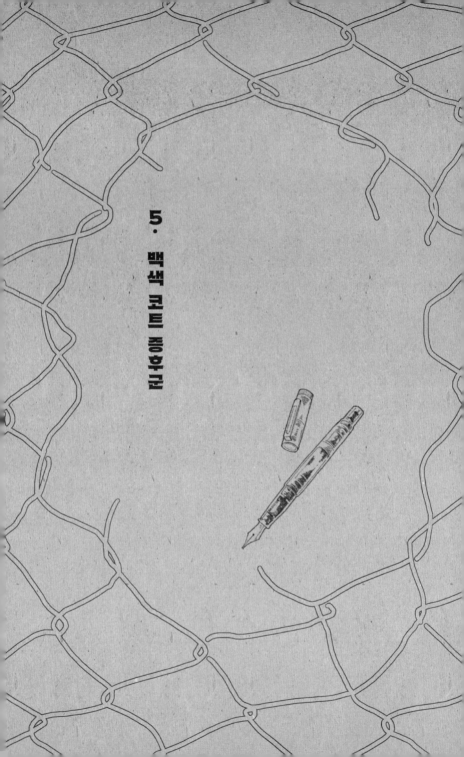

5 · 백색 코트 종하권

서락여자학교는 새로 지어진 건물답게 깨끗한 신식이었으나 전문가가 공을 들인 모양새의 건물은 아니었다. 생활관의 창문은 척 보기에도 하청업자에게 최대한 저렴한 자재를 요구한 듯 푸르스름했고 마루를 이루는 바닥재 또한 여기저기 틈이 맞지 않아 들떠 있었다. 생활관에서 교육동으로 이어지는 복도의 벽은 페인트칠이 볼품없었으며 그렇게 다다른 교실을 채운 책걸상은 어디선가 한꺼번에 매입한 중고품이 분명했다. 아마 소년원 같은 시설로는 기부되는 교재조차 변변치 않을 것이다.

가볍게 건물 안을 둘러 본 정신과 전문의 최 교수는 삐걱거리는 교실 문짝을 닫고 짧게 혀를 차다가 교육동 중앙계단 좌측 끝의 교장실로 향했다. 두어 번 노크한 뒤, 다소 부산스러운 부름을 따라 유독 매끄러운 문을 열고 들어가니 최 교수를 기다렸다는 듯 자리를 박차고 일어선 교장이 허둥지둥 다가와 그의 손을 붙잡았다. 정확한 이름 석 자를 언급하며 이미 사진을 통해 익힌 얼굴을 재차 살핀 교장이 최 교수를 소파에 앉히고 준비된 커피잔을 권했다. 최 교수는 즐기지 않는 믹스커피였다. 그저 커피잔을 한 번 들었다가 향만을 머금은 뒤 다른 손에 바꿔 내려놓는 것으로 시음을 피한 최 교수는 예의 미소를 띤 얼굴이었다.

"이렇게 공부도 오래 하시고, 번듯한 학위까지 받으신 교수님께서 직접 우리 시설에 부임을 신청하셨으니 제가 얼마나 감사한지 모릅니다."

"소년원에는 특히 전문 인력이 부족하다고 들었는데, 제가 봉사에 뜻이 깊습니다."

그 대사로부터 큰 감명을 받은 듯 과한 감탄사를 내뱉은 교장은 연신 고개를 주억거리며 최 교수의 말에 동의를 표했다.

"사실 이 소년원이라는 공간이…… 어느 시설보다도 큰 지원이 필요한 곳인데 사회적으로 인식부터 워낙 낙후되어 있으니까요. 정부에서 내려오는 지원금도 많지 않고, 그래서 인건비는 또 빠듯하니 운영자의 입장에 난감한 부분이 크지요. 아시다시피 최 교수님과 같은 전문의들은 특히 모시기가 어렵습니다. 누가 전문 병원을 두고 이런 교외까지 찾아와 터무니없는 일당 받아가며 궂은일을 자처하겠습니까? 최 교수님 같은 선구자가 아닌 이상?"

제 입으로 뱉은 칭찬이 무색하지 않게끔 앞서거니 크게 웃은 교장이 한 김 식은 믹스커피를 한꺼번에 두 모금 삼켜 냈다. 최 교수는 이런 부류를 앞에 두고 가만히 양손을 겹친 자세만으로 다양한 정보를 수집할 줄 아는 사람이었다. 그저 계속하라는 듯 바라보면, 끊임없이 떠들어 대는 부류 말이다.

"여자 소년원도 공급이 없어 이렇게 새로 하나가 더 지어진 마당에, 직원이 부족해 큰일입니다. 전문 교관은 고사하고 교사들 역시 가장 기피하는 장소니까요. 우리 최 교수님처럼 봉사 정신이 투철하신 분들 덕에 하나둘 자리는 채워지고 있지만, 전문 교육 강사들을 초빙하는 게 보통 일이 아닙니다. 사실…… 이런 시설은 그냥 보여주기식 자격증 있는 아무나를 데려다가 다 인맥으로 꽂아 준다는 말이 쉽게 돌지 않습니까? 물론 우리 시설은 절대 그럴 수가 없습니다. 우리 최 교수님이 지원하신 방향처럼 아주 청렴하게 서류 지원을 받고, 제가 이렇게 또 직접 검토를 하고 있으니 말입니다."

최종 결정을 마무리 짓고자 인사차 들른 사람 앞이라기엔 불필요한 말이 8할이었다. 얼마나 닦아 댔는지 먼지 한 톨 앉지 않아 반짝반짝한 교장의 자개 명패는 유독 화려했다.

이로써 서락여자학교의 교장이라는 사람을 어느 정도 파악한 최 교수는 단도직입적인 면을 드러내기로 결정했다. 아마 교장은 최근 발생한 서락여자학교 안에서의 불미스러운 사고를 먼저 언급하지 않을 테였다. 최 교수가 테이블에 놓여 있는 계약서를 검토하며 날카로운 운을 떼었다.

"소년수가 샤워실에서 목을 매달아 자살한 일도, 관리자의 부족이었나요?"

"예? 아, 이제 그것은……."

비관적인 상황을 견디는 능력이 성인보다 현저히 부족한 소년들을 수감하는 시설은, 기본적으로 건물이 높게 지어지지 않는다. 소년수들이 생활하는 방들은 투신을 선택할 수 없는 1, 2층에 마련된다. 게다가 교관이 일거수일투족을 감시하는 시스템일 텐데 어떤 경위로 재소자의 자살이 가능하였는지, 최 교수는 정확히 알고 싶었다. 비꼬는 듯하면서도 강하게 상황을 추궁하는 명료한 목소리와 시선에 교장은 당황한 기색이 역력했다.

"아무래도 여자아이들의 특성상, 샤워실까지는 CCTV를 설치할 수 없고…… 우리 소년원은 샤워 시간을 15분으로 규정하는데 그 시간 동안 칸 안을 들여다볼 수는 없습니다."

"고작 15분의 방치로는 사람이 죽지 못합니다. 솔직히 말씀해 주셔야 제가 아이들을 다루는 데 도움이 되고요."

계약서 끄트머리에 서명하기 이전, 안경테 너머 날카롭게 뜬 눈으로 정확히 교장과 시선을 맞춘 최 교수는 자신이 이 종이에 서명하는 이상 교장의 적이 아닌 아군임을 명시하는 것처럼 눈썹을 끌어올렸다. 자기 명패만큼 화려한 넥타이가 갑갑하게 느껴졌는지 매듭을 조금 풀어 내린 교장이 티슈를 뽑아 땀이 송골송골 맺은 이마를 닦아 냈다.

"……맞습니다, 관리자의 부족. 재소자의 부재를 오래 인지하지 못했고, 그런 일이 발생했을 때 대처를 돕는 매뉴얼이 있기는 하지만…… 막상 일어나니 다들 손을 쓰지 못했습니다."

하나의 큰 사건이 발생해 자극 지점을 올려 놓으면 아이들은 그 이상을 시도하거나 하위의 사건쯤은 아무렇지 않게 여기는 경향이 있다. 함께 생활하던 누군가 스스로 목숨을 끊었으니, 아이들은 '자살'이라는 금기에 각자 한 발자국씩 가까워졌을 것이다. 원래 그들이 얼마만큼 죽음과 가까이 있었는지에 따라 달라졌겠지만.

최 교수는 본능적으로 자신의 이론을 짜 맞추어 계산을 시작했다. 최 교수를 맞이할 때와는 달리 정반대로 낯빛이 뜬 교장은 지금도 불안이 남아 웅성거리는 이 소년원을 제대로 다룰 수 있는 어른이 아닌 게 분명했다. 그러니 '소년 원에서 벌어진 안타까운 극단적 선택'이라는 제목의 기사가 지역 신문에 올랐겠지.

사태 파악을 마친 최 교수는 볼펜을 고쳐 쥐고 (인)이 적혀진 칸 안에 제 이름 석 자를 휘갈겼다. 시설을 방문하기 전, 최 교수가 조율을 부탁한 항목이 빠짐없이 채워진 계약서는 완벽해 보였다.

"힘닿는 데까지 애써 보겠습니다. 이 서락동에서, 또 사람이 죽어서야 되겠습니까?"

날인 한 계약서를 커피잔 옆에 내려둔 최 교수는 몸을 일으키며 재킷의 단추를 채웠다. 그런 최 교수와 함께 허리를 편 교장은 거듭 손을 내밀고 아까도 몇 번이고 행했던 악수를 반복했다.

"그럼 이제, 최 실장으로 모시겠습니다. 우리 서락여자학교의 정신 상담 실장을 맡아 주셔서 정말 감사합니다."

최 실장은 붙잡히지 않은 쪽 손바닥으로 교장의 손등을 가볍게 두드렸다. 그리고 먼저 악수를 끊었다. 슬슬 날이 더워져 조금만 살이 닿아도 불쾌지수가 폭발하는 한여름 이었다. 물론 이 건물에서 유일하게 에어컨이 돌아가는 곳이 교장실이기는 하였으나, 최 실장에게는 둘러볼 공간이 더 남아 있었다. 자신이 근무할 상담실을 확인하고 싶었던 최 실장이 끝인사를 마친 뒤 교장실을 나서기 위해 문을 열었다.

"저, 그런데."

습습한 복도로 빠져나가기 직전, 머뭇거리는 교장의 목소리가 최 실장의 재킷 끄트머리를 붙잡았다. 백발을 쓸어넘긴 최 실장이 다시 고개를 돌렸다.

"최 실장께서는 혹시, 서락동과 따로 인연이 있으십니까? 아무리 생각해도 최 교수님 같은 분이 이런 시설에 선뜻 자리를 잡으신다는 게……."

서락여자학교를 대하는 인식은 다름 아닌 교장에게서부터 낙후되어 있었다. 최 교수의 경력이 소년원에 머무르기에는 과히 느껴질 수 있으나 최 교수는 제 정보를 꺼내기보다 교장의 말을 반복할 뿐이었다.

"소년원이라는 공간은, 그 어느 시설보다도 큰 지원이 필요한 곳이니까요."

어안이 벙벙한 듯 입술만 벙긋거리는 교장을 뒤로하고 최 실장은 자신만의 진료실을 꾸밀 수 있는 상담실로 향했다. 고쳐맨 가방에서 백색 코트가 언뜻 비집어 나온 채였다.

정신과 상담의 치고 백색 코트를 입은 의사는 드물다. 의사가 입은 백색 코트는 환자들을 긴장시키고 맥박을 빠르게 만들기 때문이다. 그런 이유로 사람의 심리적 안정을 우선시하는 정신과 전문의들에게 백색 코트는 지양되는 차림이다. 이론에 충실하고 경험이 풍부한 '마음 청소년 정신의학과' 원장은 언제나처럼 포근하고 부드러운 색의 사복을 차려입은 채였다. 하지만 '한수아'의 이름으로 진료를 받는 중인 '한솔아'는 빨라지는 맥박을 진정시키기 위해 무던히 애를 써야 했다.

"제 언니 일로 충격이 컸는지 도통 말을 하지 않아서요."

청각장애인인 한솔아는 청소년기에 접어들면서부터 꾸준한 정신 상담을 받고 있었다. 쌍둥이 동생과 다른 자신의 처지를 비관하며 자랄까, 부모님이 늘 솔아의 안위에 귀를 기울인 덕분이었다. 열세 살 때부터 자신을 진료해 온 원장님의 눈을 속이기란 쉽지 않을 것 같아, 수아의 야구모자를 더욱 푹 눌러쓴 솔아는 제가 아닌 동생의 보호자로 대동한 엄마를 향해 일방적으로 수어를 했다.

"나 때문이야. 나도 언니랑 똑같이 귀를 못 썼다면 이럴 일은 없었어요."

"수아야……."

"수어로 얘기해요, 언니처럼. 언니가 돌아올 때까지 말할 생각 없어요. 이제부터 나도 언니처럼 살 거예요."

엄마의 목소리를 들을 수 없는 솔아는 수아의 마음을 잘 알고 있는 만큼 그를 대신해 엄마를 향한 화를 표현했다. 원장님의 앞에서 곤란한 기색을 띤 엄마는 끝내 눈물을 보이다가 이마를 싸매었다.

"자꾸, 자기 때문이라고…… 말을 않겠다네요. 죄송합니다, 선생님……."

"아닙니다, 어머님. 수아라고 했지? 우리는 초면인가? 언니랑은 선생님이 오래 보았는데."

"집에 가고 싶어요."

수어를 할 줄 아는 원장님의 시선을 피하며 같은 말을 반복하던 솔아는 이 공간을 빠져나가기 위해 제 양쪽 귀를 감싼 채 몸을 웅크렸다. 저를 달래고자 다급해진 엄마의 손길이 느껴졌다. 아이의 안정을 우선한 어른들은 머잖아 솔아를 데리고 병원을 빠져나갔다. 집으로 돌아가는 차 안에서, 솔아는 룸미러를 통해 자꾸만 수아의 이름을 부르는 엄마의 입술을 외면하고 차창을 바라보았다. 불투명한 유리창 표면에 은은히 비치는 제 얼굴은 엄마조차 구별하지 못할 만큼 수아와 다름없었다. 똑같은 껍데기를 가지고도 전혀 다른 인생을 사는 수아를 부러워한 적이 많았던 솔아였는데, 막상 정말 수아가 되어 하루하루를 지내 보니 우리의 삶 자체는 비슷한 면이 더 많다는 느낌이 들었다. 멀어지는 정신의학과의 간판을 바라보던 솔아는 가만히 생각했다. 처음부터 정신 상담이 필요했던 쪽은 제가 아닐지도 모르겠다고.

"자식 겉 낳지 속 낳는 게 아니라더니…… 나는 진짜 우리 애들이 무슨 생각을 하는지 모르겠어, 여보. 수아가 학교까지 쉬어야겠대. 나도 그런 애들이 있는 학교에 우리 수아를 보내고 싶지 않아. 하지만, 우리 수아가 뭘 잘못해서 학교를 빠져?"

쌍둥이의 부모는 밀리고 밀리던 시한폭탄이 터진 듯한 심정이었다. 딱 하나 소리를 듣지 못할 뿐이지 누구보다 선한 아이라고 철석 같이 믿었던 첫째 솔아가 검찰에 송치되고 죄를 시인하던 그 사건이 시작이었다. 그 사건으로 둘째 수아의 삶이 오랜 시간 폭력에 노출되어 왔다는 사실 역시 드러났다. 장애가 있는 솔아를 구실 삼아 수아를 괴롭힌 학생, 그리고 그런 학생을 해한 장애가 있는 솔아. 쌍둥이에게 일어난 일들은 부모의 가슴을 갈기갈기 찢어놓기 충분했다.

급기야 듣지를 못하는 첫째를 한 달이나 소년원에 보낸 것도 불안하고 애가 타는데, 한 번도 부모 앞에 반항한 적 없던 둘째까지 제 언니에게 질세라 말썽을 피우기 시작했다. 쌍둥이 자매를 떨어뜨렸던 다음부터 '언니처럼' 살겠다며 좀처럼 목소리를 내지 않는 둘째의 기행은 언뜻 부모의 의심을 건드렸다. 그러나 방 안에 틀어박혀 직접 피아노 건반을 치는 수아가 설마 솔아일 거란 상상은 불가능했다.

"……학교에는 내가 전화할게. 수아가 피아노라도 놓지 않아 다행이라고 생각하자, 우리."

누가 먼저랄 것도 없이 눈시울을 붉힌 부부는 수아의 방이 훤히 보이는 식탁 의자에 앉아 집에 남은 딸을 바라보았다. 그것은 여전히 모자를 눌러쓴 채 '동생처럼' 월광 소나타를 연주하는 솔아의 옆모습이었다.

뭐든 표현할 수 있는 솔아의 손가락은 피아노 건반과 음표를 따라 움직였다. 소리는 없다. 하지만 연주할 수 있다. 예술고등학교에 간 동생을 기다리며, 또 부러워하며, 한솔아가 이 방 안에서 오로지 피아노와 함께 얼마나 오랜 시간을 보내 왔는지 그 비밀은 아무도 몰랐다. 설령 한수아일지라도 말이다.

일요일, 유독 평화로운 불교 수업을 끝마친 신희민은 복도를 지나가던 중 교관에게 심부름을 받았다. 시청각실에 있는 진유리를 찾아 도서실에 있는 한솔아를 데리고 생활관으로 돌아가라는 지시였다. 권 교관은 비번인지 보이지 않았고, 아이들과 그리 친하지 않은 그 교관은 한솔아를 어떻게 다루어야 할지 모르겠다는 표정을 지었다. 오늘도 체육복 주머니에 챙겨 둔 약과를 만지작대던 희민은 심부름이 귀찮았지만, 거절할 만한 사정이 없어 털래털래 시청각실로 향했다.

방음 장치 때문에 무거운 시청각실 문의 손잡이를 온몸으로 잡아당긴 희민은 그 틈에서 새어 나오는 영상의 빛과 소리 속으로 재빠르게 파고들었다. 문은 무거운 만큼 굳게 닫혔다. 시청각실의 스크린에는 때마침 클로징 크레딧이 올라가고 있었다. 그리고 체육복 주머니에 꽂은 손을 부스럭거리던 유리는 맨 뒷자리에 앉아 멍하니 그 까만 화면을 바라보는 채였다. 아직 불이 켜지지 않은 공간 안에서 몸집이 작은 희민은 재빠르게 그런 유리를 찾아갔다.

"자요?"

"깜짝이야……. 신희민? 너 여긴 웬일?"

"교관이 언니랑 같이 한솔아 데리고 방에 가래요. 걔 도서실에 있다는데요?"

도서실은 시청각실과 정 반대편이었다. 그리고 종교 수업이 진행되는 교실들은 그 중간쯤 위치했다. 교실 복도를 서성거리던 교관의 눈에 잘못 걸린 희민의 처지를 가늠하던 유리가 뒤통수를 긁적이며 자리에서 일어났다. 한솔아인지 뭔지는 처음 맞이하는 서락여자학교의 주말이었다. 교관들은 유리가 기꺼이 그를 신경 써 주길 바라고 있었다.

"걔 종교 없나. 하필이면 도서실에 있냐, 제일 먼데."

"무교인 게 낫지 않아요? 종교 수업 들어간다고 하면 언니 걔 옆에 붙어서 통역하는 척하느라 영화도 못 볼 텐데. 주말엔 통역 봉사자 안 온다면서요."

진짜 잠을 잔 건지 그냥 기분이 좋지 않은 건지 아까부터 축 가라앉아 있는 유리의 목소리는 별다른 대답을 하지 않았다. 두 사람은 함께 시청각실을 나선 다음 상대적으로 조용한 복도를 나란히 걸었다. 유리는 교직원들에게 한솔아의 일을 고발하지 않았고, 희민은 그래서 더 지쳐 보이는 유리의 옆모습을 한 번씩 흘끗거렸다. 희민은 왠지 그런 유리에게 어떤 말이든 건네고 싶었다. 하지만 위로는 서툴렀다. 그래서 희민은 질문을 선택했다.

"언니가 왜 그 애를 숨겨주기 싫은 건지, 거기까진 알겠어요. 채이설이랑 저도 걔 형량이 불공평하다고 생각했거든요. 이번 주 수업 내내요."

"어쭈구리. 둘이 그새 좀 컸네?"

"근데 언니가 왜 그 애를 불편해하는지는 모르겠어요."

'불편하다'라. 동생들 눈에도 신입생을 대하는 유리의 냉랭함이 느껴진 모양이었다. 유리는 언제나 그래왔듯 동생들 앞에 이성적이고 어른스러운 모습을 보이고 싶었다. 그런데 장애를 이용해 사람들을 속인 신입생 앞에서는 자꾸 감정이 앞섰다. 희민의 물음 때문에 다시 속이 갑갑해진 유리가 흉통을 가득 부풀리더니 커다란 한숨을 내쉬었다. 유리는 슬슬 가까워지는 도서실의 팻말을 턱짓하며 대답했다.

"봐. 나 지금 사실은 내 도움이 하나도 필요 없는 앨 도와주러 저기 가고 있지? 근데 정작 내가 필요할 아빠한테는 못 가잖아, 소년원에 갇혀서 말이야. 그게 짜증났어. 누군가 약점을 이용해서 이득을 보면, 피해를 보는 건 그 약점을 가진 다른 사람이거든."

유리는 신입생의 변명을 듣자마자 자연스레 아빠와 엄마를 떠올렸다. 아빠의 장애를 이용해 온갖 보조금도 모자라 아빠의 바닥까지 뜯어먹고 도망친 엄마, 고스란히 피해를 본 아빠. 그리고 그런 사례들이 쌓이고 쌓여 사람들은 서로를 불신하게 된다. 개개인의 속사정은 상관없다는 듯이 말이다.

"······역시 꼰지르는 게 나으려나요."

희민은 생각보다 쉽게 유리에게 이입했다. 유리가 그 신입생을 볼 때마다 제 아빠를 떠올리며 괴로워했을 줄은 상상하지 못했기 때문이다. 하지만 유리는 그런 희민이 기특하다는 듯 나란히 서서 걷는 어깨끼리 툭, 두드리다가 됐다는 식으로 손바닥을 휘저었다. 희민과 이설이 그새 좀 크는 동안 유리도 그새 좀 컸다. 나이는 그냥 먹는 게 아니라는 어른들 격언이 딱 맞았다. 유리는 다시 체육복 주머니에 양손을 꽂았다. 그리고 그 안에서 잡힌, 이번 주말에도 빠짐없이 도착한 따끈따끈한 아빠의 편지를 만지작거렸다. 시청각실에서도 내내 꼼지락거린 탓에 편지봉투의 모서리가 벌써 닳아있었다.

"우리 아빠 말이야, 어때 보이디."

"예? 뭐가요?"

"약해 보였어?"

영 뜬금없는 질문이었다. 지난주, 가정의 달 맞이 행사에서 함께 점심을 먹었던 유리의 아빠를 떠올린 희민은 결국 머리통을 긁적거렸다. 시원시원하게 웃고, 음식 솜씨가 좋고, 신체가 건강해 보이는 중년의 남성. 희민은 도리도리 고개를 저었다. 더운 복도를 거닐며 그런 희민의 머리꼭지를 내려다보던 유리는 피식 텁텁한 웃음을 터뜨렸다.

"나는 아빠가 약하다고 생각했어. 엄마를 통해서만 사람들과 어울릴 수 있었으니까. 그리고 그런 엄마가 엉터리 사회복지사니, 가짜 보험사니, 아빠 앞에 끌고 와서 채무 서류에 서명하게 만들어도 아빠는 마냥 웃고 있었거든. 심지어 아빠는 아직도 그 사기꾼이 돌아올 거라고 믿으셔. 바보같이."

조그만 입술을 말아 문 희민은 씁쓸한 내용과 달리 건조하기 짝이 없는 유리의 표정을 바라보았다. 그런 희민과 잠시 시선을 맞물린 유리는 별일 아니라는 듯 어깨를 으쓱였다. 그리고 희민의 앞에 조금 구겨진 편지봉투를 꺼내 보였다.

"근데 여기 오고 나서야 알았어. 이건, 이제 거의 우리 아빠 일기장. 아빠는 엄마나 내가 없어도 열심히 직장에 다니고, 공과금을 처리하고, 종종 옆집 할머니의 개와 산책하고, 일주일마다 한 통씩 나한테 편지를 부쳐. 글은 또 얼마나 잘 쓰시는지……. 내가 이 편지를 매주 받고 있으니까 이런 생각이 들더라. 사실 아빠는 엄마가 내민 서류들이 무슨 의미인지, 그래서 본인이 갚아 나가야 하는 빚이 얼마인지 처음부터 알고 계셨던 거야. 그래도 속아 넘어가 준 거, 엄마한테."

"왜요?"

희민의 물음은 즉각적이었다. 그 속도에서 솔직함을 느낀 유리는 꾹 다문 입술을 일자로 늘리며 저 역시 아직 가슴 깊이 이해하지 못한 아빠의 마음을 상상했다.

"아무래도, 아빠가 엄마를 사랑해서?"

누군가에게는 1+1=2라는 공식과 같은 말이었다. 하지만 희민은 여전히 이해할 수 없다는 표정이었다.

"그래도 그건 너무 손해 아니에요?"

"내 말이."

잔뜩 구겨진 희민의 미간에 동조한 유리는 그제야 부스스 웃었다.

"근데, 다 알고도 손해를 본다는 건 말이야. 그 사람이 그만큼 강하다는 거 아닐까."

자신에게 손해만 끼치는 엄마인데도 그를 진심으로 사랑한 아빠는 유리의 집에서 제일 약한 사람이 아니라 제일 강한 사람이었다. 사고를 친 딸도 예외는 아니라는 듯 꾸준히 쏟아지는 아빠의 사랑이 얼마나 단단한지, 출소를 코앞에 두고 꼬박 일 년 동안 깨달아 왔던 유리였다. 그런 유리의 미소는 여전히 피곤해 보였지만, 희민은 유리가 저 편지 덕분에 조금씩 회복되고 있다는 느낌을 받았다. 유리는 아빠의 편지를 부적 삼아 가짜 한솔아를 돕기 위해 스스로 도서실을 향해 걷고 있었다. 희민은 그런 유리와 보폭을 맞출 뿐이었다.

시청각실에서 도서실로 이어지는 긴 복도에는 모든 종교수업이 정리된 여파로 재소자들과 봉사자들이 제 갈 길을 찾아 돌아다니고 있었다. 때마침 천주교의 수업도 끝이 났는지 갑자기 한 교실에서 가람이 펄쩍 뛰어나왔다. 남들의 시선 따윈 개의치 않고 유리와 희민의 이름을 외친 가람은 그들의 사이로 끼어들더니 제 보라색 체육복 주머니를 털기 시작했다.

"애들아, 빨리. 이거 가져가. 마들렌이래. 희민이 너 뭔지 알아?"

"물건을 이렇게 가져오네…… 훔쳤어요?"

"아니? 접시에 남은 건데? 내가 너네 주려고 딱 네 개만 가지고 왔어."

"가람아, 너 보라돌이 아니고 도라에몽 같다."

와중에 9호실의 신입생 몫까지 챙긴 가람이 어이없다는 듯 동시에 헛웃음을 터뜨린 희민과 유리는 여전히 천진한 가람을 바라보며 혀를 내둘렀다. 그리고 영문을 모르겠다는 가람의 앞에서 두 사람은 시선을 교환했다.

"……우리가 봐줄까요? 열일곱이니까."

나직한 희민의 목소리에 한쪽 눈썹을 끌어올린 유리가 천천히 고개를 주억거렸다. 뭐, 나쁘지 않은 핑계였다.

"봐줘? 누구를?"

그런 그들의 대화를 따라가지 못해 어리둥절한 가람을 어깨에 얹은 두 사람은 어느덧 도서실의 문 앞에 도착해 있었다. 교실 창 안으로 어떤 책에 몰두 중인 신입생의 모습이 보였다. 희민은 힐끔 까치발을 들어올리며 중얼거렸다.

"근데, 그냥은 말고요."

두 달 정도를 꾸준히 뛰었는데도 늘 구보 행렬의 꼬리를 장식했던 신희민이 드디어 한 명을 앞질렀다. 흠뻑 젖은 희민의 등판을 바라보아야 하는 사람은 며칠 전 9호실의 신뻥이 된 한수아였다. 땀이 비 오듯 쏟아졌으나 이 뜨거운 태양 아래 아무도 구보를 멈추지 않았다. 모두가 교관의 호루라기 소리를 따라 운동장을 돌고 있었다. 몇 바퀴나 돌았다고 결국 걸음을 포기한 한수아가 제 무릎을 짚으며 고꾸라졌다. 말을 시켜 줘도 못 할 만큼 숨이 차올랐다. 이러다가 죽는 게 아닐까, 허공에 손사래를 치자 잠시 행렬을 멈춘 권 교관이 다가왔다.

"한솔아, 과호흡이 있나?"

진유리도 다가와야 했다. 하여간 유리의 손이 많이 가는 녀석이었다. 이미 들었을 테니 대충 아무렇게나 요식행위를 펼치는 유리의 뒤에서, 묘하게 기분이 좋아 보이는 희민은 한쪽 손을 허리에 얹은 채 시원한 숨을 뱉어 내고 있었다.

"과호흡, 있다고 해 줘요. 못 뛰겠어…… 더는 못 뛰어요."

연습실에 틀어박혀 피아노만 쳤다는 애의 체력은 엉망이었다. 헐떡이며 손을 움직이는 수아를 향해 쯧, 혀를 찬 유리는 고개를 주억거리며 권 교관에게 통역했다.

"그딴 거 없고 사지 건강하니까 걱정하지 말랍니다. 마저 뛰겠다는 의지가 굉장한 친구네요. 재개하시죠."

그 말을 듣자마자 당혹으로 물드는 표정을 정면에서 바라본 희민은 못 참고 비웃음을 터뜨렸다. 이설과 가람 또한 마찬가지였다. 유리의 말을 신임하는 권 교관이 격려의 의미로 수아의 어깨를 두드린 뒤 다시 호루라기를 불었다. 강제적으로 행렬에 붙잡힌 수아는 하얗게 질려 허둥거리다가 죽을 힘을 다해 희민의 발치를 따라잡아야 했다.

이후에도 진유리의 엉터리 통역은 계속되었다. 이는 9호실 재소자들을 과소평가한 한수아가 자초한 일이었다. 감히 거짓말이 일상이던 희대의 사기꾼 진유리를 제 '입'으로 삼아 버린 수아였다. 그는 스스로 발등을 찍었다는 사실에 당장이라도 제 비밀을 무르고 싶은 지경이었다.

"이모님, 이 친구 고기 못 먹는답니다. 글쎄 닭고기 알레르기가 있다네요. 그러니까 요 쪼그만 녀석 주라는데요?"

"저 아직 성장기라. 네. 주시면 감사히 먹겠습니다."

끌끌 혀를 차시며 수아의 식판에서 닭강정을 거두어들인 이모님이 그 몫을 희민의 식판에 얹으시면 희민이 꾸벅 인사했다. 제 처지 때문에 식사 또한 9호실 언니들과 함께해야 하는 수아는 억울하게 빼앗긴 닭강정을 노려보다가 퍽퍽한 나물을 질겅질겅 씹을 수밖에 없었다. 희민은 두 배로 늘어난 제 닭강정을 이설과 나누었다. 치킨을 광고하던 짬이 있어, 이설은 닭강정을 곧잘 먹었다.

"어떡하냐, 이 맛있는 닭강정도 못 먹고. 또 무슨 알레르기 있다고 했지? 연어, 땅콩, 파인애플?"

우물우물 식사하며 손가락을 꼽던 유리에게 희민과 이설은 각자 아는 알레르기성 식품 하나씩을 추가했다.

"복숭아도요. 곧 복숭아가 제철이라."

"아, 내일 급식에 새우튀김. 언니, 언니. 새우도 잘못 먹으면 엄청 큰일 나요."

특히 수아가 좋아하는 새우를 운운하며 예쁘게 눈웃음을 짓는 채이설이 정말 제가 알던 그 아이돌 채이설인지 악마인지 모르겠다. 결국, 플라스틱 숟가락을 거칠게 내려놓은 수아는 자연스레 이쪽으로 시선을 보내는 교관들 때문에 무어라 반박도 못 하고 지끈거리는 머리통만 붙잡을 뿐이었다.

"진짜 너무하는 거 아니에요? 자꾸 이러면 나 확 다 까발려요?"

"까발린다고 치면, 뭐 어디서부터?"

취침 점호를 30분 앞둔 시간에 샤워실에서 생활관으로 돌아온 한수아는 젖은 머리에서 물이 뚝뚝 떨어지건 말건 어른의 눈이 사라지자마자 9호실의 소년수들을 향해 공기가 가득 찬 목소리로 윽박질렀다. 이들의 장난질이 분명 다 들리는데 못 들은 척하기가 얼마나 괴로운지, 이제 수아에게 저 보라돌이 따위는 문제가 아니었다.

"그럼 우리가 계속 아이고 무서워라, 벌벌 떨면서 비위 맞출 줄 알았나. 고작 한 달짜리 소년원 생활 꿀 빨게?"

금방 마르는 단발머리를 수건으로 탈탈 털어내며 벽에 기대 두 다리를 늘어뜨린 희민은 이 중에 제일 작지만 제일 가차 없는 목소리를 낼 줄 알았다. 뜨끔, 마른침을 삼킨 수아는 여태까지 신경 쓰지 않았던 희민에게로 시선을 내렸다. 수아가 다시 보니 희민은 가장 '범죄자' 같은 얼굴의 주인공이었다. 희민은 냉한 눈빛을 세워 '한솔아'라고 적힌 수아의 잘못된 명찰을 찔렀다.

"너 상부상조라고 했지. 그런데 넌 그렇게 비겁하게 남의 이름 달고 들어온 주제에 우리한테 뭘 도와줄 수 있냐? 너 같은 경우는 상부상조가 아니라 협박이지. 심지어 인질부터 잘못 잡았어. 어차피 어른들 눈에는 이 보라돌이가 안 보이는데, 애초에 협박이 될 거란 생각 자체가 웃기잖아. 우리야 다 같이 발뺌하면 그만이고."

무심한 듯 똑 부러지는 희민의 옆에 붙어 앉은 보라돌이가 열심히 동조하듯 고개를 끄덕였다. 근엄한 표정의 유리도 마찬가지였다. 졸지에 두 언니를 등에 업게 된 희민은 제 왼쪽 손바닥을 펼친 뒤 그 위를 오른손 검지를 톡톡 두드렸다.

"자, 계산기를 두드려 보자고. 너 형량 다시 받으면 절대 8호로 안 끝나. 괘씸죄 추가해서 최소 9호? 아니, 10호 본다. 10호면 최소 장기 송치 1년. 그리고 우리, 여기 다 10호."

마른 침을 삼킨 수아는 방안의 나머지를 둘러 보았다. 착시현상인지 나머지 두 사람 역시 10호짜리 '범죄자'의 얼굴로 보였다. 다시 희민에게로 시선을 돌리자 보다 차가운 삼백안으로 자신을 바라보는 희민 때문에, 흠칫 움츠러든 수아였다.

"어른들이 제일 싫어하는 죄는 다른 게 아니야. 괘씸죄. 똑같은 죄를 지었더라도 손이 발이 되도록 빌면 죄가 가벼워지는데, 판사 앞에서 눈 하나 깜짝 않잖아? 바로 그 괘씸죄가 얹어져. 감히, 너 같은 어린애가, 우리한테?"

천가람을 제외한 10호들은 저마다 자신에게 괘씸죄를 더하던 어른들을 떠올렸다. 진유리는 서울대 출신 검사를, 채이설은 여론을, 신희민은 할머니를. 그런데 아마 한수아는 떠올릴 사람이 없을 것이다. 수아의 눈에는 법정에 서서 그곳의 모든 어른의 가여움을 사던 언니의 뒷모습만이 선명했다. 당연했다. 이건 제대로 된 방법이 아니었으니까. '한수아'는 죗값을 피해 이 순간에도 제 방 안에 숨어 있을 것이다. 수아는 희민이 의도한 속도만큼 사색으로 질려갔다. 그리고 희민은 결정적인 한 방을 먹였다.

"게다가 너희 언니라곤 멀쩡할 것 같아? 둘이 작정하고 사람들 속인 것도 허위 자백이야. 좀 어려운 말로, 위증. 이 마당에 우리가 잃을 게 많겠냐, 너희가 잃을 게 많겠냐?"

"……우리는, 그러니까…… 언니는, 다 저를 위해서……."

저들의 계획처럼 모두를 속이고 넘어갈 수 없다는 긴박한 상황이 수아를 쪼고 또 쪼기 시작했다. 도대체 무슨 자신감이었을까. 과거의 자신이, 그리고 언니가 무슨 짓을 저지른 것인지 샅샅이 실감하게 된 수아는 이제 거의 축축해졌다. 등에 땀이 차는 만큼 뇌에는 눈물이 차는 기분이었다. 수아는 제 발이 저리다 못해 쑤시고 아팠다. 그 아릿함은 손톱 끝까지 마구 퍼져 나갔다. 온몸을 물들이는 고통을 못 이기겠는지 파들파들 떨리는 수아를 물끄러미 쳐다보던 희민은 작은 한숨을 쉬며 혀를 내두를 수밖에 없었다. 저따위 나약한 정신머리로 무슨 사기를 치겠다고. 희민의 눈에 수아는 한없이 여리고 어려 보였다. 하기야, 열일곱이면 애였다.

"야, 지금부터는 우리가 그냥 너를 봐주는 거야. 괘씸해도 그냥 봐주는 거. 너 너희 집 기둥이라며. 알아들었으면 사과해라."

군기라도 잡는 건지 꽤 근엄한 표정을 풀지 않는 희민과 그 앞에서 기가 다 죽어 버린 신입생을 관망하던 진유리는 혹여나 이 분위기가 깨질까, 말아쥔 주먹으로 움찔거리는 제 입꼬리를 가렸다. 희민은 꼭 유리가 희민을 혼냈을 적 꾸며 냈던 '그럴 듯'한 어조를 흉내 내고 있었다. 콩을 심었더니 그럴듯한 콩이 났다.

"……죄송해요."

"일주일 동안 우릴 들볶았으면서 고작 네 글자면 다냐? 뭐가 어떻게 죄송한데."

"……저 보라색 언니 가지고…… 저 편히 지내자고 여기 언니들 다 협박해서……."

당장 상황을 무마하기 위한 사과는 아니었는지 신입생은 허둥지둥 제 잘못을 덧붙였다. 그를 바라보며 짧게 혀를 찬 희민은 어른들이 왜 그토록 우리에게 구구절절 무얼 잘못했나 종이 한 장을 꽉 채워야 하는 반성문을 쓰게 만들었는지 어렴풋이 알 것도 같았다. 이제 정말로 면목이 없어진 수아가 푹 고개를 숙이자 9호실에는 정적이 감돌았다. 그러니까, 이 쌍둥이들은 겁도 없이 아주 기다란 도미노의 첫 블록을 덜컥 넘어뜨린 꼴이었다. 어쩔 수 없었을 거다. 이런 도미노의 끝은 어차피 보이지 않는다. 그 뒷감당까지 전부 고려했다면 애초에 솔직했겠지. 한수아와 똑같이 푸르스름한 체육복을 입은 9호실 재소자들은 쌍둥이들의 그 충동을 누구보다 잘 알고 있었다. 그 마음을 유일하게 모르는 보라돌이는 장판 위로 후두둑 떨어지는 수아의 눈물 앞에 동동 발을 굴렀다. 그를 달래려는 것처럼 제 체육복 주머니에서 다짜고짜 마들렌을 꺼내 보인 가람이었지만, 수아의 울음은 쉽게 그치지 않았다. 그 눈물이 통쾌할 리 없는 유리는 한동안 다물고 있던 입을 열었다.

"그럼 너 이름이 뭐냐?"

홀쩍홀쩍 코를 먹던 수아가 목에 걸린 수건으로 슥슥 얼굴을 닦고 대답했다.

"한수아요."

"……그래, 한수아. 잘 왔다."

양반다리로 앉은 제 무릎을 툭툭 두드린 유리가 입꼬리를 올렸다. 신고식은 여기까지였다. 희민은 제가 막 사용해 축축하게 젖은 수건을 수아의 앞에 툭 던져놓았다.

"언니들 거랑 모아서 세탁방 다녀와라. 건조 다 된 옷도 걷어오고."

"언니가 같이 가 줄게, 수아 너 세탁방 어딘지 모르잖아."

우는 애를 안아 줄 수는 없어 곁에서만 종종거리던 가람이 얼른 도움을 자처했다. 본인이야 말로 한바탕 빨려진 듯 새하얘진 수아가 고개를 끄덕이고 주섬주섬 수건들을 모아 안았다.

"……하여간 착해빠져서."

조그맣게 툴툴거리는 희민을 돌아보며 가람은 쓴웃음을 머금었다. 왜인지 그렇게 단언하는 신희민 때문에, 이번에는 천가람의 발끝이 저려 들기 시작했다.

가람은 수아에게 섬유유연제 정량을 넣고 세탁기를 돌리는 방법을 가르쳐 주었다. 아직 눈가가 시뻘건 수아가 열심히 고개를 주억거리며 9호실의 빨랫감을 세탁기에 집어넣는 동안, 가람은 빙글빙글 돌아가는 건조기 한 대를 멈춰 세우고 그 안에 얽히고설킨 빨랫감 중 수건 하나를 꺼내들었다. 그리고 코앞에 가져와 깊은숨을 들이마셨다. 다행이다. 더는 담배 냄새가 나지 않았다. 희민이가 저 몰래 다른 방법으로 장사를 계속하지는 않는 모양이었다. 그렇게 몇 장을 더 확인한 뒤 다시 건조기를 가동한 가람은 허리를 폈다. 수아는 그런 가람의 뒤에 서서 어느 옷을 가지고 가야 하는지 몰라 눈만 굴렸다. 그런 수아를 기민하게 눈치챈 가람이 그를 향해 '9호실'이 적힌 바구니를 가리키며 건조가 끝난 옷가지를 챙겨 들도록 도왔다. 그렇게 가람과 수아는 함께 세탁방을 나섰다.

수아의 기분이 나아질 수 있게끔 옆에서 이런저런 이야기꽃을 피우던 가람이라, 거의 동시에 세탁방으로 들어가는 11호실 재소자를 유심히 살필 수는 없었다. 11호실 반삭은 급히 세탁기를 열어 제 생활복을 털어 넣었다. 그는 섬유유연제를 아무렇게나 콸콸 들이부은 뒤 요란한 굉음과 함께 세탁기의 가동 버튼을 눌렀다. 불안하고 초조한 얼굴이었다. 그러나 소년범의 손은 떨리고 있지 않았다.

이제 좀 제자리를 찾은 것 같다.

9호실 아이들이 모두 교육동으로 이동한 한낮에, 그들의 방을 가만히 지키고 있던 가람은 제각각의 방법대로 정리된 네 개의 관물대와 침상을 죽 훑어 보았다. 한 칸도 비어 있지 않고 주인들의 이름이 적힌 침대에는 이따금 이불이 구겨진 채였다. 그 구김을 곱게 펼쳐 준 가람은 마지막으로 채워진 수아의 침상에 앉아 늘 제가 누웠던 퍽퍽한 매트리스를 어루만졌다. 어차피 잠들 수 없고, 먹을 수 없고, 부유할 뿐인 자신에게는 필요치 않은 공간이었다. 모두의 고집이 세어 일단은 9호실에 머무르는 가람이었지만, 이렇게 칸이 다 맞춰지니 더는 부대껴 지내서는 안 될 것 같은 묘한 기분이 들었다. 이런 감정까지 소외감인가. 그렇다기엔 소년원 사람 중 아무도 자신을 보지 못할 때와는 또 다른 결을 가진 기분이었다. 결론은, 이번에도 잘 모르겠다. 제 문제에 관한 한 뭐든 그랬다. 천천히 몸을 일으킨 가람은 쏟아지는 햇살 아래에서 기지개를 켰다. 그리고 9호실을 지나, 생활관의 복도를 가로질렀다.

"……안녕하세요."

가람은 '보건실' 팻말이 적힌 교실의 미닫이문을 넘었다. 그리고 업무 책상을 지킨 채 서류를 살피는 보건교사를 향해 꾸벅, 인사했다. 어차피 들리지 않을 테지만 가람은 홀로 보건실에 올 때마다 그렇게 했다. 행여 그에게 방해가 될까, 얇은 커튼이 너울거리는 침상들 쪽으로 옮겨간 가람은 이곳에서 앓고 있는 소년수가 한 명도 없어 다행이라고 생각하며 개중 보건교사와 가장 가까운 맞은편에 앉았다. 유리는 모르겠지만 유리가 9호실로 데리고 들어가기 전까지 가람은 이 침대에서 '잠'이라는 요식행위를 취했었다. 아픈 소년수라면 모두가 사용할 수 있는 이 침대들에는 그 누구의 이름도 적혀 있지 않았고, 꼭 누가 오든 다정히 기다려주는 것 같았다. 가람은 커튼 바깥으로 고개를 내밀어 보건교사의 눈치를 살피다가 살짝 가습기를 틀었다. 하얀색 연기가 천장을 향해 자꾸만 용솟음치는 광경은 즐거웠다. 분명 눈에 보이는데 잡히지 않는다는 점에 동질감을 느끼는지도 몰랐다.

"……거기 누구 있니?"

간과한 사실은, 가습기의 연기는 모두가 볼 수 있다는 점이었다. 커튼 상단까지 연기가 닿았는지 기척을 느낀 보건교사는 서류를 채우다 말고 번뜩 고개를 들었다. 화들짝 놀란 가람은 가습기를 다시 끄기 위해 손을 뻗었다가 도로 거두었다. 저 혼자 켜진 것이 저 혼자 꺼진다면 두 배로 이상할 것 같았으니 그랬다.

"어머, 혼자 켜졌네? 고장이 났나……."

가람의 판단은 적절했다. 침상의 커튼을 반쯤 걷어 직접 가습기를 눈으로 확인한 보건교사는 의아하다는 듯 제 눈썹을 만지작거린 뒤 가람에게 가까이 다가왔다. 침상에 기대었던 가람은 내재하는 예의를 갖춰 허리를 세웠다. 가습기의 전원을 꺼뜨린 보건교사가 이제는 뻐근한 제 목덜미를 주무르고 있었다. 수수하게 묶어 둔 그의 흑발이나 네 번째 손가락에 끼워진 단출한 반지를 구경하는 일 역시 그런대로 즐거웠다.

"어, 선생님. 결혼하셨어요? 아니면 그냥 커플링이에요?"

"날이 덥네. 꼭 이런 날 한두 명씩 꾀병 피우는데."

"그러게나 말이에요. 일사병 핑계 대기 딱 좋은 날씨죠?"

창밖을 내다보며 짧게 혀를 차는 보건교사와 일방적으로 대화를 맞춘 가람은 이제 더 즐거워하지 않았다. 9호실 애들의 추측이 맞다면, 어른들은 빨간 알약을 먹는 것도 아닐 텐데 왜 자신을 보지 못하는지 아주 살짝 야속해진 가람이었다. 가람은 기다란 팔을 뻗어 창문에 고정된 보건교사의 시선을 끊듯 흔들었다. 수백 번째의 시도가 꾸준히 무산될 참이었다. 드르륵, 미닫이문이 열렸다.

"선생님, 계세요?"

"네, 최 실장님."

자신의 눈에는 텅 비어 있는 침상을 뒤로하고 보건교사가 업무 책상 앞으로 돌아갔다. 건너편 상담실의 최 실장이 방문했기 때문이었다. 보건교사는 커튼을 열어 둔 그대로 최 실장을 맞이하며 책상 안쪽에 자리했다. 자연스럽게 그

소녀, 감빵에 가다

책상 앞에 선 최 실장의 뒷모습이, 가람에게는 정면으로 보였다.

"애들 받아간 처방 약 목록이요."

"안 그래도 막 정리했어요. 날 더워지니까 체하는 애들이 많네요."

"소화제를 많이 받아갔네……. 참, 이설이요. 내복약이 제법 줄었던데 업데이트된 병원 처방전 좀 저한테 보내 주시고요."

아는 이름이 나왔다. 그 대화에 끼어들 수 없으면서 가람은 무릎걸음으로 조금 더 어른들과 가까워졌다. 반만 쳐진 커튼 바깥으로 흘끔 고개를 내밀자, 흰색 가운을 걸친 두 사람의 목소리가 더 커다랗게 들려왔다. 백발의 최 실장을 마주 보던 보건교사의 표정도 더 자세히 보였다. 그는 어딘가 석연찮은 신음을 끊으며 말했다.

"……처방 약 추가하시려고요? 이설이, 최근에 발작도 보였고, 아직은……."

"슬슬 보살펴야죠. 제가 알아서 하겠습니다."

처방 약이라면, 혹시 빨간 알약을 먹일 참인가? 이제 이설이까지 유리나 희민처럼 알약을 버려 '말을 안 들'어야 하는 처지가 되려나 보다. 9호실 아이들의 그런 담합은 그렇지 않아도 가람의 죄책감을 콕콕 자극하고 있었다. 고작 자신을 보겠답시고 규칙을 깨는 행위이니 당연했다. 하지만 저최 실장이라는 사람은 알 바가 아닌 모양이다. 이 또한 당연했다. 무력해진 가람은 보건교사를 하염없이 쳐다보다가 시선을 떨구었다. 꼭 가람처럼 최 실장의 앞에서 말을 보텔 수 없어 보이는 보건교사는 조심스럽게 최 실장의 앞에 서류를 내밀었다. 그리고 최 실장은 상당히 권위적인 목소리로 대화를 매듭지었다.

"그럼, 수고하세요."

백색 코트에 한 손을 집어넣은 최 실장이 그 옷깃을 휘날리며 뒤를 돌 때였다. 좌르륵. 가람은 저도 모르게 커튼을 치고 숨어 버렸다. 커튼을 치지 말았어야 했는데, 후회할 때는 이미 똑같은 백색 코트 차림의 두 사람이 침상을 향해 시선을 메다꽂은 채였다. 어쩌지. 제 충동에 책임질 수 없던 가람은 최대한 빠르게 미닫이문이 아닌 창문을 넘어 운동장으로 달아났다. 아무도 붙잡지 않을 텐데, 그래도 달아났다. 가람은 뒤를 돌아볼 수 없었다. 무겁고 습습한 여름 바람 그 자체처럼 한 방향으로 달릴 뿐이었다.

"……창문이, 열려 있었네요."

보건교사는 의아한 표정이었다.

"……그러네요."

그조차 최 실장은 알 바가 아니었다. 그는 미련 없이 상담실로 돌아갔다.

9호실 언니들은 수아를 된통 혼내 놓은 다음에야 엉터리 통역을 멈추었다. 이제 점심 급식에서 제 몫의 고기반찬을 챙길 수 있게 된 수아는 오늘의 반찬인 떡볶이를 물끄러미 바라보다가 금방 젓가락을 내려놓았다.

"왜? 떡볶이 안 좋아해?"

도리도리. 이설의 질문에 고개를 가로저은 수아가 급식소를 지키고 선 교관들과 이 가까운 테이블에서 식사를 중인 교직원을 의식하며 손을 움직였다. 읽어야 하는 사람은 맞은편에 앉아 열심히 떡볶이를 찍어 먹던 진유리였다. 공방에서 무거운 기계를 들었다 났다 고생을 하고 온 터라 유리는 참도 씩씩하게 음식을 씹어 넘긴 뒤 수아의 손을 읽고서 대신 대답했다.

"떡볶이 보니까 지네 언니 보고 싶댄다. 얘들아, 그보다 언니 식사하시는데 꼭 말을 시켜야 됨? 필요하면 느이들끼리 알아서 좀 해."

"아, 아무튼 떡볶이는 좋아한다는 거지? 나도 되게 좋아해. 근데 다이어트 때문에 사회에 있을 때는 제대로 먹어 본 적이 없어. 떡볶이는 특히 칼로리가 장난이 아니거든."

유리의 씨근거림을 웃음으로 무시한 이설은 9호실에서 언니가 되었다는 기분을 즐기며 수아의 떡볶이에 부족해 보이는 어묵을 나누었다. 옆에서 묵묵히 먹던 희민이 그런 이설의 식판을 물끄러미 보았다.

"그래서 쌀밥은 손도 안 댔냐?"

"……그야 둘 다 탄수화물이니까. 탄수화물에 탄수화물을 먹으면……."

"끝내주지."

"어디서 개가 짖고 있어, 희민아."

"걔는 아마 무는 개일걸?"

"9호실, 식사 시 대화하지 않는다."

다들 담소 정도로 끝내는데 유독 9호실 재소자들은 곧잘 언성을 높였다. 그래서 꼭 한 번씩 지적을 받고 넘어가는 세 사람을 흘끗거리던 수아는 떡볶이 대신 다른 반찬을 집어 먹었다. 그렇게 좋아하던 음식이거늘 도저히 삼킬 수가 없었다. 수아는 주말 저녁에나 함께할 수 있었던 솔아를 떠올렸다. 잘 있을지, 잘 먹을지. 아직 소년원에 별다른 연락이 닿지 않는 걸 보면 솔아는 정말 어른들의 눈을 제대로 속이고 있는 모양이었다. 수아는 어쩐지 서운하다고도 생각했다. 언제나 흠 없이 완벽한 언니였다. 그런 언니라 내 이름으로도 살만한가. 언니는 내가 보고 싶지 않은가.

사실 수아는 솔아의 이름을 뒤집어쓰고 고작 일주일을 지냈을 뿐인데 너무 힘에 부쳤다. 교육동에서의 일과 때문이었다. 차라리 언니들이 군기를 잡는 생활관이 나았다. 교육동에는, 어른이 너무 많았다.

하루 수업을 끝마치고 남은 3주 동안의 교과 과정을 조율하기 위해 찾아간 교무실 문 앞에서 수아는 연거푸 심호흡을 했다. 점심을 먹은 지가 언제인데 몇 개 못 먹은 떡볶이는 도무지 소화되지 않았다. 수아의 곁에 함께 있던 통역 봉사자가 수아를 새로운 사람 앞에 데려갔다. 이번 주부터 시작된 정규 교과 과정의 담임선생님이었다.

"아, 이 친구가 그…… 못 듣는다던? 아이고, 그래서 이런 먼 곳까지 우리 통역사 선생님이 봉사를 나오시는구나. 아직 어려 보이는데 대단하다."

"어차피 여름방학이 좀 남아서요. 솔아도 3주 정도 더 지내면 퇴소하고. 이래저래 저한테 좋은 공부가 되고 있어요.

좋게 봐 주셔서 감사합니다."

교무실에서 농학교에서 측에서 공유받은 교과 과정을 확인하던 수아의 새로운 담임선생님은 막상 제 앞에 앉아 있는 수아보다 통역사를 발화자로 선택한 듯 아이는 몇 번 쳐다보지 않았다. 교육동의 선생님들은 수아가 서락여자학교에 입소한 외국인이라도 되는 것처럼 아이를 어려워했다. 쓰는 말이 다른 것뿐이니 틀린 비유는 아닐 것이다. 모난 곳 없고 가지런한 '한솔아'의 학생기록부를 살펴보던 낯선 선생님은 책상에 걸친 손에 제 입가를 기댄 채 중얼거렸다.

"하기야, 장애가 있는 애들이 얌전하다는 것도 편견이지. 애들이 워낙 영악해서 오히려 이용할 수도 있어. 불쌍해 보이잖아. 이래저래 핑계를 대면 감형받기도 쉬우니, 원."

은근히 그런 식의 험담을 기다리고 있던 어느 교사가 덥석 대화에 가담했다.

"그러게요. 청각장애가 없었더라면 형량이 더 셌겠죠? 특수폭행이라도?"

"우리가 이렇게 불편할 필요도 없고. 퇴학 처리가 아니니까 시수를 일일이 맞춰드려야 하잖아. 얼씨구, 성적은 또 좋네. 왜 하필 서락동까지 와서는……."

"에이, 다 우리 일인데 말씀을 그렇게 하시면 어떡해요."

"못 듣는다잖아?"

서류를 처리하는 선생님만을 빤히 바라보고 있을 때, 수아를 두고 농담인지 진심인지 모를 말들이 오갔다. 소년원에 입소한 농인을 처음 보았다는 어른들의 목소리는 이제 발화자가 분명하지 않았다. 교무실을 오가는 전문 과목 강사들도 섞여 수아에 대한 옹호든 험담이든 한두 마디씩을 거들었다. 분명 듣고만 있기에는 힘겨운 말이 너무 많은데, 그저 어금니를 꽉 씹어 문 수아는 최대한 집중력을 분산시키고자 어딘가를 멍하니 응시할 수밖에 없었다. 그 교무실 한복판에서, 수아는 눅진하게 녹아들고 있었다.

언니는 제 눈으로 읽는 말만 들을 수 있다. 그래서 뒤통수에 대고 꽂히는 말은 들을 수 없다. 그런데도 소리를 듣고 싶어 할까? 상대가 농인이건 아니건, 어차피 사람들은 얼굴 앞에서는 좋은 말을 하고 뒤에서는 나쁜 말을 한다. 그럼 나쁜 말이라곤 차라리 안 듣는 편이 낫지 않나…….

그리고 언니에게는 이런 상황이 당연하다는 사실까지 깨닫는 순간, 수아는 갑자기 귀가 먹먹할 만큼 억세게 차오르는 어떤 감정을 느꼈다. 마침 교과목 정정을 위한 서류 작업이 끝난 것 같았다. 선생님은 수아가 남아 있는 3주 동안 농학교의 수업을 놓치지 않으면서도 이곳에서 이수해야 할 교과목을 정리해 시간표를 새로 짜 주셨다. 그 종이를 조용히 받아든 수아가 꾸벅 인사했다. 수화통역사와 함께 교무실을 나선 수아는 이제 긴 복도를 지나 생활관으로 돌아가야 했다. 거기까지는 혼자 가도 그만인데, 애를 다루는 교무실 사람들의 태도가 마음에 걸린 모양인지 수화통역사는 수아를 바래다 주고 싶어 했다. 수화통역사는 수아와 나란히 긴 복도를 걸었다. 그리고 생활관으로 이어지는 중앙계단 앞에서, 무언가를 잊고 있었던 듯 짧은 감탄사를 낸 통역사가 가볍게 수아의 어깨를 짚어 수아의 시선을 끌었다.

"교무실에 깜빡한 게 있어서 얼른 다녀올게, 잠깐만 여기에 있어. 알았지?"

고개를 끄덕인 수아는 다시 복도를 거슬러 돌아가는 통역사의 뒷모습을 바라보며 그 몇 분 동안 진이 다 빠져 버린 듯 계단에 쪼그려 앉아 한숨을 내쉬었다. 집에 가고 싶다. 수아는 평소에도 서로의 일과가 바빠 자주 보지 못하는 부모님이 몹시 그리웠다. 언니와 제 잘못을 숨기는 일에 급급해 당연히 제대로 된 마지막 인사를 나눌 수조차 없었기 때문이다. 축축한 감상에 잠기려는 그때, 위태위태한 수아의 앞에 누군가가 어두운 그림자를 드리웠다. 그 인기척을 따라 수아가 고개를 들어 올렸다. 칙칙한 회색 작업복을 입은 남자였다. 교무실에 있던 전문 교과 강사 중 한 사람이었다. 그는 운동장 너머의 별관으로 향하기 위해 복도를 지나는 모양이었다. 수아에게 큰 용건이 있어 보이지는 않았다. 그는 수아를 위아래로 훑어보더니 툭 던지는 말로 중얼거렸다.

"쯧……, 아깝네. 다 멀쩡한데 하필이면…….."

고작 열일곱의 한수아가 몸을 굳힐 수밖에 없는 인상과 체구였다. 수아는 목울대를 울리며 본능적으로 제 팔뚝을 스르륵 감싸 안았다. 주위를 둘러보다가 아무도 없다는 사실을 인지한 강사는 갑자기 자신의 옷에 달린 여러 개의 주머니 중 한 곳을 뒤적거리더니 꼭 수아가 보란 듯이 담배 한 개비를 꺼내 물었다. 불이 붙지 않았으나 반사적으로 그날의 쾌쾌한 골목과 남학생들을 떠올린 수아의 안광이 아슬아슬 위태롭게 흔들렸다. 남자가 턱주가리를 벌린 순간 거기에 커다랗게 박힌 점이 꿈틀대는 것 같았다.

"너는 이런 거 안 피우냐? 이런 거. 이거."

커다랗게 입 모양을 만들며 검지로 그 담배를 가리킨 남자의 입 주위가 거뭇거뭇했다. 수아는 얼른 고개를 가로저었다. 몇 번째인지 모를 만큼 마구 혀를 찬 남자는 이제 수아를 두고 한풀이를 하는 양, 복도 바닥을 툭툭 걸어찼다.

"한동안 찾는 애들이 뚝 끊겼다 싶었더니 고작 반삭 머리한 명만 기웃거리고. 지겨워 죽겠네……. 야, 너 9호실 쓰지? 거기에 채이설, 그래. 그 연예인인가 뭔가 한다는. 걔 좀 데리고 와 봐, 약쟁이한테 약은 못 줘도 담배는 줄 수 있다고. 에이 씨. 더러운 바닥에서 구를 만큼 굴렀을 주제에, 알아서 굴러들어오면 좀 좋아. 확, 그냥 건드릴까? 어차피 여기서는 아무것도 못 하잖아. 범죄자 새끼들……."

건물을 나서는 즉시 담배 끝에 불을 붙일 기세로 라이터까지 손에 굴리던 남자가 이설의 이름을 들먹이며 키득거렸다. 정확한 전말을 알 수 없는 수아의 귀에도 남자의 말은 엄연한 희롱이었다. 더욱 조그맣게 제 몸을 웅크린 수아는 오늘 먹은 점심이 다 위장 벽을 타고 기어 올라오는 듯한 매스꺼움을 더 참기가 어려웠다. 금방이라도 구역질을 시작할 것 같아, 수아는 제 손등으로 입술을 가려 막았다.

"저기요, 지금 뭐 하시는 거예요? 건물 내 금연 아닌가요?"

교무실에서 뛰어온 수화통역사였다. 그의 지적에 깜짝 놀란 남자가 물고 있던 담배를 뱉고 금연 구역으로 가는 중이었다는 둥 핑계를 대며 멀어졌다. 하지만 끔찍한 담배 냄새는 자리를 떠날 줄을 몰랐다. 필사적으로 자신을 방어하고 있는 수아와 눈을 맞춘 통역사는 아주 조심스레 수아의 팔뚝을 어루만져 주며 드디어 수아가 사용할 수 있는 언어로 물었다.

"저 사람이 너한테 뭐라고 했니?"

수아는 치미는 울분을 가슴 안에 집어삼켰다. 그러나 쉽게 잠겨지는 불쾌감이 아니었다. 후들거리는 손가락을 겨우 고쳐 쥔 수아가 손등을 내보인 채 똑같이 만든 양손의 날끼리 세차게 두드리며 뾰족해진 언어의 포문을 열었다.

"그걸 제가 어떻게 알아요?"

봄 같은 날씨가 얼마나 길었다고 순식간에 낮 기온이 30 도를 웃돌았다. 에어컨이 달려 있긴 하지만 중앙제어가 걸려있었고, 폭염주의보가 내리지 않는 이상 소년원은 선풍기를 고집했다. 작년 여름의 그 끔찍한 습도를 상기한 유리는 장마철이 시작되기 전으로 자신의 퇴소일이 잡혔다는 사실에 거듭 감사했다. 저녁 식사를 마친 소년수들은 7시가 가까워졌는데도 도무지 질 줄 모르는 해를 피해 그나마 그늘이 진 운동장의 구석구석에 자리를 잡은 채였다. 대체 어떤 사람이 건물을 설계했는지 서향으로 창이 난 생활관에는 쨍하게 가라앉는 오후의 햇빛이 작렬하고 있었다. 조금이라도 아이들의 더위를 식히고자 이들을 작물 말리듯 운동장에 내놓은 교관들 역시 자신들의 갑갑한 유니폼을 펄럭거렸다. 사람이 하고 싶은 일만 하고 살 순 없다지만, 신희민은 소속이나 경기도였지 주변에 뭐가 없어 변변찮은 이 서락여자학교에서의 근무를 자처하는 저 어른들을 도통 이해할 수 없었다. 그런 그들을 원체 삐딱한 성정대로 갸우뚱 응시하던 희민은 조용히 목소리를 깔았다.

"범인은 반드시 범죄현장에 돌아온다는 말, 어떻게 생각해요?"

"넌 왜 벌써 더위를 먹어. 아직 제철도 아닌데."

방장이기도 하고, 이 소년원에서라면 짬이 잔뜩 찬 진유리는 9호실 애들을 위해 나름 명당을 확보했다. 등나무가 휘감긴 조그만 오두막이었다. 그곳에는 유리의 무릎을 벤 채 식곤증을 이기지 못한 이설이 잠들어 있었고, 가람이 그런 이설에게 손 부채질을 하는 중이었다. 추위를 타지 않는 것처럼 더위도 타지 않으면서 순전 보는 사람이 덥다는 이유로 체육복 소매를 걷고 지퍼를 열어놓은 가람은 별안간 엉뚱한 소리를 꺼내는 희민을 향해 부채질의 방향을 바꾸었다.

"아니, 우리 다 범죄자니까. 범죄자의 입장에서 생각하자는 거죠. 언니는 어디서 잡혔는데요?"

"나야 과외 하다 말고 현행범으로. 돌아갈 현장이랄 게 있나, 매주 가는 집이었음."

"채이설 년…… 자고. 뭐야, 한수아는 어딨어요?"

"교무실 다녀온댔는데. 생활관 저 꼴이니까 곧 이리로 오겠지."

무심한 듯하면서도 은근히 교육동 쪽에 짧게 시선을 둔 희민은 고개를 주억거렸다. 그리고 유리는 그저 희민과 장단을 맞춰 줄 마음에 반사적으로 되물었다.

"그러는 신희민 너는. 어디서 잡혔는데?"

그야, 금품이 생기는 대로 가져다 팔던 전당포. 희민이 자주 드나드는 분명한 범죄현장이었다.

"……맞네. 돌아갈 수밖에 없네."

동문서답한 희민은 짧은 제 턱을 어루만지다가 무언가를 깨달았다는 듯 자세를 고쳐앉았다. 이 소년원이 범죄현장이고 그래서 천가람이 죽었다면 범인은 범죄현장에, 그러니까 서락소년원에 '돌아올' 수밖에 없다.

"교직원 중에 한 사람 아닐까요. 가람 언니 이렇게 만든 사람. 생각해 봐요. 소년원 안에서는 살인사건이 일어난 적이 없는데, 가람 언니는 이런 꼴이고. 일단 여태까지 시체니 뭐니 아무런 증거도 없잖아요. 누군가 이 건물에서 의도적으

297

로 사건을 계속 은폐하고 있으면요?"

"희민이 네 말은…… 내가 누군가한테 살인을 당했다는
거야?"

"영혼이 여기 남아있다는 건 미련이 있다는 건데, 살인이
아니라면 무슨 미련이 남았겠어요."

그럴듯한 말이었다. 작년에 이곳에서 목숨을 끊은 소년수
처럼 자살이 가람의 마지막이라면 그 소년수의 영혼 또한
소년원을 뜨지 못하는 쪽이 자연스러웠다. 하지만 남아 있
는 영혼은 천가람 하나이고, 무언가 해결되지 못해 억울한
범죄의 피해자일지도 모른다. 진유리는 어째서인지 딱 그
사건 이후 이곳으로 '발령'을 받았다는 최 실장을 떠올렸다.
사실 신희민은 진작부터 그 사람을 용의자로 겨냥하는 중이
었다.

"한 가지 분명한 건, 최 실장이 천가람의 존재를 알든 모르
든 소년원 애들의 눈을 가리고 있다는 점이에요. 애초에 우
릴 다 재운다는 것부터 수상하고 이상해요. 약으로 괜한 분
란을 잠재운다는 생각, 안 해 봤어요?"

"……또 작년처럼 애가 죽으면 안 되니까, 그 사건을 핑계
로?"

"네. 그 사건을 핑계로."

유리는 자신의 혼잣말 증세에 과민반응을 보이며 그런 일이 벌어져서는 안 된다는 듯 제 기분을 통제하려 들었던 최 실장의 강압을 떠올렸다. 최 실장은 최대한 소년수들이 비관에 집중하지 못하게끔 애를 썼다. 그런데 그것이 최 실장의 직업 자체이기 때문에, 비꼬아 생각하기 어려웠다. 어른들이 보기에 최 실장은 그저 제 할 일을 열심히 해 내는 '정신과 상담실장'일 것이다.

"언니, 혹시 최 실장 직접 본 적 있어요? 급식소에서나, 복도에서나."

"……있기는 한데, 얼굴을 잘…….."

제삿밥이 아니라면 무얼 먹을 필요가 없는 가람은 유리가 혼자 있을 적에는 몰라도 이제는 급식실까지 9호실 아이들을 따라다니지 않았다. 한편에 마련된 교직원들의 식사 자리를 헤아리던 가람은 아예 눈까지 감고 미간을 찌푸렸다. 보건실에서 잠시 스쳤던 최 실장의 얼굴을 찾기 위해서였다. 희민은 그런 가람의 귓가에 최 실장에 대한 묘사를 주문처럼 속삭였다. 짧은 백발의, 안경을 쓴 사람. 있기야 했지. 그건 나도 알지. 가람이 눈꺼풀을 번쩍 들어 올렸다.

"와, 전혀 모르겠어. 처음 보는 사람 같았는데?"

"……잘못 짚었나."

검지로 코끝을 슥슥 문지른 희민이 찝찝한 기분을 떨치지 못할 때였다. 조용히 자는 줄 알았던 이설이 눈꺼풀을 번쩍 들어 올렸다.

"아니, 영 잘못 짚진 않았어. 최 실장 그 사람 말이야. 흰색 가운을 입고 있잖아? 정신병원의 '의사'는 몰라도 정신과의 '상담사'는 대부분 그런 옷 안 입어."

기지개도 켜지 않고 퍼뜩 상체를 일으킨 이설은 여전히 어딘가 몽롱한 눈동자를 굴려 희민의 눈앞을 기웃거렸다. 꼭 귀신이 들린 애 같았다.

"어떻게든 여기 애들을 겁주고 들어가겠다는 의지. 권위의 상징이랄까. 어른들 그런 거 엄청 좋아해."

비유와 상징의 세계라면 이골이 난 채이설이었다. 이제 제법 살이 오른 어깨를 으쓱인 그는 다시 털썩 유리의 허벅지를 찾아 누웠다. 유리가 그런 이설의 이마를 아프지 않게 톡 두드렸다.

"자는 줄 알았더니."

"나도 그럴까 싶었는데 대화 주제가 너무 흥미로워 그만……. 어, 저기 막내 온다. 한수…… 아니고, 한솔아! 여기!"

모로 누운 그대로 솔아를 바라보며 팔을 휙휙 휘두르는 이설 덕분에, 수화통역사는 수아를 등나무 아래까지 데리고 올 수 있었다. 이 길로 퇴근하는 모양인지 유리에게 수아를 맡긴 수화통역사가 아이들과 인사하며 멀어졌다. 그런데 9호실 재소자들과 가까워진 수아의 표정은 어쩐지 좀 이상했다. 하얗게 질린 것이, 더위를 먹었나 싶은 몰골이었다. 얘는 또 왜 이래. 넓게 손을 뻗은 유리가 애의 팔뚝을 쥐며 안색을 살펴왔다.

"너 무슨 일 있었어?"

유리의 말이 채 끝나기도 전에 냅다 도리질을 친 수아는 우선 얌전히 시선을 내리깔았다. 운동장을 주시하는 교관들이 너무 많아 아무런 말도 할 수 없었다. 꾹 주먹을 웅크린 수아는 자신을 살피기 위해 누워 있던 몸을 일으킨 이설을 흘끗거렸다. 그리고 그런 이설의 옆자리를 찾아 오두막에 앉았다. 등나무 그늘이 그런 수아까지를 충분히 품어 주었다. 제게 꽂히는 눈길들 때문에 어색하게 자리 잡은 수아가 양손을 올렸다.

"괜찮아요."

"괜찮긴, 인마. 점심 깨작거릴 때부터 알아봤다. 혹시 어디 안 좋으면 꼭 얘기해."

유리는 교관의 눈을 신경 쓰면서도 나머지 애들이 들을 수 있게 수화하는 동시에 발화했다. 덕분에 걱정 서린 표정을 지은 가람이 희민의 옆에서 수아의 곁으로 자리를 옮겨 갔다.

"수아야, 어디 안 좋으면 보건실 갈까? 아프면 보건실 가도 돼."

"괜찮다잖아요. 가만 보면 언니는 걸핏하면 보건실, 보건실 노래를 부르더라. 애는 좀 강하게 키울 필요가 있거든요. 자가 면역을 기르면서."

설령 진짜 아프다고 한들, 이설의 말처럼 어떤 권위의 상징처럼 느껴지는 흰색 가운을 입은 보건 선생님을 스스로 찾아가는 건 예나 지금이나 꺼려지는 희민이었다. 까놓고 병원을 좋아하는 사람이 몇이나 있겠는가. 치부가 적나라하게 드러나는 공간인데. 하지만 가람은 영 이해할 수 없다는 표정으로 고개를 갸웃거렸다.

"보건실 좋지 않아? 나 너희 바쁠 때마다 가끔 가. 가습기 구경하는 것도 재밌고, 침대도 생활관 것보다 푹신하고. 뭐랄까…… 정신 차리면 좀, 거기로 돌아가 있는 것처럼."

가람의 눈동자의 초점이 답지 않게 틀어졌다. 아까부터 가람만을 쳐다보고 있던 희민은 그런 단서를 놓칠세라 아주 매서운 속도로 그에게 추궁했다.

"돌아간다고요? 상담실이 아니라 보건실 쪽인가? 언니를 죽인 사람이?"

보건교사라면 희민이 진작 권 교관과 같은 어른들로 분류
해 놓은 인물이었다. 소년수들의 죄질보다 신체적 건강에
만 관심이 있어 꼭 평범한 학교의 보건교사들과 다를 바 없
이 제 할 일에 충실하기 때문이었다. 특히, 보건실을 자주
드나드는 채이설이 그에 대한 의존성을 자주 내비친 탓인
가 어느 순간부터 희민은 그를 경계하지 않고 있었다. 어쩌
면 이번에도 제가 안일했는지 모른다. 비쭉 허리를 세운 희
민의 표정이 삽시간에 차가워졌다. 때문에, 움찔 놀라 희민
을 쳐다보게 된 수아는 의지와 달리 달싹거리려던 제 입술
을 꾹 다물었다. 지금은 더 중요한 얘기가 오가는 중인 듯싶
어 그랬다. 가장 어린 애까지 가람에게로 시선을 돌려 심각
한 걱정을 비춰 오자 다시 동공이 선명해진 가람은 서둘러
손사래를 쳐야 했다.

"뭘 자꾸 죽여, 희민아. 그런 거 아니야. 보건 선생님 얼굴
이라면 내가 거기에 놀러 가서 심심할 때마다 쳐다봤으니까
어디에 점이 있는지도 알아. 근데 아무 기억이…… 미안해,
알았어. 내가 다음에는 상담실 찾아가서 최 실장 그 사람까
지 샅샅이 살필게. 됐지? 그러니까 다들 그렇게 쳐다보지 좀
말래? 나도 때 되면 알아서 가겠지, 아멘……."

"야, 가람아. 너 우리 앞에서 치우려는 거 아니야. 너 이렇게 만든 사람 잡으려고, 씨. 감빵 보내려고 그러는 거지."

"소년원에서 경찰서에 신고를? 유리야, 진심이냐?"

제 말을 그대로 받은 진유리가 흡뜬 눈으로 운동화를 뻗어 가람의 정강이를 걷어찼다. 하나도 아프지 않은데 아픈 시늉을 한 가람이 앞서거니 웃음을 터뜨렸다. 가람은 유리의 마음을 잘 알고 있었다. 걱정이 뚝뚝 묻어나는 이설의 사슴 같은 눈동자의 의미도, 겉으로는 아닌 척하면서 그 누구보다 이 일에 진심인 희민의 마음 또한 잘 알고 있었다. 그런데 이런 걱정은 너무 불편했다. 가람은 9호실 아이들이 자신을 걱정하지 않았으면 좋겠다고 생각했다. 이미 죽어 있는 자신보다 앞으로 살아갈 각자의 날들을 신경 쓰길 바랐다. 그리고 지금만 해도, 이 소년원에는 해결해야 할 커다란 문제가 남아 있지 않은가.

가람은 9호실 아이들과 떨어진 저 멀리 구령대에 앉아 있는 무리를 바라보았다. 항상 두어 명씩 앉아 있는 11호실 재소자들은 여기에서는 들리지 않는 어떤 대화를 나누고 있었다. 그들 중 언제나 머리가 짧은 녀석은 슬슬 해가 저물어가는 하늘 아래에서도 단박 희민을 찾아냈는지 눈 하나 깜빡이지 않고 이쪽을 쳐다보는 채였다. 그리고 그 눈길을 가장 먼저 눈치챈 사람은 신희민이 아닌 천가람이었다. 가람의 일로 정신이 팔린 희민은 답지 않게 제 일을 차치한 모양이었다. 그런 가람의 시선을 따라 안경을 고쳐 쓴 진유리는 이제 더는 11호실 무리를 확인하고도 속눈썹을 내리깔지 않았다. 구령대 바깥으로 두 다리를 뺀 11호실 반삭은 하염없이 희민을 눈으로 좇아댔다.

"……뭔가 좀 이상하다, 희민아."

가람이 시원하게 뻗은 검지로 구령대를 콕 짚어 가리켰을 때, 11호실의 반삭은 거리낄 것 없이 제 주머니에서 초코바를 꺼내 껍질을 까고 있었다. 뒤이어 커다랗게 한 입을 베어 물자, 땅콩을 씹는 소리가 여기까지 들리는 것 같았다. 그 광경을 물끄러미 눈에 담던 신희민은 나직한 한숨과 함께 가람의 말에 동조했다. 키쉬땅콩초코바였다.

"……다시 기술 직공이랑 접촉하는가 보네요."

11호실 반삭은 꼭 장사를 멈춘 희민을 원망하는 듯 보였다. '야, 됐으니까 기술한테나 가라. 인내심이라곤 한 톨도 없는 너랑은 그게 딱 어울려.' 제 입으로 뱉었던 말 때문인지 희민의 한숨에는 묘한 죄의식이 섞여있었다. 칙칙한 기분으로 차분해진 그에 반해, 가람은 들끓는 분노를 참기가 어려워 금방이라도 공방을 태워 버릴 듯 본관과 동떨어진 별관

건물을 쏘아보았다. 멈추지 않는 기술 직공의 작태에 화가
나는 건 유리나 이설도 마찬가지였다. 그때, 모든 상황을 잠
자코 듣던 수아가 미간을 좁히고서 제 손을 들어 올려 대화
에 개입했다. 한수아의 손은 미세하게 떨리고 있었다. 그는
머뭇거리던 손가락을 펼쳤다.

"기술 직공이라는 사람이, 혹시 여기 턱에 점이 있는 남자
인가요?"

"그걸 네가 어떻게 알아?"

급작스레 들숨을 마신 수아가 우지끈 어금니를 씹어 물
었다. 불과 몇 분 전, 저 건물 안에서 절 축축한 그림자에 가
둔 채 저급한 말만 골라 중얼거리던 추레한 목소리가 저절
로 재생되었다. 수아의 아슬아슬한 안광이, 그 언젠가의 골
목에서처럼 다시 툭 꺼져 버렸다.

최 실장에게도 백색 코트를 입지 않고 진료를 보던 시절
이 있었다. 정신의학과로 개인병원을 개원한 최 교수는 환
자들과의 친밀도를 높이기 위해 무난한 색상의 사복을 입
었다. 진료실 안은 어떤 집안의 포근한 거실처럼 꾸며져 있

었으며 심리적 안정을 돕는 파스텔 색상의 그림들이 걸려 있었다. 그 병원의 원장인 최 교수는 환자들로부터 '선생님'이라는 호칭을 들었고 최 교수는 언제나 환자들의 이야기를 경청했다. 그리고 적절한 약을 처방하여 환자들이 무력감에 사로잡히지 않고 각자의 일을 해나갈 수 있도록 도왔다. 덕분에 근방에서 최 교수의 명성은 높아졌다.

"보자, 우리 학생은…… 초진이네요? 보호자 분은 잠시 밖에서 기다리실까요?"

교복을 입은 학생을 혼자 두고 진료실을 뜨기 어려워하는 부모는 많았다. 이번 보호자 역시 같은 마음인 듯 최 교수와 자신의 아이를 번갈아 쳐다보더니 쉬이 엉덩이를 떼지 못했다. 학생은 불퉁한 표정으로 꾹 입술을 다문 채였다. 결국, 자리를 뜨지 못한 그의 아빠가 변명하는 목소리로 서두를 열었다.

"그…… 우리 아이가, 잠시 소년원에 다녀왔는데 그 이후로 혹시 정서적 불안이 생겼을까 해서요. 그리고 선생님, 이런 상담 내용 하나하나가 기록에 남지는 않죠? 소년원도 형사법상 보호처분이라 전과 기록은 남지 않거든요. 어떻게 좀 조용히……."

"아버님."

아이도 분명 입이 있다. 부모가 대신 살아주지 못하는 제 삶이 있다. 그러니 소년원에 다녀왔을 것이다.

"학생과 둘이 이야기를 나누는 게 좋겠습니다."

머뭇거리던 보호자는 여전히 자신과는 눈도 마주치지 않는 학생을 두고 결국 진료실을 빠져나가야 했다. 무슨 일이 있으면 꼭 아빠를 부르라는 말을 얹은 뒤였다. 보호자가 사라진 뒤에야 미세하게 자세를 풀던 학생은 낯선 사람이 불편하다는 듯 자꾸만 제 머리칼을 끌어다 만지작거렸다.

"서락여자학교에 있었니?"

"……그걸 어떻게 아셨어요?"

제 입으로 직접 뱉어낸 건물명이 어색한 듯 최 교수는 잠시 손끝을 움켜 낸 뒤 말을 이었다.

"……기사를 봤지. 거기서 어린 학생이 죽었다는데, 신문에 꽤 크게 실렸거든. 그리고 넌 소년원 중에서도 하필 거기에 다녀왔으니 지금처럼 걱정 많은 아빠 손에 이끌려 정신과에 찾아왔겠지? 사람이 죽은 곳이었으니까. 여기까지가 선생님 추측. 어때? 괜찮았니?"

꼭 옛날이야기를 들려주듯 차분한 목소리였다. 제 부모는 꺼리는 이야기를 아무렇지 않게 시작하는 그 모습에 학생은 한 꺼풀 경계를 풀었다. 땅이 꺼지도록 내뱉는 한숨이 그 증거였다.

"정신과 말고 점집 차리셔도 되겠어요."

"칭찬 고맙다. 그 학생과 시기가 겹쳤니? 목격, 했다거나."

충분히 트라우마로 남을 수 있는 상황이었다. 컴퓨터는 거리감이 느껴진다고 생각해 손수 종이에 기록하는 방식으로 상담 일지를 적는 최 교수는 안경을 고쳐 올리며 학생과 시선을 맞추었다. 교복 치맛단을 죽 끌어 내리며 운동화 끝을 까닥거리던 학생은 고개를 가로저었다.

"전 못 봤어요. 경찰이 드나들고 애들이 울고 그러긴 했는데…… 별로. 괜찮거든요? 그냥 엄마랑 아빠가 자꾸 사서 걱정을 하시니까 와 본 거예요. 정신적 충격이 어쩌니."

"관계가 겹치지 않더라도 시설에 함께 있었던 것만으로 충분히 걱정되실 수 있어. 이런 경우에 적당한 상담은 꽤 도움이 된단다. 부모님이 좋은 선택을 내리셨네."

"그냥 이렇게 하면 본인들 마음이 편해져서 데려온 거예요. 그 애랑 같은 공간에 있었다니까 꼭 저한테 정신병이 옮은 것처럼 대하세요. 너는 그러지 말라고, 그러면 안 된다고. 정신병까지 허락 맡고 걸려야 하나."

이 아이의 부모는 이미 소년원에 다녀온 아이에 대한 통제력을 상실했다고 느꼈을 것이다. 뒤늦게나마 부모로서 적절한 대처를 취한다는 사인, 그러나 아이의 과실은 부정하고픈 외면. 진료실에 있는 아이도 아이이지만, 이런 경우는 부모가 들어와 상담을 받는 편이 옳았다. 사실 청소년 상담의 경우 상당수가 그랬다.

"……저랑 같은 방 쓰는 애 중 하나는 부모님 보고 싶다고 자해를 했는데, 솔직히 이해 안 가요. 전 거기 좋았거든요. 부모님이랑 떨어져 지내는 것도 그렇고."

지금만 해도 아빠가 계시지 않으니 말이 많아지는 아이였다. 입꼬리를 끌어올린 최 교수는 더 편하게 이야기하라는 듯 아직 손 둘 곳을 몰라 자꾸 제 교복을 매만지는 학생의 품에 쿠션을 건네 주었다. 그는 슬며시 고개를 까닥이더니 양팔에 쿠션을 안았다.

"새로 지어졌다더니, 시설이 좋았겠네? 친구도 사귀었고?"

"음…… 분명 새 건물은 맞는데, 좀 이상했어요. 뭐라고 표현을 해야 하지. 메이드 인 차이나 느낌?"

시의적절하게 웃음을 지어 준 최 교수 덕에 학생은 자신감이 붙었는지 허리를 곧추세우더니 이제 소파 등받이에 제대로 척추를 끼워 앉았다. 한 달 동안 벌을 받고 왔으면서 정말 감옥이나 다름없는 그곳이 집안보다 좋았다는 말은 진심인 듯 보였다.

"보통 새로 지어진 건물에는 괴담 같은 게 없잖아요. 근데 거기엔 있었어요."

"……괴담?"

"네. 애들이 다들 귀신을 봤거든요."

귀신이라는 건, 보통 특정한 장소에서 특정한 현상을 기대하는 사람들이 내면화한 환상이라고 볼 수 있다. 특히 청소년기에는 감각이 예민하고 상상력이 풍부해서 쉽게 그런 종류에 현혹될 가능성이 크다. 속으로만 자신의 지론을 되뇐 최 교수는 환자의 목소리에 호응하며 되물었다. 그러나 입안에서 맞물리는 어금니는 후들거리고 있었다. 최 교수의 깨물근이 짧게 헐떡였다.

"정말? 무섭게 생겼어?"

"아뇨, 하나도. 그냥 우리랑 똑같았어요. 또래의 여자애? 아, 근데 키가 되게 컸어요. 막…… 보라색 옷 입고."

사람들은 저마다 마음 깊은 곳에 버튼을 가지고 있다. 그것은 각자가 가진 폭탄을 터뜨릴 수 있는 치부이다. 우리는 그 버튼이 눌리지 않게 숨기고 또 숨기면서, 누구도 볼 수 없도록 묻으면서 살아가게 된다. 자신의 폭탄을 터뜨리고 싶어 하는 사람은 아무도 없다.

"······너는 무슨 죄를 지어서 소년원에 갔니?"

"네?"

"말하고 싶지 않겠지? 평생?"

자신이 너무 어린 나이에 버튼을 만들었다는 사실을, 이 학생은 알까? 치부는 부끄러움을 깨닫는 순간 생기는 버튼이다. 영원히 지울 수 없는 죄책감이 시작되었을 때, 그날부터 하루하루 삽으로 흙을 파, 매일매일 꾸준히, 묻게 될 것이다.

"아무에게도 말할 수 없는 비밀을 가진 사람은 마음이 참 괴로울 거야. 사람들과 대화할 때마다 매번 그 주제를 피해가야 하고, 숨겨야 하고, 모른 척해야 해. 너는 그럴 자신이 있니?"

분명 여전히 다정하였으나 권위가 느껴지는 목소리였다. 학생은 최 교수의 안경알 위로 형광등의 빛이 첨예하게 깨지는 순간 빨라지는 맥박을 느꼈다. 최 교수는 제가 만든 차트 위에 거침없이 만년필을 굴렸다.

"그럴 땐······ 너조차 잊고 사는 게 좋아. 눈앞에서 지워버리는 거지. 네 잘못을."

최 교수가 서명하듯 적어 내린 영문은 항정신성 약품의 이름이었다. 부디 소년원으로부터 돌아온 이 학생이 사회의 시선에 힘들지 않기를, 무뎌지기를, 우울하지 않기를. 그 모든 염원을 담은 단어나 다름없었다. 다소 거칠게 마침표를 찍은 최 교수의 만년필 끝이 잉크를 터트렸다. 투두둑, 흐르는 모양이 심상치 않았다. 종이를 물들이는 잉크를 내려다본 최 교수의 의식은 이 상담실에서 아득히 멀어진 채였다.

분명히 묻었다고 생각했는데. 하루하루 삽으로 흙을 파, 매일매일 꾸준히, 잘 묻었다고 생각했는데. 서락동에는 아직도 그 소문이 도는가 보다.

……벌써 15년째였다.

학생을 내보낸 최 교수는 컴퓨터 앞으로 돌아가 앉아 서락여자학교의 홈페이지에 접속했다. 떡하니 걸린 사진 속 교장은 화려한 넥타이를 맨 모습이었다. 느릿느릿 움직이던 커서는 '구인 공고' 게시판 위에 멈추었다.

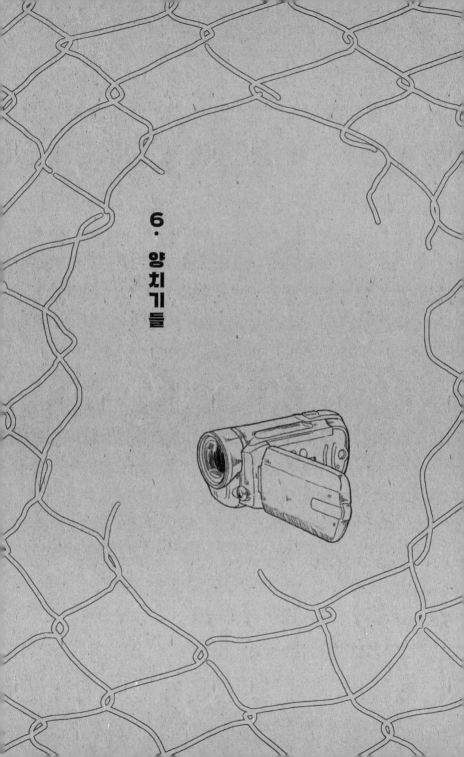

6 · 양치기들

"세상이 정말 공평하다면, 하필 우리 가람이한테 이런 일이 생길 리가 없어요. 우리 가람이가 얼마나 착한 아인데요. 우리 가람이는 자라면서 제 속 한 번 썩이지를 않았어요. 울지도 않고, 우는소리 한 번을 않고. 세상에 이런 천사가 어디 있어요? 오히려 온 동네 우는 애들은 다 달래고 다녀서 심성이 곱기로는 얼마나 유명했는지 몰라. 학교서는 학년마다 반장을 했어요. 말 잘 듣고 착해서…… 선생님들이 우리 가람이를 얼마나 예뻐하시는데요. 어디 그뿐인가? 성적도 잘 받아, 씩씩해, 건강해…… 그러니까, 다른 사람은 몰라도 우리 가람이한테는 안 돼요. 왜, 왜, 우리 가람이가 죽어요? 세상에 죽으라는 나쁜 놈은 안 죽고 왜, 왜, 하필 우리 가람이가…… 가람아. 가람아, 너 아니지? 가람아……."

저수지 앞에 모인 사람들은 장맛비를 맞고 있었다. 물가에 쓸려 떠내려온 학생의 시체는 교복이 아닌 흰색 티셔츠 차림이었다. 이렇다 할 이름표가 없던 학생의 이름을 하염없이 외치는 여자를 뒤로하고 결국 그에게는 하얀 면포가 덮였다. 추적추적. 그 위로 빗물이 번져갈 때였다.

"반장님, 목격자가 있답니다."

말 그대로 무너져내려 우는 여자에게 우산을 씌워 주던 경찰은 우비를 입고 현장으로 뛰어온 순경을 돌아보았다. 그의 뒤에는 겁에 질린 듯 쭈뼛거리는 체육복 차림의 학생들이 있었다. 무슨 일이 있었는지 이미 흠뻑 젖어 있었으나 급한 대로 경찰에게 빌린 우산을 쓴 모습이었다. 경찰은 학생들이 시체를 보지 못하도록 노란색 안전띠 바깥으로 보호했다. 곧이어 흰 천을 덮은 시체는 구급차에 실렸으며 혼절 직전에 이르게 된 그의 엄마 역시 영면에 든 딸을 따라 실려 갔다. 그들을 정리하고 난 뒤에야 학생들에게 다가간 수사 반장이 허리를 굽히며 물었다.

"너희들, 천가람 학생 친구니?"

보라색 체육복을 입은 학생들은 빗물인지 눈물인지 구분할 수 없이 엉망이 된 얼굴로 저마다 고개를 끄덕거렸다.

"가람 학생이 누구랑 같이 있었는지 봤어?"

섣불리 대답하지 못하고 서로를 바라보던 학생들이 떨리는 입술을 떼는 순간, 그곳에 모여 있던 모든 사람은 지그시 눈을 감아야 했다. 당장 만나야 할 사람이 있었다. 반장은 이제 막 저수지의 외곽으로 사라지고 있는 구급차를 향해 시선을 던졌다.

핏빛 노을이 서락산 너머로 사라질 즈음에야 소년수들은 각자의 방으로 돌아갔다. 권 교관은 9호실 재소자의 인원수를 확인하며 끼익, 철문을 닫았다. 자물쇠가 잠기는 소리가 묵직하게 방 안을 울렸다. 얌전히 각자의 침상을 찾아 앉아 있던 9호실 아이들은 권 교관의 발소리가 아주 멀어지기 무섭게 일동 수아를 향해 시선을 모았다. 등나무 아래에서, 수아는 이들에게 꼭 해야 할 이야기가 있다고 했다.

목소리를 낮춘 수아는 듣지 못한다고 생각한 제게 퍼부어진 기술 직공의 폭언을 털어놓으면서도 특히 이설이 상처받지 않도록 가능한 한 단어를 순화했다. 하지만 소년수들 사이 공명하는 분노는 순화되지 않았다. 이대로라면 채이설뿐 아니라 더 많은 소년수가 위험했다. 그리고 9호실의 재소자들은 저마다 다르지만 같은 것을 결심했다. 더 이상 두고 볼 수는 없었다. 기술 직공의 말처럼 '아무것도 못 하고' 싶지 않았다. 그러나 당장은 취침 점호를 받고 각자의 침상에 누워있어야만 했다. "취침 점호 이후, 대화하지 않는다." 때문에, 9호실 재소자들 각각의 머릿속만 시끄러웠다.

그날은 아무도 잠들지 못하는, 오히려 모두가 깨어나고 있는 이상한 밤이었다.

그렇게 맞이한 아침은 어두웠다. 하늘에 꿉꿉한 구름이 가득 긴 꼴이 꼭 장마의 전초전 같았으나 비는 오지 않았다. 5월 내내 이렇다 할 봄비도 내리지 않았으니 경기도 연암시의 사람들은 슬슬 여름 가뭄을 걱정하고 있었다.

"비가 와야 할 때는 한 번 시원하게 쏟아져 줘야 숨통이 트일 텐데 말이에요. 꼭 꾸역꾸역 울음을 참는 어린아이 같은 하늘이지요?"

후끈후끈 찜통더위가 시작된 소년원 안에서의 생활은 이곳을 드나드는 어른들에게도 고역이었다. 특히, 주말마다 종교 봉사를 오시는 종교인 중 옷이 두꺼운 스님들은 더욱 곤혹스러워 보였다. 가람의 끈질긴 천주교 구애를 거들떠보지도 않고 불교 수업에 참석 중인 희민은 쉬는 시간마다 건네지는 이 약과가 좋았다. 언제나 할머니의 바구니에 가득 채워져 있는 유일한 간식이었기 때문이다. 유독 말이 없고 하얀 신희민과 꼭 같은 모양으로 책상에 걸터앉은 스님은 멍하니 하늘을 바라보는 희민에게 남몰래 약과를 하나 더 얹어주며 미소를 지으셨다.

"······감사합니다."

"이곳에서는 뉴스를 들을 수 없으니 모르겠지만, 요즘 전국 단위로 가뭄이 극심합니다. 우리야 곧 늙어 사라질 나이인데 우리 학생들을 생각하면 스님 마음이 참 불편해요. 십년 후에는 강산이 어떻게 변할까, 또 그 십 년 후에는 어떻게 변할까."

뜨거운 바람만을 털털털 몰고 다니는 선풍기라지만 두 대를 모두 아이들 쪽에 돌려놓은 스님은 부채질을 시작했다. 가끔 선풍기의 바람을 맞은 경전이 얇은 책장을 펄럭거리는 소리가 들렸다. 그리고 스님의 부채질을 따라 그 옷에 배인 은은한 절간 향이 퍼져 왔다. 덕분에 소년원 교실에는 없는 누각 처마의 종소리가 들리는 것 같았다. 이 스님은 연암시 어느 깊은 산속의 절에 수십 년째 수행 중이라고 하셨다. 막상 희민은 별 생각이 없는 이상한 하늘을 본인의 업보처럼 응시하던 스님에게 희민은 처음으로 먼저 운을 뗐다.

"십 년이면 강산이 변한다는 말이 진짜예요? 저는 여덟 살 때 기억이 잘 안 나서, 어땠는지 모르겠어요."

꽤 천진한 물음 때문인지 부드러운 미소를 머금은 스님은 수십 년을 살아 온 본인의 인생을 반추하듯 정적으로 운을 유지했다.

"변하지요, 그것도 크게 변하지요. 당장 이 서락여자학교가 지어진 땅만 해도 십여 년 전에는 커다란 저수지였습니다. 꼬박 십 년 이어진 가뭄을 못 견디고 지금은 이렇게 평지가 되어 학교가 세워졌으니, 정말 강산이 변하지 않았나요?"

"저수지요? 여기가요?"

새로 지어진 건물인 줄만 알았지 원래 어떤 땅이었는지 고작 열여덟을 웃도는 외부의 아이가 알 리는 만무했다. 웬일인지 허리를 곧추세우며 호기심을 보이는 희민을 기특하게 여긴 스님은 기다란 옷소매를 접어 품은 채, 한때는 풍요로운 물로 채워졌던 서락동의 저수지를 그리듯 창밖으로 시선을 던졌다.

"가뭄이 심해지면 논들은 근처의 저수지에서 너도나도 물을 가져다 씁니다. 연암시에는 몇 년이나 내리 가뭄이 심해서 모두 서락저수지의 물을 썼으니 이렇게 평지가 된 것도 놀라울 일은 아니지요."

"……그럼 십 년 전엔 물 속이었던 곳에, 지금 우리가 사는 거네요."

스님을 따라 창밖을 내다본 희민은 다른 생각에 빠졌다. 언제나 평화를 사랑하는 스님의 머릿속과는 달리 다소 스산

한 각본이었다.

무릇 저수지라 하면, 범죄를 은닉하는 장소이곤 하다. 희민은 영상물에서 흔히 찾아 볼 수 있는 저수지에 가라앉은 시체 같은 그림을 떠올렸다. 혹시 천가람이 그 저수지에 버려졌다면? 결국, 가뭄이 들어 사라져 버린 저수지 바닥에 드러난 시체. 그리고 그 자리에 지어진 소년원. 때마침 거기에서 깨어난 소녀 귀신. ……그럴듯하다.

신희민은 평소와 달리 힘주어 뜬 눈으로 스님을 돌아보았다.

"혹시, 그 저수지에 빠져 죽은 사람은 없었나요?"

방금까지와 완벽히 결이 다른 질문에 스님의 얼굴에 만연했던 미소가 지워졌다. 저수지라는 곳은 물이 모이는 곳이기도 하지만 소문이 모이는 곳이기도 하다. 스님은 이 조그만 아이가 허투루 묻는 말은 아니라고 생각했다. 바닥이 보이지 않을 만큼 아득한 저수지에서는 실로 이런저런 사건이 많았다. 하지만 스님은 희민의 앞에 자극적인 말을 아꼈다.

"……전생이 짧았던 만큼, 꼭 좋은 삶들을 살고 있을 겁니다."

희민은 그런 스님을 더 닦달하지 않았다. 사실 다른 말보다 확실한 대답이었다. 그저 조그만 한숨을 머금고 먹먹

한 하늘과 습습한 땅을 응시할 뿐이었다. 오늘도 무엇이 그리 바빠 저 운동장을 가로지르는 천가람이 희민의 시야를 간지럽혔다.

아니요. 아직 제 전생을 떠나지도 못했는걸요.

꾹 다문 입꼬리를 가라앉힌 희민은 얼결에 하나가 더 생긴 약과를 만지작거리다가 제 주머니에 집어넣었다.

편지 배달은 한 일주일쯤 걸리는 것 같았다. 재수가 좀 없어서 늦으면 2주. 어쩌다 보니 종교 수업에서 가장 먼저 돌아와 잠시 9호실에 혼자 남게 된 신희민은 벌써 6월이 가까워진 벽걸이 달력을 물끄러미 쳐다보다가 제 책상을 폈다. 그리고 관물대에 넉넉히 쌓인 우표 두 장을 뜯은 뒤, 투명한 비닐에서 깨끗한 편지지 두 장을 꺼냈다. 기본적으로 지급되는 미백의 밋밋한 편지지였다. 우선 성 씨 이모에게 편지를 적는 일은 어렵지 않았다.

이모, 여기는 벌써 덥습니다. 4월 내내 날씨가 엉망이더니 꽃은 그때 다 얼어 죽었어요. 더 이상 꽃가루가 날리지 않습니다.

그러니까 제 걱정하지 마시고 더는 미안해하지도 마세요. 나중에 사회에 나가면 면회 가겠습니다. 언제가 될지는 모르겠지만, 우리 이제는 그때 뵈어요.

단정히 접은 편지를 봉투에 집어넣은 희민은 야무지게 봉투 끝을 접착한 뒤 외워 놓은 교도소의 주소를 적었다. 좀 신경 써 고른 우표까지 붙여 놓으니 그동안 이모에게 지고 있던 신세가 가벼워진 기분이 들었다. 뭐, 돈을 벌 기회는 다시 만들면 된다. 그리고 그 기회를 잡기 위해 희민은 두 번째 편지지를 채워가고자 펜을 고쳐 쥐었다. 할머니에게 편지를 적는 일은 생각보다 더욱 어려웠기에 희민은 자꾸 망설였다. 하지만 이번에는 사고를 치기 전, 조금이라도 할머니에게 양해를 구하고 싶었다. 희민은 할머니를 만나기 위해서는 가정의 달 행사 따위보다 더 큰 소식이 필요하다는 사실을 잘 알고 있었다.

할머니께

고작 네 글자를 적었으면서 부산스레 머리칼이나 체육복을 매만지던 희민의 손에 스님이 주신 약과가 걸렸다. 이 조그만 게 키쉬땅콩초코바보다 맛있어 일요일만 기다리게 만드는 간식이었다. 할머니 손에 자랐으니 할머니와 꼭 닮은 입맛이었다. 망설이지 않고 약과를 까 오독오독 잘라먹던 희민은 입안 가득 퍼지는 달콤한 조청 맛을 곱씹으며 다시 펜을 들었다.

힘에 부치지만 그래도 사각사각 열심히 적어 내리는 희민의 등에 노을이 흘러내리고 있었다.

진유리와 채이설은 중앙 복도 게시판 앞에 서 있었다. 게시판에는 시설 내에 신청이 가능한 특수 교육 및 안내문이 다닥다닥 붙어 있었다. 그중, 출소 보름 전으로 잡힌 타일기능사 실기 시험 날짜가 프린트된 종이를 확인한 유리가 가볍게 그 종이를 투둑 떼어 내어 이설에게 넘겨 주었다. 유리는 영 걱정스러운 얼굴이었으나 막상 이설의 동공은 여태껏 봐온 모습 중 가장 또렷해진 채였다.

"진짜 괜찮겠어?"

"괜찮아요. 가람 언니가 계속 옆에 있을 테고, 제가 무대체질이거든요."

"그냥 네 기분 더러울까 봐. 난 그거 하나 걱정이지."

"저 살았던 데에는 더 더러운 사람 많았어요."

그걸 지금 안심하라고 하라는 말인지 모르겠다. 기술 공방에는 시험 준비라는 명목으로 진유리가 상주할 테지만, 유리는 하필이면 증거를 잡기 위해 이설까지 움직여야 한다는 사실이 못내 마음에 걸렸다. 가람 역시 같은 의견이었다. 하지만 수아의 증언을 들은 이설은 꽤 단호해 보였고 희민은 왜인지 아무 말을 하지 않았다. 9호실 재소자들끼리도 아직 합의되지 않은 부분이 많았다.

"면역됐다는 식으로 굴지 마. 네가 어떤 삶을 살았든 더러운 건 그냥 더러운 거."

"저는 지금까지 그런 사람들을 피하지도, 치우지도 못했어요. 그런데 지금 언니들이랑은 할 수 있잖아요. 그러니까 피하지 말고 우리가 치워요, 언니. 쓰레기는 쓰레기통에."

유리가 건넨 안내문을 곱게 펼친 이설이 그 종이를 허공에 팔랑거렸다. 그리고 아직도 낯빛을 못 바꾸는 유리에게 어깨동무를 두르더니 기술 공방을 가리켰다.

"자, 너구리 한 마리 몰러 갑시다."

타일기능사 실기는 무려 4시간 40분 동안 치러진다. 그 시간 동안 직접 시멘트를 배합하고 타일을 하트 모양으로 가공한 다음, 벽과 바닥에 주어진 규격대로 시공해야 한다. 절단기를 사용하는 작업이 있어 보호용 고글을 쓰고 있던 유리는 마치 시험 감독관처럼 뒷짐을 지고서 고작 서너 명의 재소자들 사이를 오가는 기술 직공을 티 나지 않게 흘끗거릴 수 있었다. 애초에 이 수업을 수강하는 재소자는 극소수였다. 보통 여자 소년원에는 좀처럼 개설되지 않는 특수 직업 교육이라 인기가 없었으나 유리는 이런 자격증이야말로 알짜배기라는 사실을 알고 있었다. 물론 그 덕분에 이 일에 휘말리게 된 점은, 이제 어쩔 수 없었다.

"실례합니다. 저, 교무실에서 심부름 왔는데요."

윙윙 돌아가는 기계 소리 때문에 타일 공방 문을 열어젖힌 이설은 가능한 커다란 목소리를 내야 했다. 마치 기다렸다는 듯 절단기를 멈춘 유리가 먼저 이설을 돌아보았다. 한 박자 느린 기술 직공은 거추장스러운 작업복이 무거운지 게으른 걸음으로 이설과 가까워졌다. 꽤 노골적인 시선이 이설의 전신을 훑고 있었다. 절단기를 쥔 유리의 손에 힘이 들어갔다. 예의 미소를 띤 이설은 게시판에서 뜯어온 시험 안내 공고를 기술 직공에게 내밀었다.

"이거, 체크 부탁드린다고. 이 시간대로 실기 신청한 아이들 데리고 외부 일정 준비하면 되냐 물으시던데요?"

기술 직공은 이상이 있을 리 없는 시간표와 이설의 얼굴을 번갈아 쳐다보다가 이제 종이는 보는 둥 마는 둥 굴었다. 누가 그런 걸 물었냐는 기본적인 확인조차 없었다.

"어. 이 시간 맞아."

아예 절단기의 전원을 꺼뜨리고 소음을 죽인 유리는 제 옆쪽에 있던 다른 재소자에게도 잠시 기계를 멈출 것을 손짓했다. 유리가 조용히 검지를 들어 올려 제 입술에 대는 신호와 함께 두 사람의 대화가 또렷해졌다. 이설은 어떠한 준비 과정도 필요치 않다는 듯 뻔뻔한 표정을 짓더니 기술 직공 쪽으로 살짝 상체를 굽혔다.

"다른 건 어느 시간에 오면 될까요?"

놀란 사람은 기술 직공이었다. 그는 후다닥 주위를 둘러보았고 유리는 잠시 시선을 빗겨 바닥에 붙인 타일을 두드렸다. 마감이 어쩌니저쩌니 중얼거리는 건 덤이었다. 그런 유리의 능청스러움에 질세라, 검지와 중지를 모아 꼭 흡연하는 시늉을 만든 이설이 제 손가락을 입술 근처로 들어 올리며 익히 다 알고 있다는 양 기술 직공에게 눈짓했다. 목소리는 아주 조금 더 낮아졌다.

"소문 듣고 왔는데…… 제가 아직, 약을 다 못 끊어서. 좀

급하거든요."

헛기침을 한 기술 직공은 제 사무 책상에 놓인 종이컵을 들어 반쯤 남아 있던 믹스커피를 한입에 삼켜 냈다. 목울대를 일렁이더니 거뭇한 입 주위를 벅벅 쓸어 닦은 남자는 얼떨떨한 표정으로 얼른 벽시계를 살피다가 교육동 일과가 마무리되기 직전인 시간을 계산했다.

"……너희들 저녁 먹기 전에 이리로 와라."

깔끔히 알았다는 사인을 그린 이설은 고개를 까닥이며 기술 공방을 나섰다. 고작 몇 분 만에 눈에 띄게 상기된 기술 직공이 책상 주위를 빙빙 돌며 제 작업복을 더듬거렸다. 그는 거리낄 것 없이 주머니에 넣어 놨던 담배를 꺼내다 못해 개수를 확인하고 있었다. 이번에는 라이터가 제대로 작동하나, 가스 불까지 틱틱 굴려 댔다. 문제가 없는 모양인지 기술 직공은 꼭 무언가를 해냈다는 듯 두 주먹을 쥐었다. 그 동작까지를 빠짐없이 눈에 담은 진유리가 안경을 고쳐 올리면 공방 뒷문 창가에 기대 모든 꼴을 지켜보던 천가람이 고개를 끄덕였다.

때마침 한 시간의 수업이 끝나는 종소리가 울렸다. 목장갑을 내려놓은 뒤 자연스레 공방 뒷문으로 빠져나간 유리는 가람에게 손을 흔들었다. 창틀에 팔꿈치를 걸쳐 놓았던 가람은 제게 다가오는 유리를 안내하듯 조금 더 안쪽으로 파고들었다. 거친 벽돌을 매만지며 그대로 공방의 그늘을 벗어나는가 싶던 가람은 어느 순간 움푹 들어가는 개중 하나를 찾아 그 앞에 섰다. 제 눈높이에 맞는, 신희민처럼 조그만 애는 신경 쓸 수 없는 벽돌이었다. 움직이는 벽돌을 조심스럽게 빼 낸 가람은 그 안에 들어 있는 담뱃갑 몇 뭉치를 유리의 앞에 내보였다. 희민의 앞에서는 죄다 불을 질러 버렸노라 엄포를 놓은, 2주 치의 새 담배에 또 2주 치가 쌓인, 총 4주 치의 담배 뭉치였다.

"내가 널 어느덧 일 년 가까이 봐왔는데, 가람아. 진짜 오늘이 제일 기특함. 근데 넌 표정이 왜 그러냐?"

희민이 들여오는 담배를 태우지 않고 차곡차곡 모아 놓았던 가람이었지만, 가람은 아직도 이게 맞는지 모르겠단 얼굴이었다. 이따금 한숨을 쉬고 있는 천가람은 맹세컨대 도둑질이 처음이었다. 물론 진유리가 그의 결백을 의심할 리는 없었다. 가람은 다른 게 마음에 걸렸다.

"……기술 직공이 이 담배들 들인 건 사실이 아니잖아. 유통은 희민이가……."

"아, 그럼 저 새끼 말고 신희민 꼰지를까? 권 교관한테?"

"아니, 그런 뜻이 아니고…… 유리 너 눈을 왜 그렇게 무섭게 떠?"

"나 이따 다섯 시에 타일 아니고 사람 절단할지도 모르니까 똑바로 하자, 가람아."

소문으로만 들었던 기술 직공의 짓거리를 코앞에서 지켜봐야 했던 유리의 전투력이 치솟는 중이었다. 행여나 누군가 보고 있을까, 주변을 크게 한 바퀴 둘러 본 가람은 다시 벽돌을 끼워 담배를 가렸다. 그 벽에 등을 기대고 선 가람은 상시 운동장을 정찰하고 있는 어떤 교관을 넌지시 바라보았다. 거리가 멀어 유니폼만 확실한 누군가였다.

"……믿어 주실까?"

다른 사람도 아니고 천가람의 입에서 나왔다기엔 이질적인 물음이었다. 가람은 어쩌면 모든 어른이 다 모든 아이의 편이 아닐지도 모른다는 불안을 체감하고 있었다. 교무실에 가득한 선생님들 앞에서는 고발하지 못한 진실을 9호실 재소자들 앞에서야 꺼내 놓았던 한수아였다. 복도에서 절 몰아세웠던 기술 직공의 가시 박힌 말들을 다시 내뱉어야 했던 수아의 목구멍이 얼마나 따가웠을까. 서류상으로 듣지 못하는 이름을 가진 그 아이는 증인이 될 수 없고, 직접 사건에 가담한 11호실 반삭은 제 엄마가 무서워 자수하지 않을 테고, 소년범들 사이에 떠도는 소문만으로는 교관을 움직이지 못한다. 그래서 9호실의 재소자들은 스스로 소매를 걷어 붙였다.

"야, 가람아. 그래도 우리 두 가지 희망은 걸고 가자."

어느덧 일 년 가까이 봐 온 천가람인데, 진유리가 봐온 것 중 가장 침울한 얼굴이었다. 커다란 숨을 내뱉어 가슴에 차오른 분노를 한 꺼풀 식혀 낸 유리가 말했다.

"첫째, 기술 직공은 현행범이 된다."

유리는 이제 제 입에서 내뱉는다기엔 이질적인 말로 가람을 위로하고 있었다.

"둘째, 그래도 권 교관님은 믿어 보자."

끝없는 배신 속에 믿음을 유지하는 일은 어렵다. 악의가 파도라면, 선의는 은은한 물결이기 때문이다. 그리하여 언제나 곁에 존재해도 눈에 띄지 않는 것. 그 물속이 깊은 만큼 조용한 것. 당연한 만큼 지나치는 것.

가람은 이제 운동장 너머에서부터 공방 쪽으로 가까워지고 있는 저 어떤 교관을 다시 바라보았다. 유니폼뿐이었던 그의 형상은 천천히 인상으로 확실해졌다. 조금은 안도의 미소를 되찾은 가람이 유리를 향해 고개를 끄덕거렸다.

오후 다섯 시, 교육동의 일과가 마무리됐다. 재소자들은 교관들의 지휘 아래 교육동에서 생활관으로 돌아가는 검문을 거쳐야 했다. 일렬로 늘어서 소지품 검사를 받는 소년수들에게는 익숙한 일상이었다. 공방에서의 교육을 끝낸 진유리도 대열에 합류했다. 지금 이 자리에 없는 사람이라면, 채이설뿐이었다. 오히려 재소자들이 한데 모인 시간에 교관들은 부주의해졌다. 이 머릿수를 하나하나 챙겨야 하기 때문이었다. 권 교관 역시 평소처럼 아이들의 소지품을 검사하고 있었고, 진유리는 얼른 권 교관이 만든 줄로 몸을 비집었다. 머잖아 권 교관은 유리가 가진 교재들과 교구들을 뒤적거렸다. 그리고 우뚝 손길을 멈추었다.

"진유리. 가방에서 손 떼고 물러서."

양손을 허공에 들어 올린 유리는 교관의 말대로 한 걸음 뒤로 물러난 채 얌전히 뒷짐을 지었다. 그런 교관과 창문 너머 기술 공방을 번갈아 쳐다보는 유리의 얼굴에는 긴장감이 역력했다. 권 교관은 유리의 가방 속에서 꽤 위협적인 드라이버를 꺼내 들었다.

"……공방에서 잘못 가져온 것 같습니다."

시선이 날카로워진 권 교관은 빠르게 유리의 동태를 훑어내리다가 그 드라이버를 자신의 바지 주머니에 집어넣었다.

이런 물건을 대놓고 생활관에 가져올 만큼 유리는 멍청하지 않았다. 맘먹고 반입할 작정이었다면 분명 다른 수를 썼을 것이다.

"박 선생이 걱정하실 테니까 이건 내가 가져다 놓을게."

"지금……."

뒷짐을 풀지 않은 유리가 다시 교관에게로 한 걸음 가까워져 목소리를 낮추었다.

"지금, 가져다 놔 주시겠습니까?"

유리의 눈동자는 아무런 거짓 없이 절실했다. 어렵지 않게 유리의 그 눈을 읽어낸 권 교관은 반사적으로 재소자들을 둘러보았다. 어디에서든 눈에 띄는 한 아이가 없다. 그 아이의 이름을 중얼거린 권 교관의 낯빛이 어두워지기 시작했다. 꼭 한 가닥의 동아줄처럼 자신을 바라보고 있는 유리의 시선을 재차 확인한 권 교관은 조금의 망설임도 없이 복도를 가로질러 뛰어갔다.

창문 너머 운동장을 가로지르는 권 교관이 보였다. 빠르고 거침없는 그의 뒷모습을 시선으로 좇던 진유리는 결국 자리를 박차고 그를 따라 뛰었다. 다른 교관이 호루라기를 불어 유리를 멈춰 세웠지만 소용없었다. 그리고 그런 유리를 따른 건 구석에서 조용히 지켜보던 신희민이었다. 소년수들의 대열은 거기서부터 흐트러졌다.

어째서인지 기술 공방의 문이 잠겨져 있었다. 숨 가쁘게 별관으로 뛰어와 공방의 문고리를 잡아 돌린 권 교관에게 생활관의 열쇠라면 몰라도 공방의 열쇠가 있을 리 만무했다. 뒤통수까지 바짝 서늘해진 권 교관은 움킨 주먹으로 그 두꺼운 철문을 두드렸다.

"박 선생님, 문 여십쇼. 교관입니다."

하지만 안에 사람이 있기는 한지 묵묵부답이었다. 경비를 찾아 공방의 비상 열쇠를 찾아오기에 권 교관은 무언가 조급한 마음이 들었다. 아니나 다를까, 교육동 복도에서부터 진유리와 신희민이 권 교관을 따라 뛰어오고 있었다. 채이설에게 무슨 일이 생긴 것이 분명했다. 금방이라도 문을 부술 기세로 철문을 걷어찰 그때, 잠금쇠가 풀리는 소리가 들렸다. 공방 안쪽에서 활짝 문을 열어 보인 천가람이 그대로 권 교관에게 현장을 내보였다.

"이설아!"

이설의 입에 담배를 물려놓은 기술 직공이 뻣뻣하게 얼어붙었다. 그는 어째서 단단히 잠가놓은 공방의 문이 열렸는지 얼떨떨한 얼굴이었다. 그의 손에서 라이터가 떨어졌고 아직 불이 붙지 않은 담배를 뱉어낸 이설은 제게 팔을 뻗는 권 교관의 품으로 뛰었다. 꼭 숨어드는 것처럼 권 교관의 허리를 끌어안은 이설이 기술 직공을 향해 말랐지만 꼿꼿한 검지를 뻗었다.

"저 사람이 여기 애들한테 나쁜 짓 하면서 담배 팔아요, 교관님. 서랍에 엄청 많아요. 저런 거 소년원에 들여오면 안 되잖아요."

"너 지금 그게 무슨…… 아니, 아닙니다. 교관님. 오해입니다."

이설을 문가에 세운 뒤 매서운 표정으로 뚜벅뚜벅 걸어 들어간 교관은 이설이 가리킨 서랍장을 열어젖혔다. 아이의 말처럼 차곡차곡 쌓인 담배의 양이 상당했다. 동시에 눈이 튀어나온 사람은 권 교관보다 기술 직공이었다. 담배를 피우게 도왔다곤 해도 고작 자신의 소지품 중 한두 개비를 꺼냈던 기술 직공으로서는 당최 처음 보는 물건이었다. 도대체 저 많은 담배가 왜 자신의 업무 책상에 들어있는지 알 길이 없었다. 내내 이설의 옆을 지키고 있던 가람은 그럴 필요 없으나 숨을 죽인 채 이쪽으로 몰려오는 나머지 친구들을 기다렸다. 가장 먼저 뛰어온 진유리가 이설의 팔뚝을 당겨 살폈다.

"괜찮아? 닿지는 않았어?"

"네, 언니 말대로 담배 먼저 피우게 해달라고 그랬어요."

"닿았으면 내가 썰었지, 유리야."

진작 공방 안에 버티고 서 있던 가람이 유리가 쓰던 타일 절단기를 턱짓했다. 덕분에 이설은 하나도 무섭지 않았다. 이제는 제 품에 안겨 배시시 웃고 있는 이설의 머리칼을 쓰다듬은 유리가 절 뒤따라온 희민에게 이설을 넘겨 주었다. 복도에서의 대열이 망가져 웅성거리는 인파를 훑어본 유리는 권 교관에게 다가갔다.

"저희가 확인하려고 했어요. 이설이는 아무 잘못 없고, 못 믿으실까 봐. 죄송해요."

쌓여 있는 담배와 기술 직공을 허탈한 마음으로 번갈아 응시하던 권 교관은 허리에 찬 무전기를 통해 다른 교관을 불러들였다. 그들은 그렇지 않아도 이탈한 재소자들 때문에 기술 공방으로 모여드는 참이었다. 교관들은 문가에 있는 9호실 아이들을 뒤쪽으로 모아 보호한 뒤 기술 직공의 양 팔뚝을 포박했다. 다른 건 몰라도 저 담배가 억울한 기술 직공은 펄쩍 뛰어오르며 손사래를 쳤다.

"아닙니다, 제가 한 게 아니라고요! 교장, 교장 선생님 좀 불러주세요. 정말 아닙니다. 제가 미쳤다고 저 머리에 피도 안 마른 애들한테 담배를 팔겠습니까. 뭘 원해서요, 예? 지금 저 범죄자 애들 말을 곧이곧대로 믿으시는 겁니까?"

가람이 차곡차곡 옮겨놓은 4주 치의 담배를 곤봉 끝으로 세어 본 권 교관은 헛웃음을 쳤다. 남자의 말에 어폐가 확실했다.

"뭘 원하셨습니까? 이 어린 애들한테?"

"아무 짓도 안 했습니다……. 야, 채이설. 내가 널 건드렸냐? 거기, 너희들. 누구 내가 건드린 적 있으면 어디 나와 봐. 내가 인간적으로 대해 주려고 해도 이래서……."

잡아떼는 레퍼토리는 바꿀 때가 되지 않았나, 그 대사가 한심하다는 양 한숨을 끊은 유리가 저벅저벅 어른들 사이를 가로질러 공구 상자를 향해 손을 뻗을 때였다.

"건드렸어요."

서락여자학교의 생활관 밖에서는 처음 울리는 목소리였다. 그러니까, 공방 문 앞에 버티고 있던 9호실 재소자들에게만 익숙한 목소리였다. 완전히 엉망이 된 대열 속, 푸르스름한 그 체육복들 사이 비척비척 모습을 드러낸 사람은 한수아였다. 눈꺼풀을 끔뻑거리던 9호실의 네 사람이 동시에 입을 틀어막았다. 안광이 꺼져 버린 한수아는 모두가 말을 잃고 모두가 제 목소리에 귀를 기울이는 이 시점, 토씨 하나 잊지 않은 남자의 목소리를 뱉어내기 시작했다.

"다 멀쩡한데 하필이면 귀가 먹어서는. 너는 담배 안 피우냐? 한동안 찾는 애들이 뚝 끊겼다 싶었더니 고작 반삭 머리 한 명만 기웃거리고. 지겨워 죽겠네. 너 9호실 쓰지? 거기에 채이설, 그 연예인인가 뭔가 한다는. 걔 좀 데리고 와 봐. 약쟁이한테 약은 못 줘도 담배는 줄 수 있다고. 더러운 바닥에서 구를 만큼 굴렀을 주제에, 알아서 굴러들어오면 좀 좋아. 그냥 건드릴까? 어차피 여기서는 아무것도 못 하잖아. 범죄자 새끼들."

소동이 일어난 공방으로 모든 교직원이 모여들고 있었다. 기술 직공의 양팔을 쥐고 있던 교관들과 교무실에 근무하는 선생님들은 물론이고 흰색 가운을 걸친 최 실장과 보건교사까지, 가장 말이 안 되는 상황에 가장 확실한 한수아의 증언을 들었다. 재소자의 틈에서 겁에 질려 몸을 물리려는 11호실 반삭을 놓칠세라 그에게 한 교관이 달라붙었다. 또 다른 교관은 꼭 만지면 안 될 것을 다루듯 한수아의 어깨를 쥐고 있었다.

"제가 다 들어버렸거든요. 아쉽게도."

기술 직공을 응시하던 차가운 시선으로 교무실의 선생님들까지 낱낱이 훑어본 한수아의 목소리에 입술을 앙다무는 이가 두엇 되었다. 아직 제대로 상황을 파악하지 못했는지

어수선한 장내에서 가장 늦게 나타난 교장은 제 사촌과 꼭같은 모양으로 펄쩍 뛰며 기함하더니 소년원으로 경찰을 불렀다. 과연 이들 중 누구를 붙잡아야 할지조차 모르는 주제에 말이다. 기술 직공? 11호실 반삭? 한수아? 그건 서락여자학교의 모든 교직원이 마찬가지였다. 최 실장 또한 평온이 깨진 표정으로 아이들을 바라보며 제 안경을 고치고 있었다.

이제야 제대로 판이 깔렸다. 상황의 흐름을 살피는 가느다란 희민의 눈길이 오가는 사람들의 경악을 길게 훑었다. 지금이야말로 '시의적절'하다. 이곳에서 가장 희고 조그만 희민은 별안간 오른손을 번쩍 들며 그래도 그리 크지 않은 존재감을 밝히듯 한 걸음 뻗어 나왔다.

"죄송하지만, 저 담배는 제 물건입니다."

정말 할 말을 잃은 천가람과 진유리가 이마를 짚었다.

아수라장이었다.

할머니께

할머니, 버스로나 자동차로나 왕복이 세 시간 걸리는 연암시 서락동까지 할머니께서 면회를 오시려면 가게를 하루 통으로 비워야 한다는 사실을 알고 있습니다. 그리고 할머니에게 실망을 끼친 손녀의 면회와 맞바꾸기에는 그 시간이 너무 값비싸다는 사실도 알고 있습니다.

그런데 제가 조만간 할머니를 서락동으로 모시게 될 것 같습니다. 그래서 미리 양해를 구하고자 합니다. 할머니가 손해를 보시는 일은 아니었으면 좋겠습니다. 사람은 어른이 되면 태어나고 자라는 동안 키워 준 값을 해야 한다고 하셨죠. 저도 언젠가 할머니께 그 값을 치르고 싶습니다.

이 편지가 그전에 도착할지, 재수가 좀 없어서 이후에 도착할지는 잘 모르겠습니다. 하지만 상관없을 겁니다.

언제든 건강히 계세요.

신희민 올림

아이들은 각자의 담당 판사에게 회부됐다. 한솔아와 한수아의 경우 서락여자학교에서 일어난 기술 직공의 범죄와는 다른 사건으로 분류되어 이들과 같은 재판장을 사용하지 않았다. 자신의 이름으로 다시 형량을 받기 위해 잠시 소년원을 떠난 한수아는 언니를 만날 수 있어서인지 경찰에게 이송되는 와중에도 한층 편안한 얼굴이었다. 아이들은 모두 이 사건이 수면에 드러났음을 속 시원히 여겼다. 단 한 명을 제외하고 말이다.

분류심사원에서 각자의 보호자를 기다리고 있는 11호실 반삭과 신희민은 상반된 표정을 짓고 있었으나 가진 긴장감만은 똑같았다. 소년원 안에서 반입 금지 품목을 두고 거래를 한 두 재소자는 함께 재판을 받게 되었다. 마찬가지로 서락동의 소년부 재판장은 협소하였다. 머잖아 이 조잡한 공간에는 값비싼 명품을 휘두른 사짜 직업의 한 중년 여성과 허름한 차림의 한 노년 여성이 들어왔다. 어째서인지 나란히 입장하는 그 두 사람의 표정은 똑같았다. 각자의 변호사를 대동한 두 사람은 말이 없었다.

"오늘은 면밀한 조사를 위해 보호자 분들을 모셨습니다. 배정 검사님 질문에 아이들이 성실히 대답할 수 있도록 협조 부탁드립니다."

검사의 곁에 앉은 조사관이 두 아이를 조사실 책상에 나란히 앉혀 놓았다. 담당 검사가 비닐에 싸인 4주 치의 담뱃갑들을 책상 위에 올려놓자 단발머리와 반삭 머리의 시선이 각기 엇갈렸다. 희민은 검사의 눈을 피하지 않았다.

"어째서 소년원에 이런 물건을 들였는지 얘기해 보렴."

"……애들 진술처럼 기술 직공 박 선생이 재소자들을 상대로 암암리에 담배를 판다는 소문을 들었어요. 애들은 담배를 피우고 싶어 했고, 박 선생은 애들을 만지고 싶어했고, 저는 돈을 벌고 싶었습니다."

희민의 뺨에는 할머니의 시선이 느껴졌다. 그러나 희민은 꿋꿋하게도 할머니를 돌아보지 않았다.

"네 말은, 여기 이 친구가 박 선생과 그런 거래를 했다는 뜻이니?"

"우리 애는 변호사 없이 얘기하지 않을 겁니다. 묵비권, 행사합니다."

별안간 끼어든 사람은 11호실 반삭의 엄마였다. 순식간에 흙빛이 된 옆자리의 재소자는 파리해진 입술을 깨문 채 고개를 숙였다. 신희민은 그러거나 말거나였다.

"제가 보기에 그건 거래가 아닙니다. 거래는 등가를 전제한 물물교환으로 이루어집니다. 전 소년원에서 구할 수 없는 담배를 파는 대신 애들한테 우표나 매점 간식을 받았습니다. 동등한 값어치를 가진 물건이죠. 그런데 기술 직공은 애들한테 물건을 받지 않습니다. 검사님께서는 일방적인 추행이 물건이라고 생각하십니까? 몸의 감각과 기억은 죽을 때까지 사라지지 않는데요."

눈꺼풀 한 번 깜빡이지 않는 희민의 삼백안을 응시하던 검사는 볼펜 끝을 딸깍거리며 혀끝으로 제 어금니를 쓸었다. 현행범으로 체포된 박 선생이란 사람에게 이 담배는 범행 증거가 되지 않았으나, 현장에서 또 다른 물증이 발견됐다고 했다. 명확히 증언하지 않는 사람은 검사의 맞은편에 앉은 반삭 머리뿐이었다. 이 사건에 배정을 받은 연암지방검찰 청소년부 담당 검사는 옅은 한숨을 내쉬었다. 명백한 미성년자 성범죄였다.

"……그래. 그건 거래가 아니지. 나도 그렇게 생각한다. 피의자는 너희들에게 '등가'를 전제했다고 착각하도록 만들었을 거야. 미성년자를 '착취'하는 주제에."

검사에게서 시선을 떼어 낸 희민은 제 옆에서 자꾸만 작아지는 11호실 반삭을 가만히 응시했다. 다 뒤집어쓰고 혼자 망하는 사람이 누굴 거 같냐며 윽박지르던 그 모습은 어디에도 없었다. 소년원을 주름잡던 기세 역시 마찬가지로 증발했다. 조촐한 열여덟짜리는 이제 저토록 차가운 엄마 앞에 또다시 꿇어 앉혀진 죄인 몰골이었다. 희민은 저 엄마가 '어떤 사람'인지 알 것 같았다. 11호실 반삭은 덜덜 떨리는 자신의 손아귀를 혼자서 겹겹이 붙잡은 채였다.

뒷배라곤…… 없는 행색이었다.

희민의 새까만 눈동자가 다시 검사 쪽을 향했다.

"검사님 말씀대로면, 얘는 '피해자'인 거죠."

그제야 천천히 고개를 들어 올린 11호실 반삭은 제 엄마나 검사가 아닌 희민을 쳐다보았다. 이 공간에서 자신과 똑같은 옷을 입고 있는 사람은 신희민뿐이라는 사실을 서서히 인식하는 것처럼 말이다. '피해자'? 평생 남에게 피해를 주기만했다고 생각한 본인이었다. 나 같은 건 완벽한 엄마의 인생을 망친, 영원한 '가해자'가 아니던가.

하지만 희민으로부터 의외의 호칭을 건네받은 11호실 반삭은 깊이 마른침을 삼키고서, 가까스로 입술을 떼더니 자백을 시작했다. 엄마의 날이 선 목소리도, 이 숨 막히는 조사실의 분위기도 올이 풀리기 시작한 그의 고백을 막을 수는 없었다.

"하기…… 하기, 싫었어요. 근데 해야 했어요. 저도 잘못했는데, 그 사람도 잘못했어요. 잘못했어요……."

두서없는 목소리를 터뜨리는 저 과정이 얼마나 외롭고 불안할지 희민은 잘 알았다. 그래서일까, 희민은 눈매에 힘을 푼 채 동그란 뒤통수를 바라보며 온도를 높인 시선으로 그에게 신호를 보냈다.

괜찮아. 그 사람이 더 잘못했어. 나도 틀렸어. 그건 상부상 조가 아니야.

11호실 반삭이 그 신호를 제대로 받았는지는 모르겠다. 하지만 이제 더 쓰러질 나쁜 블록이 없었다. 도미노는 이렇 게 끝났다. 모든 것을 실토하면 이런 볼품없는 인생 따위, 정 말 와르르 무너지겠구나 예상했는데 딱히 그렇지도 않았다. 우리는 고작 열여덟이었다.

"피해자 측의 증언 확보했습니다."

검사는 서락여자학교에서 박 선생을 구속하려는 경찰에 게 구속영장을 발부했다. 경찰과의 통화를 연결한 조사관이 자리를 떴고 희민은 책상 아래에서 떨리는 11호실 반삭의 손등을 무심히 툭 건드렸다. 그런 아이들을 바라보던 검사 는 이제 책상 위에서 양손을 모은 채 다시 담뱃갑들을 눈짓 했다.

"그래서, 이 담배는 대체 어떻게 들인 거니?"

희민은 그 질문을 꽤 오래 곱씹고서 드디어 할머니를 돌 아보았다. 할머니의 삼백안이 처음으로 무섭게 느껴지지 않 았다. 그런 할머니의 어깨너머, 희민은 배운 게 꽤 있다. 영 업비밀은 소상히 설명해선 안 된다는 점도 그중 하나였다.

"묵비권, 그거 행사하겠습니다."

할머니는 여전히 희민이를 쳐다보고 계셨다. 조사실의 벽에 걸린 시계가 째깍째깍 돌아가는데도 말이다.

"예, 저희도 물증 확보했습니다."

수사관과 통화 중인 경찰은 진유리가 꺼내든 은색 캠코더를 확인하고 있었다. 저벅저벅 어른들 사이를 가로질러 공구 상자 사이에 유리가 미리 설치해 둔 물증이었다. 아주 오래된 모델이라 기능이 좋지는 않지만, 채이설에게 범행 시간을 명시하며 제 담배를 뒤적거리거나 라이터를 확인하는 기술 직공의 상기된 모습이 선명히 찍혀 있었다. 담뱃갑들의 주인이 밝혀지자마자 자수는커녕 끝끝내 결백을 주장하던 추잡한 입술은 이로써 완전히 잠겨 버렸다. 11호실 반삭의 피해 증언과 캠코더의 영상까지 드러난 마당에 교장이라고 그를 감쌀 수는 없었다. 헛기침과 함께 제 사촌을 외면한 교장은 자신의 시설에서 이런 흉흉한 일들이 동시다발적으로 터져버린 상황에 대한 문서 처리를 이행해야 했다. 서락 여자학교가 아주 소란스러웠다.

"너희들, 이 캠코더는 어디에서 찾았어?"

경찰과 재소자 사이에서 중재를 보던 권 교관이 유리와 이설을 향해 물었다. 유리는 제 옆에 저들과 똑같은 자세로 멀뚱히 서 있는 가람을 흘끗거렸다. 눈이 동그래진 가람은 어깨를 으쓱였다.

"주웠다니까?"

그래서 유리도 어깨를 으쓱였다.

"주웠는데요?"

"……새 건물에서 왜 이런 게…… 기부받은 물건 중 하나인가. 하도 안 쓰는 물건들이 버리다시피 들어와서."

그렇다고 치더라도 배터리 모양이 고작 한 칸에 그쳐 깜빡거리는 이 캠코더가 제 기능을 한다는 사실이 이상했다. 본인들의 눈으로 직접 보는 중인데도 자꾸만 낡은 물건을 이리저리 의심하던 어른들은 일단 경찰서로 연행된 박 선생인지 기술 직공인지가 떠난 자리에서 유리와 이설을 돌보았다. 밤이 깊어가는 시각까지 웅성거리는 재소자들을 정리해 돌려보낸 최 실장이 어느새 9호실 재소자들의 곁으로 다가와 있었다. 희민과 수아가 덩달아 불미스러운 일로 자리를 비웠으니 아이들의 심리가 불안할 것 같았나 보다. 그리고 권 교관은 별안간 두 무릎을 굽혀 그들과 눈높이를 맞추어 왔다. 그는 사과를 망설이는 사람이 아니었다.

"미안하다, 애들아."

"예? 왜요?"

"어른들이 너희를 못 미더워할까 봐, 그게 또 못 미더워서, 너희가 직접 확인하려고 했다며. 우리가 먼저 믿었다면 너희들이 굳이 이런 일에 가담하지 않아도 됐을 텐데…… 마음이 참 불편하네. 정말 미안하다."

굳게 닫혀 있는 문이 마음처럼 열리지 않아 조여들던 긴장감을 기억한 권 교관은 거듭 이설의 부스스한 머리칼을 쓰다듬었다. 때마침 문이 열리고, 결국 아무 일이 없어 정말 다행이었다. 그리고 그 일을 가능하게 한 장본인인 가람은 그의 다정한 손길을 뿌듯한 표정으로 바라보며 우리의 두 가지 희망이 모두 기능했다는 사실에 감사했다. 이제 얼른 상황이 정리되고 희민과 수아가 무사히 돌아오면 그만이었다. 면회조차 오지 않는 희민의 할머니가 경찰의 호출에는 응하셨을까? 혹시 보호자가 없을지도 모르는 희민을 따라갈 수 있었다면 좋았을 텐데, 이 건물에 발이 묶인 가람은 희민과 수아를 태우고 서락여자학교를 빠져나간 검은색 차량을 멀거니 바라볼 수밖에 없었다.

"저, 교관님. 이 캠코더 좀 백업해 봐도 되겠습니까? 영상도 증거로 써야 하고 뭐가 좀 찍혀 있는 것 같은데요."

"그래도 되겠니?"

권 교관은 유리에게 허락을 구했다. 가람처럼 어깨를 으쓱인 유리는 그러시라며 고개를 끄덕였다. 소각장에서 희민을 겁주던 영상이라면 진작 지웠고, 사실 진유리도 맘먹고 저 캠코더를 가지고 놀 시간일랑 없었다.

"이게 무슨 영상이지……."

이리저리 조작법을 터득한 경찰은 손바닥만 한 캠코더 화면 속에 담긴 케케묵은 영상 하나와 씨름하고 있었다. 희미하게 찍혀 있는 날짜를 보아서는 15년도 더 된 영상 같았다. 아주 흐린 날씨에 엉망인 빗속을 촬영했는지 얼룩진 섬네일 가운데에 재생 버튼이 떠올랐다. 미간을 좁힌 경찰이 캠코더에 달린 조그만 조작 버튼을 꾹 누르자 잠시 버벅거리던 영상이 돌아가기 시작했다.

「……애들아, 쟤 천가람 아니야?」

캠코더를 들고 있는 누군가의 낯선 목소리가 지저분하게 녹화되어 있었다. 노이즈가 가득 낀 음질이었다. 순간 퍼뜩 고개를 들어 올린 유리와 이설은 쭈뼛 팔뚝에 소름을 돋우며 동시에 천가람을 쳐다보았다. 그리고 경찰의 손안에서 띄엄띄엄 영상을 재생하는 은색 캠코더를 낚아챈 사람은 다름 아닌 최 실장이었다.

동락고등학교의 방송부 기장은 악천후를 영상에 담아야한다며 고집을 부렸다. 머지않은 방송제에서 좋은 결과물을 선보여야 한다는 포부는 빗줄기가 거세질수록 아집이 되어 갔다. 그런 그의 뒤를 따른 두 명의 학생들은 이제 우산도소용이 없는 상황에 꿋꿋하게 기장의 시야를 확보하기 바빴다. 방과 후부터 내내 서락동을 누비며 비 오는 풍경을 촬영한 학생들은 유난히 물이 잘 고이는 서락동에 홍수주의보가 내린 사실을 모른 채였다. 저 멀리서 꿈틀거리는 서락저수지가 금방이라도 용암처럼 폭발할 것 같았다.

"……애들아, 쟤 천가람 아니야?"

키가 큰 인영은 멀리에서 보아도 눈에 띄었다. 세찬 바람때문에 인영의 어깨에서 펄럭거리는 보라색 체육복은 분명한 동락고등학교의 체육복이었다. 저들이 걸친 것과 같은옷차림의 길쭉한 사람을 확인하기 위해 손차양을 만든 학생들은 천천히 그 인영에게로 다가갔다. 그는 저수지를 가둔댐 위에 서 있었다. 그 옆으로 무성한 나무들이 또 다른 인영인지, 아니면 그저 가로수인지 헷갈릴 만큼 어지러운 폭풍이 몰아쳤다.

"야, 가람아! 너 거기서 뭐 해!"

"옆에는 누구지? 사람인가?"

"얘들아, 조심해. 여기 너무 미끄러워……."

운동화 밑창을 잡아먹을 만큼 고인 빗물 때문에 캠코더를 쥔 기장의 운동화가 삐끗거렸다. 기다란 그림자 담긴 프레임도 덩달아 삐끗거렸다. 학생들은 빗줄기를 뚫고 아마도 저들의 친구가 분명할 인영을 향해 다가갔다. 응당 그래야 할 것 같았다. 그러나 꿀렁거리는 저수지와 가까워진 학생들은 이제 더 거리를 좁히지 못한 채 비명을 내지르고 말았다.

첨벙, 또 첨벙. 한 학생이 놓친 은색 캠코더가 한 사람과 덩달아 저수지 아래 꼬르륵 가라앉았다.

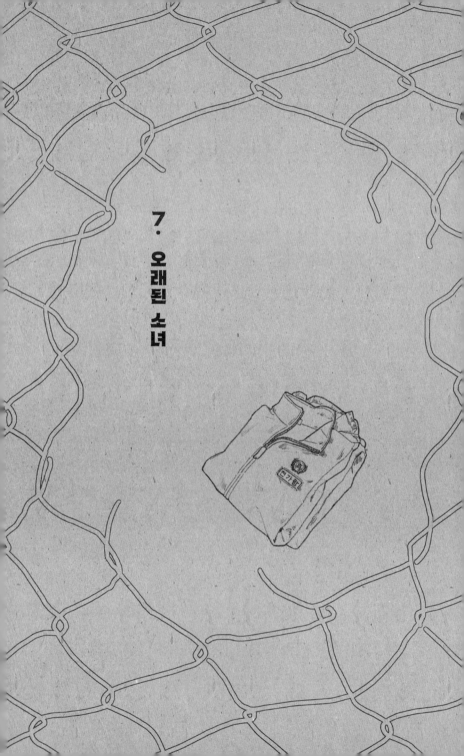

7. 오래된 소녀

"천가람, 너 교복은 어쨌냐? 체육복 말고 교복 좀 입고 다녀, 인마."

"점심 먹고 막 놀다가 들어와서요. 교실 가자마자 갈아입을게요. 근데 선생님 셔츠 새로 사셨어요? 대략 4년 7개월 정도 젊게 보이십니다."

복도를 지나치며 제 담임을 향해 양손으로 엄지를 치켜세운 가람은 얼마나 운동장을 뛰어다니다 왔는지 땀에 젖어 척척한 꼴이었다. 또래 학생 중에서도 아주 활동적인지라 태양에 그을린 가람의 솔직한 피부가 특히 건강해 보였다. 긴 다리를 펄쩍거리며 학교를 활보하는 3학년 9반 반장 천가람의 귀여운 능청을 밉게 보는 선생님은 없었다. 점심 급식의 입가심을 위해 삼삼오오 볕 잘 드는 복도에 모여 커피를 마시고 있던 교사들은 제 교실로 돌아가는 와중에도 저들에게 꾸벅 허리를 굽히는 가람을 향해 저마다 손이나 눈으로 인사했다.

"참, 보건 선생님은 좋으시겠어. 어떻게 자식 농사를 저만 큰 지으셨나 몰라."

"그러니까요. 가람이 정도 성적에 생기부면 서울권 대학은 떼어 놓은 당상인데 가람이는 성격까지 얼마나 좋아. 우리 집 애는요, 중학교 들어갔다고 머리 커서는 묻는 말에 대꾸도 안 해요. 밥상머리 앞에서도 핸드폰으로 게임이나 하고. 혹시 가람이가 집에서는 좀 달라요?"

교사들은 동시에 흰색 가운을 걸친 보건교사를 바라보았다. 커피 대신 둥굴레차를 마시고 있던 보건교사는 부드러운 미소를 띤 얼굴로 고개를 가로저었다.

"아뇨, 똑같아요. 제 공부도 바쁜 나이에 동생까지 잘 챙기고…… 제가 해 준 게 없어서 오히려 미안하죠."

교사가 아닌 부모의 입장에 그런 보건교사를 부러워하는 야유가 터져 나왔다. 정말이지, 가람은 부모라면 누구든 부러워할 이상적인 자식이었다.

"크면서는 속썩인 적 없어요? 왜, 애들은 말썽을 피우는 총량이라는 게 있대요. 어릴 때 죽어라 사고 치던 애들이 크면 또 조용하고, 어릴 때 얌전했던 애들이 다 커서 뒤늦게 말썽이고. 다 그렇더라니까요?"

가람만 두고 보아서는 아직 동의하기 어려운 말이었다. 하지만 보건교사는 가진 자식을 통틀었을 때, 그 '총량'이라는 게 어느 정도 존재하는 것 같다고 생각했다. 고소한 둥굴레차를 음미하며 가람의 유년기가 어땠는지 회상하던 보건교사가 작은 웃음을 터뜨렸다.

"신생아 때인가? 가람이는 품에서 떼어만 놓으면 울었어요. 애 아빠는 회사에 가야 하니까 혹시 애 우는 소리에 깰까봐 거실에서 어르고 달래다가, 잠들었나 싶어서 내려놓으면 또 울고. 한 번은 그게 너무 서러워서 그 조그만 애를 침대에 내던진 적이 있어요. 엄마도 좀 자자, 졸려 죽겠다, 소리를 지르면서 애한테 질세라 엉엉 울어버렸거든요? 신기한 게 …… 그 이후부터는 뚝 그치고 참 조용히 크더라고요. 방긋방긋 웃으면 웃었지 울지는 않고. 저 진짜 나쁜 엄마죠?"

"아이고, 난 또 뭐라고. 두 번 나빴다가는 아주 가람이 천사 돼서 승천하겠네요."

햇살이 반짝거리는 복도에 교사들의 웃음이 중첩되어 피어났다. 반사적으로 제 엄마의 즐거운 목소리를 돌아보던 가람 역시 미소진 낯이었다.

"천가람, 빨리 와. 애들 다 너 기다려. 가람이 너 아이스크림 어떤 거?"

"어, 지금 가."

복도뿐 아니라 교실에서도 가람을 부르는 목소리가 여럿

이었다. 제가 좋아하는 아이스크림 이름을 크게 외친 가람이 재잘재잘 학생들 틈바구니로 섞여들었다.

가게를 하루째 쉬어야 했지만, 할머니는 무어라 싫은 소리를 한 번 않고 전화기를 꺼내 택시를 부르셨다. 어른들은 신희민에게 형량을 추가하기보다, 소년원 내 교정 교육과 봉사 활동을 징계로 주었다. 하룻밤만 분류심사원에 머무른 뒤 신희민은 다시 서락여자학교에 돌아간다고 했다. 손녀의 처분을 받아들인 할머니는 이번에도 별다른 말 없이 주무관이 내민 서류의 보호자 칸을 찾아 서명하셨다.

"용돈이 부족했겠구나."

그런 할머니의 곁에서 푸르스름한 체육복 차림으로 얌전히 서 있던 희민은 긍정도, 부정도 않았다. 소년원에 입소한 이래 할머니의 용돈이 끊겼으니 그것까지가 합당한 처벌이라 여겼던 희민이었다. 희민은 그저 제 꼬질꼬질한 운동화 코끼리를 툭툭 문질렀다.

"장사는 그래도 멀었다."

할머니가 호락호락하지 않다는 건 아주 잘 알았다. 하지만 저 역시 어느 정도 자랐다는 걸 보여 주고 싶던 희민이었는데, 아무래도 합격점이 아니었나 보다. 희민은 이제 어쩔 수 없다고 생각했다. 최선을 다했으니 큰 후회는 없었다. 그리고 금방이라도 자리를 뜰 것처럼 완전히 허리를 편 할머니가 제 무명 남방 앞섶을 가다듬었다.

"……아직 더 키워야겠지."

주무관에게 서락여자학교로 영치금을 넣는 방법을 거듭 확인한 할머니는 분류심사원 앞에 택시가 도착했다는 전화와 함께 돌아가셨다. 그 왜소하고 굽어진 등을 물끄러미 눈에 담던 희민은 별안간 시야가 젖어 흐릿해지는 이상하고 낯선 기분 때문에 얼른 고개를 떨구어야 했다. 이런 감상에 빠질 시간은 없었다. 어른들이 퇴근할 시간과 가까워진 벽시계를 확인한 희민은 연암지방검찰 청소년과 검사가 조사실을 나서기 무섭게 그의 재킷 끝을 붙잡았다. 검사는 조사관과 함께 그런 희민을 돌아보았다.

"검사님, 제가 꼭 확인하고 싶은 게 있는데요. 잠시만 저 좀 도와주실 수 있으신가요. 시간 뺏어서 죄송합니다."

선수 치듯 시계를 눈짓한 희민을 의아하게 바라보던 검사가 시간을 확인했다. 이미 퇴근 시간을 한참 넘긴 시각이었다. 서로 눈빛을 교환한 검사와 조사관은 대수롭지 않다는 듯 조사실 앞에 놓인 테이블로 자리 잡았다. 쭈뼛거리던 희민은 한 박자 느리게 의자를 뺐다.

"넌 소년원에 담배 판 짓은 안 죄송하고 고작 우리 시간 뺏는 게 죄송한 거야? 애들이 어른들 시간 좀 뺏을 수 있지."

"그러게요. 하물며 우리 검사님이 명색에 '청소년과'인데. 그래서 무슨 일? 설마 더 자수할 게 남았니?"

아직 그들의 당연한 선의가 어색한지 목덜미를 긁던 희민은 도리도리 고개를 저은 뒤 조사관이 품에 안고 있는 노트북을 가리켰다.

"……혹시 서락저수지에서 열아홉 살짜리 학생이 죽은 적 있는지, 찾아봐 주실 수 있나 해서요."

"서락저수지라면…… 족히 5년 전에 완전히 없어졌는데?"

"그죠? 이 지역 가뭄이 워낙 심해서."

오랜 시간 연암시에 거주 중인 검사와 조사관은 연암시 출생이 아닌 신희민이 그 저수지를 어떻게 알고 있는지 의뭉스러운 표정으로 미간을 좁혔다. 더더군다나 사람이 죽은 사건이라니. 물론 저수지에는 이따금 사건 사고가 따랐다. 제아무리 검사라지만 연암시에서 일어난 모든 사건을 꿰고 있을 리 없어, 검사는 손수 조사관의 노트북을 건네받아 테이블 위로 펼쳐 놓았다.

"보자, 서락저수지, 열아홉 살······."

"어, 검사님. 이 기사요. 이거 같은데요?"

두 사람이 들여다보고 있는 노트북 모니터를 볼 수 없는 희민은 기사를 읽어내리는 듯 이리저리 움직이는 그들의 동공만을 바라보며 마른침을 삼켰다. 희고 조그만 두 주먹이 긴장을 못 이기고 웅크려졌다. 사태 파악을 마쳤는지 잘게 혀를 찬 검사가 그런 희민의 앞으로 직접 노트북 화면을 돌려 놓았다. 희민이 얼른 제 얼굴을 가져갔다.

중부지방 집중호우 피해 잇따라······ 3명 사망·2명 실종

중앙재난안전대책본부는 오늘 오전 6시 기준, 집중호우로 인해 경기에서 3명이 사망하고 2명이 실종되었다고 밝혔다. 어제 새벽부터 중부지방을 중심으로 세찬 비가 내리면서 실시간으로 피해 규모가 집계되는 상황······ 경기도 연암시에서는 폭풍우에 휩쓸려 서락저수지에 추락한 19세 천 모양이 사망했다. 연암시 경찰 당국은 천 양의 어머니로부터 실종 신고를 받고 서락동을 수색하던 중 서락저수지 인근에서 천 양의 시체를 수습했다. ······이어 또 다른 피해 발생 지역은······

무려 15년 전의 기사였다. 그러나 분명한 천가람의 마지막이었다. 폭풍우에 휩쓸린 사고사. 때문일까, 기사의 댓글 칸은 단정한 추모의 행렬이었다. 제 눈으로 직접 확인한 그 문장을 입안에 중얼거린 희민은 나직한 한숨과 함께 검사에게로 노트북을 돌려 주었다.

　11호실 반삭은 니코틴에 대한 중독성을 치료하기 위해 감호 병원으로 이송되었다. 그래서 서락여자학교에서부터 세 명의 소년수를 태워온 수송 차량에는 그를 제외한 두 명의 소년수가 자리 잡았다. 한솔아는 분류심사원에서 한수아가 되어 돌아왔다. 그렇게 제 이름으로 형량을 다시 받은 소년수와 신희민은 나란히 앉아 어두컴컴한 차 안에서 침묵을 지키고 있었다. 수송차가 외곽도로에 접어들 즈음, 먼저 목소리를 낮추어 물은 사람은 희민이었다.

　"뭐하러 자수했냐. 퇴소가 얼마나 남았다고."

　이 애의 증언이 아니더라도 9호실 재소자들이 놓은 덫만으로 기술 직공은 충분히 구속될 수 있었다. 자수는 한수아의 입장에 딱히 남는 장사가 아니었단 뜻이다. 형량이 늘어나다 못해 희민이 계산했듯 괘씸죄가 더해진 비장애인 한수아는 오히려 홀가분한 표정으로 어깨를 으쓱였다. 예상외로 수갑이 채워지지 않은 본인의 자유로운 손목을 이리저리 돌려보던 수아는 마치 트로피로 사람을 내리친 그 날로 돌아간 듯 오른손을 웅크리며 담백하게 대답했다.

"8호로는 안 될 것 같아서요. 지은 죄가 있잖아요."

수아는 기술 직공의 사건을 겪으며 이후 자신에게 깃든 충동적 폭력성이 정상은 아니라고 생각했다. 고작 한 달 소년원에 지냈다고 나아질 리 없었다. 대충 지내다 퇴소했다가는, 또 같은 일을 반복할 것만 같은 수아였다. 이런 상태인 제가 멀쩡한 척 사회에 돌아갈 수는 없지 않은가. 예술고등학교에서 퇴학을 당하게 될 수아였지만, 제 실력을 유지해 나중에도 콩쿠르에 입상하면 피아니스트라는 직업을 가질 수 있을 것이다. 혹은 다른 무언가가 될 지도 모르겠다. 피아노만 쳤다더니 그다지 곱지 않은 수아의 손을 함께 내려다본 희민의 표정은 기본값으로 무심했다.

"그래서 몇 호 받았는데?"

"10호요. 12개월."

그의 체육복 가슴팍에 새로 걸린 진짜 이름표에 시선을 두던 희민이 고개를 주억거렸다.

"잘했네."

꼭 제 동생을 다루는 말투였다. 아주 작은 중얼거림을 끝으로 두 사람은 대화를 끝마쳤다. 호송길은 길지 않았다. 희민은 자동차의 엔진 소리를 통해 외곽도로가 끝났다는 사실을 깨달았다. 머잖아 비포장도로를 타는 듯 차체가 여러 번 덜컹거렸고, 신호에도 자주 걸렸다. 하차할 정류장이 가까워졌나 보다. 스스스 멈추는 자동차 안에서 허리를 곧추세운 신희민과 한수아는 그렇게 카니발 바깥으로 뱉어졌다.

서락여자학교

커다랗게 적힌 그 간판 아래, 소년원의 입구에서는 보라색 체육복을 입은 천가람이 이들을 기다리고 있었다. 교관의 뒤를 따라 저벅저벅 천가람과 가까워진 신희민은 저를 보며 언제나 활짝 반색하는 그의 앞에 희미한 미소조차 지을 수 없었다.

천가람(19), 폭풍우에 휩쓸린 사고사.

신희민이 느끼기에, 어딘가 껄끄러운 문장이었다.

누구나 질풍노도의 시기가 있다고는 해도 천씨 집안의 막내는 정도가 좀 심했다. 가람은 어쩌면 엄마가 제 남동생의 상처를 돌보기 위해 보건 교사가 됐을지도 모르겠다는 생각을 했다. 어떻게 저렇게 허구한 날 여기저기가 까져 들어올까, 팔짱을 끼운 채 짙은 한숨을 내쉰 가람은 가윤의 방에 들어간 엄마가 무사히 나오기를 기다렸다. 식탁 위에 미리 끓여둔 둥굴레차가 식기 전에 말이다.

"나가라고요, 좀!"

분명히 이 집 명의는 엄마의 것인데 늘 쫓겨나다시피 방문 밖으로 뱉어지는 엄마의 얼굴에 분노가 덕지덕지 붙어 있었다. 학교에서 늘 다정하게 학생들을 돌보던 그 얼굴은 찾아볼 수조차 없었다. 동생의 목청에 괜히 제가 더 민망해진 가람이 목덜미를 긁적거리며 고작 저 방에 들어갔다 나온 십 분 동안 폭싹 늙어 버린 엄마에게 찻잔을 내밀었다.

"······진짜 고등학교 안 간대요?"

"······검정고시 치고 친구들이랑 사업할 거래."

"와, 꽤 미쳤네. 제가 얘기해 볼게요."

동생은 웬만해선 부모님께 진심을 얘기하지 않았다. 중학교에 입학하고부터 그랬다. 꼭 세 살이 많은 누나가 제 방에 들어와 악력으로 들쑤신 다음에야 하나둘씩 불만을 토로하던 녀석이었다. 노크 없이 동생의 방문을 열고 들어간 가람은 이불로 동굴을 만들고 씩씩거리는 가윤의 허접하기 짝이 없는 껍데기를 벗겨 냈다.

"야, 천가윤. 친구들이랑 사업한다면서 왜 쌈박질이냐? 업장 차리기도 전인데 사이좋게 지내야지. 아니면 뭐 벌써 구역 다툼?"

"누나도 나가. 꼴 보기 싫어."

"꼴 보기 싫으면 네가 나가, 여기 우리 엄마 집이야."

막상 나가면 갈 데도 없는 애가 꼭 저렇게 씩씩거리고 앉아 있었다. 열여섯 살이 된 가윤은 아직 가람보다 키가 작아서 무력으로 어느 정도 제압이 가능했다. 하지만 엄마는 이제 가윤이를 버거워할 나이였다. 제 동생의 목덜미를 길쭉한 팔로 휘감은 가람은 동생의 뺨에 덕지덕지 붙어 있는 엄마의 걱정 어린 반창고를 바라보았다. 툭, 건드리니 굉장한 엄살이 터져 나왔다.

"뭔 사업할 건데? 누나한테만 살짝 얘기해 줘봐."

"아, 싫다고. 내가 알아서 한다고."

"가윤아. 물론 사업을 할 땐 학력이 중요하지 않아. 검정고시 치고 고졸로도 가능은 해. 누가 가게 사장님 졸업장 떼서 보나? 그러니까 학력은 됐다고 쳐. 그럼 뭐가 필요할까? 무력?"

이제 막 덩치가 커지기 시작한 동생의 허리춤을 콕콕 찌

소녀, 감빵에 가다

르자 아프기보다 간지럼을 탔는지 그제야 제 누나를 노려보는 가윤의 입매가 씰룩거렸다. 터진 입술로 길게 한숨을 끊어낸 가윤은 누나의 질문에 대한 답을 모르겠다는 듯 도리도리 고개를 저었다.

"재력. 돈이 있어야 사업을 하지. 너 누나가 내년에 막 서울대 합격해서, 나중에는 돈 엄청 많이 벌지도 모르는데 진짜 누나한테 얘기 안 할 거야? 들어보고, 어? 괜찮다 싶으면 투자할게. 하나밖에 없는 동생이잖아."

가윤은 하나밖에 없는 누나의 제안에 귀가 솔깃해졌다. 부모님도 이런 식으로 제 말을 들어 준다면 목청을 찢어가며 화부터 낼 일은 없을 텐데, 그 많은 청소년을 상대하는 보건교사씩이나 되는 엄마는 왜 모를까. 속으로 엄마를 원망하며 손톱의 거스러미를 뜯던 가윤은 꽤 미치고 꽤 진심인지 누나를 향해 자세를 고쳐앉았다.

"들어봐, 누나. PC방에서 지금은 컵라면밖에 안 팔거든? 근데 아예 레스토랑처럼 온갖 음식을 다 파는 거야. 애들이 죽치고 앉아서 게임 하면 진짜 배고파서 욕 나오는데, 중간에 밥 먹으러 가기 싫어서 꾸역꾸역 라면만 먹는다니까? 만약에 식사 메뉴에 없는 게 없어, 막 카페처럼 음료도 많아. 그럼 장사 엄청 잘 되지."

"……똑똑한데. 너네 PC방에 죽치고 앉아서 그런 생각을 한단 말이야?"

"그런 PC방 차리잖아? 떼돈 벌어. 대학은 가서 뭐해. 등록금만 오지게 비싼 델."

이제 중학생밖에 되지 않은 가윤은 부모님의 재정상태를 가늠하고 있었다. 보건교사인 엄마, 평범한 회사원인 아빠. 남매를 부족함 없이 키우고 있지만 그렇다고 넘치는 재력을 가진 사람들은 아니었다. 때문인지 가윤은 이미 공부 머리는 그른 제가 고등학교에 입학하고 또 대학교에 입학하는 것보다는 일찌감치 사업에 뛰어드는 것이 낫다고 판단했다. 가람은 그런 가윤의 장래 계획이 어른들 귀에는 터무니없이 들린다는 것 빼곤, 썩 괜찮다고 생각했다.

"그래. 누나가 투자할게."

"진짜? 뻥 안 치고?"

"너 누나가 뻥 치는 거 봤어? 대신 누나 돈 벌기 시작하면. 보자…… 아직 열아홉이니까, 대학교 졸업까지 5년, 취직 바로 한다고 해도 앞으로…… 딱 10년만 참아. 아니다, 예금 적금 다 들고. 15년."

"아 씨. 짜증 나, 천가람 진짜."

"쏩, 어디서 누나의 존함을. 너 15년 동안 심심해서 어떡하냐? 나 같으면 까짓 고등학교까지는 간다. 너 동락고 교복 완전 예쁜 거 몰라? 누나 후배 되기 싫어?"

"누나가 이렇게 허구한 날 보라색 체육복만 입고 다니는데 그걸 내가 어떻게 아냐?"

가윤의 일격은 일리가 있었다. 제 체육복을 내려다본 가람이 지퍼를 완전히 열고 재킷을 벗더니 그걸 제 동생의 어깨에 걸쳐보았다. 내년에 절 따라 동락고등학교에 입학한다면 꼭 이런 차림의 동생을 볼 수 있을 것이다. 뿌듯한 표정으로 웃는 가람의 낯에는 아무도 침을 뱉을 수 없었다. 머뭇거리던 가윤이 가방에서 고등학교 지망 안내문을 꺼내 들었다. 아니나 다를까, 삐뚤빼뚤한 글씨로 1지망에 동락고등학교가 적혀있었다. 가람은 가윤의 머리칼을 마구 헝클였다.

"너는 이렇게 나올 거면서 꼭 한 번씩 엄마한테 기어오르더라?"

"……엄마가 나 맨날 양아치 만드니까 그렇지."

"그럼 이렇게 쌈박질을 해대는데 양아치 맞지. 너 키가 덜 커서 그래. 적어도 내 동생이면 어디 가서 맞고 다니지 마라, 누나 쪽팔려."

"내가 더 많이 때렸거든?"

"말 잘했다. 왜 때렸는데?"

도르륵 눈동자를 굴린 가윤이 겸연쩍은 듯 갑자기 베개를 퍽퍽 두드렸다. 가람은 가윤의 허벅지를 콩콩 두드렸다.

"……아, 게임 하다 보면 애들이 자꾸 엄마 욕해. 원래 서로 많이 하는데…… 나는 그런 말 진짜 싫어한다고."

세상 효자가 따로 없었다. 바람이 빠진 듯 부스스 웃어버린 가람은 제가 헝클여 놓은 가윤의 머리칼을 다듬으며 동생의 손에 들린 안내문을 받아들었다. 부드러운 말로 걸러내어 엄마에게 전달하는 것까지가 가람의 몫이었다. 조용히 가윤의 방문을 닫고 나온 가람은 식탁에 앉아서는 제가 끓인 차를 마시지도 못하고 절 구세주 보듯 기다리는 엄마에게 그 종이를 내밀었다. 꼭 무너지는 것처럼 한숨을 내쉰 엄마가 본인 가슴을 쓸어내렸다.

"가윤이 성격 알잖아요. 괜히 한 번씩 저러는 거. 친구들이랑도 별일 아니래요."

"……내 속으로 낳은 놈인데…… 나랑은 대화가 하나도 안 통하네."

"……더 크면 알겠죠. 엄마 마음."

힘없이 미소를 지은 엄마는 가윤의 안내문에 제 서명을 마친 뒤 이미 진을 다 쏟은 모습으로 안방에 들어갔다. 그런 엄마의 뒷모습을 바라보던 가람은 부엌에 홀로 남아 엄마가

한 입도 대지 않은 둥굴레차로 시선을 떨구었다. 다 식은 찻
잔 안에 은은한 물결이 퍼지고 있었다.

그런데 다 큰 엄마는 내 마음을 알까.

초여름의 서락동은 푸르렀다. 반짝반짝 쏟아지는 햇살이
청명한 하늘색 타일 위로 쏟아졌다. 그곳은 서락여자학교,
한낮의 샤워실이었다. 젖은 타일 바닥의 표면에 똑똑, 물방
울이 떨어졌다. 보석 같은 물방울은 낙하할 때마다 타일 바
닥 위로 파동을 만들었다. 누군가의 발가락 끝에서 떨어지
는 물방울이었다.

가람은 샤워실의 입구에서 그와 마주쳤다. 천장에 매달려
있던 몸으로부터 분리되어 내려온 아이는 정면으로 가람을
바라보고 있었다.

"너 사람이 아니었구나? 어쩐지 이상하다고 생각했어. 어
른들은 널 못 보더라고, 보라색 옷 입은 애는 없다면서."

서락여자학교에서 막 깨어난 가람은 온 세상에 궁금한 것
들이 많았다. 가람은 샤워실 천장에 몸을 매달아둔 채, 건물
을 떠나려는 그를 황급히 붙잡았다. 여태까지는 잡히지 않

왔던 손목이 붙잡혔다. 오히려 화들짝 놀란 가람을 돌아본 그는 모든 걸 체념한 표정이었다.

"……어디 가?"

"가야지. 가겠다고 선택했으니까. 넌 왜 안 가?"

한 번도 생각해 본 적 없는 질문이었다. 가람은 그저 눈꺼풀을 움직였다. 깜빡, 깜빡. 순서를 모르고 풀린 영사기가 아무렇게나 돌아가는 것처럼, 기억을 짜 맞추기 위해 노력하던 가람의 머릿속은 결국 백지에 머물렀다.

"모르겠네…… 아마 못 가는 것 같아."

"너 누굴 기다리나 보다. 난 마음에 걸리는 사람이 아무도 없거든."

그애는 양손을 모아 가람의 손길을 털어 냈다. 희미하게 지어지는 미소는 어딘가 편안해 보이기도 했다. 그래서 가람은 그를 더 붙잡을 수 없었다.

"……일단 난 좀 더 기다려 볼게."

"그래. 잘 있어, 천가람."

가람은 아무런 미련 없이 서락여자학교를 떠나는 아이와 짧은 인사를 나누었다.

"잘 가."

폭풍우가 지나간 서락동에는 이상한 소문이 돌았다. 동락고등학교에 다니는 열아홉 살 천가람이 폭풍우에 휩쓸려 안타까운 사고로 목숨을 잃은 것이 아니라는 소문이었다. 그날 밤의 악천후를 기록하려던 동락고등학교의 방송부원들은, 저수지의 난간을 짚고 선 천가람이 스스로 파도치는 물속에 뛰어들었다고 증언했다. 하지만 어른들은 믿지 않았다. 착하고, 공부 잘하고, 똑똑하고, 밝고, 씩씩하고, 건강하고, 찬란한, 천가람이 대체 그럴 이유가 없었기 때문이다. 특히 천가람의 엄마는 절대 그 '거짓'을 믿지 않았다. 그는 꿋꿋이 딸의 사고사를 주장하였으며 아이들 사이 떠도는 소문을 강력히 부정했다. 그리고 그 소문을 없애기 위해 부득불 노력하다가, 결국에는 자신이 그 소문에서 도망치고자 마음먹었는지, 어느 날 소리 없이 서락동을 떠나버렸다.

「……애들아, 쟤 천가람 아니야?」

경찰의 손에 들린 은색 캠코더를 낚아챈 최 실장은 그 이름 석 자에 사색이 되어 조그만 화면을 제 코앞으로 가져왔다. 엉망으로 흔들리는 영상 속에서 지저분하게 녹화된 학생들의 목소리는 자꾸만 가람의 이름을 불렀다. 띄엄띄엄

재생되는 음성 속 자신의 이름을 들은 천가람은 그런 최 실
장을 바라보고 있었다.

「야, 가람아! 너 거기서 뭐 해!」

「옆에는 누구지? 사람인가?」

「애들아, 조심해. 여기 너무 미끄러워…….」

화면 속 키가 큰 인영의 주변으로는 어지럽게 흔들리는
가로수만이 즐비했다. 마치 그 나무의 그림자 또한 인영처
럼 보이는 스산한 날씨였다. 그러나 가로수로부터 한 발짝
씩 멀어지며 저수지의 난간과 가까워지는 사람은 오롯이 혼
자였다. 녹화된 시간은 길지 않았다. 인영은 무언가 망설이
는 기색조차 없이 스스로 저수지에 뛰어들었다. 마치 목이
졸린 듯 거친 숨을 집어삼킨 최 실장이 캠코더를 떨어뜨린
건 거의 동시였다. 바닥과 부딪친 캠코더 액정에 거미줄 같
은 금이 그어졌다. 황급히 주저앉아 캠코더의 깨진 화면을
닦아낸 사람은 유리였다. 파지직, 낮은 화소들이 망가지고
있었다. 유리는 영상이 끊어지기 직전으로 되감았으나 캠코
더는 더 이상 제대로 기능하지 않았다. 천가람과 함께 물에
빠져 버린 영상은 머잖아 까맣게 가라앉을 뿐이었다.

"최 실장님, 괜찮으세요? 최 실장님!"

"……야, 가람아. 너 이거…….."

이제 배터리가 완전히 나가려는 듯 깜빡거리는 캠코더를 두드리는 유리의 손이 말도 못 하게 떨리고 있었다. 그의 옆에 붙어 있던 이설의 얼굴은 백지장보다 새하얬다. 방금까지의 아비규환은 아무것도 아니라는 듯, 혼절 직전의 최 실장을 받쳐 안은 권 교관은 혼란스러운 표정으로 급히 다른 어른들을 불러모았다. 생활관의 복도 너머로부터 최 실장과 똑같은 백색 코트를 입은 보건교사가 달려왔다.

이리저리 휘날리는 그 하얀 코트들 사이에서, 하늘하늘 기력 없이 풀어지는 최 실장의 백발 사이에서, 바닥으로 툭 미끄러져 버린 그의 안경 그 너머에서, 천가람이 깨어났다.

"……엄마."

기다리고 있었어요.

학교에서 내내 미소지어야 했던 탓일까, 집안에서의 엄마는 거의 과민한 상태였다. 네 식구의 생활비와 갖은 대출금을 상환하기에는 맞벌이로도 녹록지 않았거니와 식탁에는 공과금 청구서만이 쌓여 있었고, 이따금 그 우편에 섞여 있는 막내의 시험 성적표는 처참했다. 엄마가 공부로 꼬투리를 잡기 시작하면 막내의 반항이 끝이 없었다. 제 일이 바쁜 아빠는 아들의 훈육에 동참하지 않았다. 이 어지럽고 지겨운 집안에 그나마 온전히 기능하는 사람이라곤 딸뿐이었다. 가람은 대입을 앞둔 고등학교 3학년이었으나 웬만하면 집을 지켰다. 그렇다고 학교생활을 망치지도 않았다. 학교에는 부드러운 엄마가 있으니 가람은 집안에서라도 가능한 한 엄마를 웃게 만들어드리고 싶었다.

"엄마, 저 이번 모의고사 성적표."

고작 열여섯밖에 먹지 않은 아들과의 대화에서 다치고 다쳐 상처를 입은 엄마는 넝마가 된 채 열아홉밖에 먹지 않은 딸이 내민 성적표를 받아들었다. 고르고 고른 숫자 1만이 가득했다. 그 안정감에 어렴풋이 미소를 지은 엄마는 칭찬의 의미로 잠시 가람의 손을 잡았다.

"가람이가 혼자서도 잘 해주니까 엄마는 진짜 살 것 같아. 고마워, 엄마 자랑."

그렇게 말씀하시는 엄마의 기대에 어떻게 어긋날 수 있을까. 늘 씩씩한 표정으로 고개를 끄덕인 가람은 소파에 지쳐 늘어진 엄마를 안아 주었다가 제 방으로 돌아갔다. 가람에게 쉬는 시간은 없었다. 이 은은한 물결은 절대 그냥 만들어지지 않았다. 다소 지쳤으나, 가람은 신경 쓰지 않았다. 정말

소녀, 감빵에 가다

괜찮았다. 가람은 가능한 한 꾸준히, 가능한 한 모든 사람에게 다정한 감정을 주고 싶었다.

"저 밥 안 먹어요. 약속 있어."

"천가윤, 오늘 분명 엄마 생일 기념해서 주말에 다 같이 식사하기로……."

아빠의 말이 끊어지기도 전에 이어폰을 꽂은 가윤은 보란 듯이 현관문을 나섰다. 영화 시간에 늦었다는 변명이 쩌렁쩌렁 늘어지면, 머잖아 세 사람만 남은 식탁을 위로 묵직한 정적이 흘렀다. 엄마의 생일은 월요일이었다. 월요일은 좀처럼 모두 모이기 어려우니까, 일요일에 식사하자는 말을 전달한 사람은 가람이었고 분명 알았다며 대답한 동생이었다.

"……죄송해요. 제가 더 제대로 얘기했어야 했는데. 엄마, 이거 내가 다 먹을게. 먹을 수 있어요. 아, 진짜 배고프다……."

차려진 가윤의 몫까지 제 앞으로 끌어당긴 가람은 맛있게 식사를 시작했다. 재빠르게 생일축하 노래를 부르고 미리 준비한 엄마의 선물을 건네며 요란을 떨면 그제야 조금씩 분위기가 풀어졌다. 준비된 음식을 겨우 몇 젓갈 뜨는 엄마를 확인하기 바빴던 가람은 제 입에 그렇게 얼마가 들어갔는지는 인지하지 못 했다. 결국, 그날 밤 몰래 부엌을 기웃거린 가람이 제 위장에 소화제를 털어 넣을 때였다.

"다녀왔습니다."

"야, 천가윤. 너 이리 와 봐. 지금 시간이 몇 시냐?"

나갈 때와 똑같이 이어폰을 꽂고 터벅터벅 돌아온 동생은 가람만이 달랑 서 있는 집안을 확인하더니 경계를 풀었다. 음악을 멈춘 뒤 이어폰을 뺀 가윤은 옆구리에 무얼 끼우고 있었다.

"열한 시밖에 안 됐는데, 왜. 엄마 아빠 자?"

"몰라, 안방에. 너 누나가 오늘 저녁 가족끼리 먹는다고 했어, 안 했어. 엄마 내일 생신이잖아. 아까 얼마나 섭섭해하셨는지 알아?"

"아…… 깜빡했어. 애들이 영화표 끊었다는데 어떡해, 그럼."

"그 약속을 취소했어야지, 인마."

아무리 친구가 중요할 나이라지만 이럴 때마다 가람의 속도 바짝바짝 타는데 엄마는 오죽하실까. 야무지게 가윤의 이마에다 꿀밤을 먹이자 빨개진 살갗을 마구 문지르던 동생이 투덜거렸다. 그리고 가윤은 통명스레 가지고 있던 상자를 식탁 위로 던지듯이 내려놓았다.

"나 그래도 이거 사 왔다고, 엄마 선물."

"진짜? 뭔데?"

"아 몰라, 씨. 왜 이렇게 아파? 어떻게 갈수록 힘이 세지냐, 누나는?"

"많이 먹고 운동해."

무어라 욕설을 중얼거린 가윤은 거칠게 방문을 닫고 사라졌다. 그가 던진 상자를 바로 세운 가람은 그게 아무 화장품 가게에서 파는 값싼 기초 세트라는 사실을 금방 깨달았다. 할인율이 적나라한 가격표까지 그대로인 너무 날것의 선물이었다. 끌끌 혀를 찬 가람은 그걸 얼른 제 방으로 가지고 들어와 가격표를 떼어낸 뒤 정성스레 포장했다. 그리고 선물을 등 뒤에 숨긴 채 안방 문을 두드렸다. 파리해진 낯의 엄마가 나타났다.

"엄마, 이거 봐. 가윤이가 엄마 주려고 사 왔대요."

"……가윤이가?"

우선은 불신하는 목소리였다. 포장된 상자를 받아든 엄마는 거실로 나와 어차피 찢어지라고 만들어진 포장지조차 찢어지지 않게끔 조심스레 선물을 풀었다. 가람은 미리 확인한 단출한 화장품 세트가 드러났다. 하지만 처음 보는 것처럼 마구 손뼉을 친 가람 때문인지 고작 그 선물이 뭐라고 부끄러워하시던 엄마는 천천히 상자를 쓰다듬다가 가윤의 방문 앞에 다가가셨다. 두어 번 노크하자 투박한 대답이 들렸다.

"가윤아, 이거 화장품…… 엄마 선물이야?"

"보면 몰라요?"

말하는 꼬락서니 하곤. 거실에 앉아 소파에 턱을 괸 가람이 한숨을 내쉴 때였다. 그 방문 앞에서 발을 뗄 줄 모르던 엄마는 축축해진 목소리로 속삭였다.

"……고맙다, 엄마 아들. 잘 쓸게."

가람은 계속 거실에 있었다. 그 화장품 상자를 품에 안은 엄마가 이루 말할 수 없는 벅찬 표정으로 울먹거리실 때까지, 가람이 주인인 포장지조차 소중하게 차곡차곡 거두어 쓰레기통이 아닌 안방으로 가지고 들어가실 때까지, 가람은 당연히 거실에 있었다.

모두의 방문이 닫혔다. 가람은 말이 없었다. 그토록 은은하고, 아주 깊은 물결처럼 말이다.

어제부터 중부지방에 집중호우 주의보가 계속됐다. 위험

을 감지한 학교 측에서는 야간자율학습을 취소하고 모든 학생을 집으로 돌려보냈다. 하지만 집중호우를 만만히 여긴 청개구리 같은 학생 몇몇은 귀가하지 않았고, 천가람도 귀가하지 않았다. 교실 창밖으로 폭풍우가 치기 시작하는 어두컴컴한 하늘을 바라보며 가람은 문득 이런 생각을 했다.

오늘 같은 날이면, 엄마가 모를 것 같은데…….

물이 얼마나 깊은지 그 끝이 보이지 않아 새까만 서락저수지를 내려다본 가람에게 우산 따위는 없었다. 여전히 보라색 체육복을 걸치고 난간 앞에 선 가람은 언제나 평화로운 물결을 유지하던 저수지가 거칠게 파도를 치는 광경을 처음 보았다. 물이 모여 있는 저수지일 뿐인데, 악천후 아래에서 꼭 바다같이 보였다. 저수지에도 파도가 칠 수 있구나. 세차게 떨어지는 빗방울을 맞으며 가람은 그 어느 때보다 차분해지는 마음을 느꼈다.

이따금 죽음을 생각할 때면, 가람은 제 삶을 아까워하기보다 다른 것을 걱정했다. 모든 걸 관두고 싶다가도 제 결정으로 가족들의 인생에 오점을 남기고 싶지 않았던 가람이었다. 완벽해 보이는 가정 안에서, 완벽해 보이는 아이의 자살은 너무 많은 의구심을 불러일으킬 것이다. 그러니까 아무도 몰랐으면 좋겠다. 그리고 오늘 같은 날은, 가람에게 다시 없을 기회였다.

여기까지. 딱 여기까지고 싶어.

태풍처럼 바람이 불었다. 가람의 상체에서 벗겨진 체육복 재킷이 저수지의 표면에 떨어진 순간, 큰 파도가 쳤다. 체육복은 순식간에 소리소문없이 사라졌다. 그 장면을 바라보고 나서야 미소를 띤 가람은 마음을 놓고 낙하했다.

보건교사는 삽을 꺼내 들었다. 하루하루 삽으로 흙을 파, 매일매일 꾸준히, 잘 묻어 두었다. 사고사로 제 곁을 떠난 세상에서 제일 소중한 딸아이를, 마음 깊은 곳에. 하지만 서락동에 떠도는 소문은 자꾸만 그 무덤을 함부로 파헤쳤다. 자살할 리가? 다른 사람도 아니고, 우리 가람이가? 보건교사는 제 딸이 그럴 이유가 없다는 걸 확신하면서도, 누군가 그토록 위험한 마음을 품고 있다면 그 씨앗이 무엇인지 알아내고 싶다는 모순된 충동을 느꼈다. 이제 고작 십여 년을 살아 낸 어린아이들이 어째서 그 창창한 삶을 포기할까. 어째서 가족을 저버릴까. 어째서 현실을 저버릴까. 무력감? 좌절감? 우울감? 대체 어떤 감정? 어디로 뻗친 어느 감각? 모든 아이가 사회의 시선에 힘들지 않기를, 무뎌지기를, 우울하지 않기를. 최 교수는 그 모든 염원을 담은 단어를, 서명하듯 적어 내렸다.

다시는 그런 일이 일어나선 안 돼.

이 서락동에서, 또 사람이 죽어서는 안 돼.

다소 거칠게 마침표를 찍은 최 실장의 만년필 끝이 잉크를 터트렸다. 투두둑, 흐르는 모양이 심상치 않았다. 종이를 물들이는 잉크를 내려다본 최 실장은 뒤늦게 깨달았다. 터진 잉크는 마침표를 쉼표로 망치고 있었다.

"최 실장님, 정말 괜찮으세요?"

"……네. 그보다, 좀 혼자 있고 싶은데요."

엉망이 된 백발을 쓸어넘긴 최 실장은 억지웃음을 지었다. 대답 대신 한발 물러난 권 교관은 상담실의 문을 닫고 아이들에게 돌아갔다. 그렇게 홀로 남은 다음에야 제 손바닥에 주름이 가득 진 얼굴을 파묻은 최 실장은 자꾸만 눈두덩을 쓸었다. 그의 책상 위에는 명패, 만년필, 깨진 안경, 흐트러진 약통, 그리고 진단서가 놓여 있었다. 천가람은 그 앞에 비어 있는 동그란 의자에 앉았다. 상담을 온 소년원 아이들이 앉는 곳이었다. 그리고 물끄러미 엄마를 바라보던 가람이 늘 짓는 다정한 표정으로 입꼬리를 끌어올렸다.

"우리 엄마, 완전히 달라져서 못 알아봤네. 여기서 명패를 읽었으면 곧장 알았을까요? 그렇지만 엄마…… 머리가 너무 하얗고, 그 안경은 또 뭐야. 하긴. 나 15년이나 기다렸더라고요. 근데 괜찮아. 어차피 한 14년은 잠만 잤어. 내가 그렇게 원했던 대로, 다들 내 걱정을 않았는지, 아무도 날 깨우지 않더라고요."

제가 말하고도 우스운지 고른 치아를 해맑게 드러낸 가람은 양손을 모아 의자를 짚고서 제가 떠난 세월을 살아왔을 엄마의 모습을 천천히 읽어갔다.

"……가윤이는 잘 지내요? 아빠는?"

손바닥을 내려 버석해진 얼굴을 드러낸 최 실장은 멍하니 허공을 응시했다. 그에게 끝끝내 가람은 보이지 않는 모양이었다. 하지만 그래도 괜찮았다. 그럴 줄 알고도 기다린 이는 가람이었다.

"있죠, 나 죽어도 엄마가 내 마음 몰랐으면 좋겠다고 생각했거든요? 근데…… 막상 진짜 엄마가 나 어떻게 죽었는지 알아주지 않으니까 섭섭해요."

가람의 죽음은 사고사라는 기사가 났다. 온화한 가정에서 자란 씩씩한 장녀는, 그저 안타까운 불의의 사고로 꽃다운 나이에 생을 마감한 것뿐이었다. 가람은 그래서 그 죽음이 더 아까워 보이고, 사람들이 엄마에게 어떤 말을 얹을 수 없길 바랐다. '극단적 선택'이니, '삶을 비관한 죽음'이니, 그런 말로 엄마를 괴롭히지 않길 바랐다. 그러니까 역시 세상은 모르는 편이 좋았다.

"……엄마, 나는 사고로 죽은 게 아니에요."

그런데 엄마는 알았으면 좋겠다. 나를 이해하진 못하더라도, 나를 제대로 기억했으면 좋겠다.

책상 위로 천천히 손을 뻗은 가람은 만년필의 잉크로 얼룩진 진단서를 넘겨보았다. 서류철에는 서락여자학교 아이들의 상담 기록이 빼곡했다. 상담 과정에서 최 실장에게 털어놓은 아이들의 사연과 기분이 가득 메모된 채였다. 무던히 아이들을 신경 썼다는 증거였다. 그리고 가장 아래 칸에는 재소자를 위한 처방 약이 적혀 있었다. 모두 같은 단어였다. 빨간 알약의 의약품명인 듯 보였다. 가람은 씁쓸한 미소를 지으며 다시 가장 첫 번째 페이지로 돌아왔다. 비어 있는 새 진단서였다. 그리고 제 눈앞에서 저 혼자 천천히 뒤적여지는 그 서류철에 시선을 빼앗긴 최 실장은 꼭 귀신에 홀린 듯한 기분을 느꼈다.

"15년 전에 내가 이 약을 먹었더라면 달랐을까요?"

언제나 최 실장의 책상을 지키고 있는 빨간 알약과 진단서를 번갈아 쳐다보던 가람은 제 엄마가 아닌 정신상담 전문의의 앞이라는 마음으로 만년필을 집어 들었다. 그렇게 차곡차곡 진단서의 빈칸을 채워갔다.

이름, 천가람. 나이, 열아홉. 단 한 번도 엄마에게 제 마음을 상담해 본 적이 없던 가람은 그저 조용히 그날의 기분을 상상했다. 저수지로 가라앉아 사라지고 싶었던 끔찍한 충동을 말이다. 한 번도 직면한 적 없던 자신의 마음을 인정한 가람은 짧게 고개를 가로저은 뒤, 가장 아래 칸을 찾아 내려갔다. 그리고 최 실장이 몇 번이고 할퀴듯 적어 내린 약물의 이름을 적었다. 그리고 가람은 얌전히 두 손을 모아 서류철을 최 실장 앞에 밀어 두었다. 15년이 지나도 단번에 알아볼 수 있는 제 딸의 글씨체를 확인한 순간, 최 실장은 가람과 자신에게 일어난 모든 일을 받아들일 수밖에 없었다. 이제 만년필 잉크를 망치고 있는 건 최 실장의 눈물이었다.

"그럼…… 앞으로도 우리 애들 잘 부탁해요, 엄마."

빙긋 미소지은 가람은 책상에 놓인 빨간 알약을 집었다. 그리고 그걸 삼킨 가람의 표정은, 꼭 달콤한 사탕을 맛보는 것처럼 밝았다.

그 순간 꾸역꾸역 울음을 참는 어린아이 같은 하늘에서 장맛비가 터졌다. 서락여자학교에 추적추적 시원한 소나기가 쏟아졌다.

♪ ♪ ♪

서락여자학교

커다랗게 적힌 그 간판 아래, 소년원의 입구에서는 보라색 체육복을 입은 천가람이 아이들을 기다리고 있었다. 어젯밤 내리 굵은 빗줄기가 퍼부은 덕분인지 검은색 카니발을 맞이하는 가람의 뒤로 청명한 하늘이 펼쳐져 있었다. 교관의 뒤를 따라 저벅저벅 천가람과 가까워진 희민은 그런 자신과 마주한 즉시 활짝 반색하는 가람의 앞에 굳은 얼굴을 들어 올렸다.

"표정이 왜 그래? 설마 희민이 너도 형량 늘어났어?"

"……아뇨. 징계만 좀 받았어요."

"다행이다. 엄청 걱정했거든, 혹시 무슨 일 생겼을까 봐. 할머니는 오셨고?"

"네."

"거봐. 혼자 아니라니까."

고작 하룻밤을 분류심사원에서 보낸 것뿐인데 무슨 걱정을 그렇게 했는지, 가람은 희민의 몸을 한 바퀴 돌아보며 부산스레 굴었다. 하지만 그런 가람의 요란에도 희민은 신경

질을 낼 수 없었다. 그저 입술을 달싹이던 희민은, 가람과 마찬가지로 신희민과 한수아를 기다리고 있던 권 교관을 향해 양해를 구했다.

"저, 괜찮으면 5분만 운동장에 있다가 들어가도 될까요. 차멀미가 좀."

"……그러렴. 한수아, 들어가자."

아까부터 조그맣게 혼잣말을 하는 희민이었으나 권 교관은 아무런 제지를 하지 않았다. 아이들의 저 비슷한 행동이라면 종종 있었고, 알아도 모른 척을 했던 권 교관이었다. 한수아를 향해 손바닥을 흔드는 가람을 볼 수는 없었지만, 권 교관은 희민을 믿고 수아와 함께 생활관으로 향했다. 어차피 도처에 어른은 많았다. 희민은 이제 마음을 놓고 가람과 나란히 걸음을 옮겼다.

"언니. 저 알았어요. 언니 어떻게 죽었는지."

"진짜? 어떻게 죽었는데?"

가람은 천연덕스러운 목소리로 침울해 보이는 희민을 놀리듯 과하게 반응했다. 두 사람은 함께 운동장 구령대에 걸터앉았다. 가람의 다리는 희민보다 계단 한 칸만큼이나 길었다. 그런 자신의 두 다리를 희민과 맞추어 굽힌 가람은 두 짝의 운동화를 나란하게 만들었다. 희민은 제 운동화 끝을 움츠리며 답지 않게 끙끙 앓고 있었다.

"……근데, 아닌 것 같아요."

머뭇거리던 입술을 도로 잠근 희민은 천천히 도리질을 쳤다. 가람의 사인이 껄끄러운 마음은 둘째 치고, 이 얘기를 끝으로 가람과의 대화가 마지막이 된다면 조금…… 아니, 조금 많이 섭섭할 것 같았다. 결심한 희민은 가람과 시선을 마주쳤다.

"제 느낌상 왠지 그건 아닌 것 같으니까, 언니가 스스로 알아내세요. 스스로 기억한 다음, 때 되면 알아서 가세요. 어차피 그런다고 했잖아요. 맞죠?"

가람으로서는 절로 웃음이 지는 말이었다. 이 애는 아쉽다는 감정을 이렇게 표현하는구나. 다른 의미로 고개를 주억거린 가람은 바삭한 햇빛 아래 별안간 쭈욱 기지개를 켰다. 그렇지 않아도 기다란 팔다리가 한 뼘씩은 더 늘어났다. 가람은 꼭 희민이 흉내라도 내길 바라는 듯 과장된 스트레칭을 하다가 제 보라색 체육복 재킷을 벗었다. 그걸 희민의 어깨에 걸쳐보려던 가람은, 새삼 이 덩치가 자신의 반만도 못하다는 사실을 되새기며 혀를 찼다.

"너 성장기 안 끝났지?"

"열여덟이면 성장판 닫혔을 것 같은데요."

체육복을 거두어들이고 제 손에 만지작거리며 펼쳐 보인 가람은 단호하게 고개를 저었다.

"아니야, 안 끝났어. 열여덟이면 더 클 수도 있어."

"그걸 언니가 어떻게 알아요?"

"난 열아홉까지 계속 컸거든. 많이 먹고 운동해, 희민아. 그럼 무럭무럭 자라."

"지금도 괜찮은데."

"건강하게."

"……지금도 건강한데."

희민의 목소리 끝이 초라하게 갈라졌다. ……이미 때가 됐나 보다. 그렇게 예감한 희민이 조그만 주먹을 가람 몰래 꾸욱 웅크렸다. 그리고 조금은 텁텁하지만, 그래도 활기찬 여름의 바람 한 줄기가 가람이 펼친 보라색 체육복을 스쳐 지나갔다. 오래된 옷감이 살아있는 것처럼 펄럭거렸다. 바람은 보이지 않아도 그렇게 느껴졌다.

"걱정하지 마."

"……언니도요."

가람은 미련 없이 바람에 체육복을 맡기고 떠나 보냈다. 보라색 옷자락이 꼭 꼬리가 달린 연처럼 운동장 위로 날아올랐다. 신희민이 그 하늘에 시선을 빼앗긴 사이, 가람은 마지막 목소리를 남겼다.

"내가 계속 옆에 있으니까."

　담장을 벗어나지 못한 체육복은 팔랑팔랑 운동장 어느 구석으로 가라앉았다. 이제 이 넓은 운동장에 인영이라고는 희고 조그만 신희민이 전부였다. 희민은 얼른 몸을 일으켜 보라색 체육복이 떨어진 자리를 향해 운동장을 가로지르며 뛰어갔다. 이쯤은 이제 숨이 가쁘지도 않았다. 희민이 그 구석에 가까워질 무렵, 꼭 운동장 바닥에 녹아드는 것 같던 체육복은 소매 끝만 비죽 남아 있었다. 작은 몸을 주저앉힌 희민은 손바닥이 더러워지건 말건 운동장 흙바닥을 파헤쳤다. 다행히 어제 내린 소나기의 여파로 흙은 말랑말랑하여 희민의 여린 손은 다치지 않았다.

　희민은 아주 오랜 시간 땅바닥에 파묻혀 있던 보라색 체육복을 꺼내 펼쳐 보였다.

　천가람

　계속 기억하고 싶은 이름이 붙어 있었다.

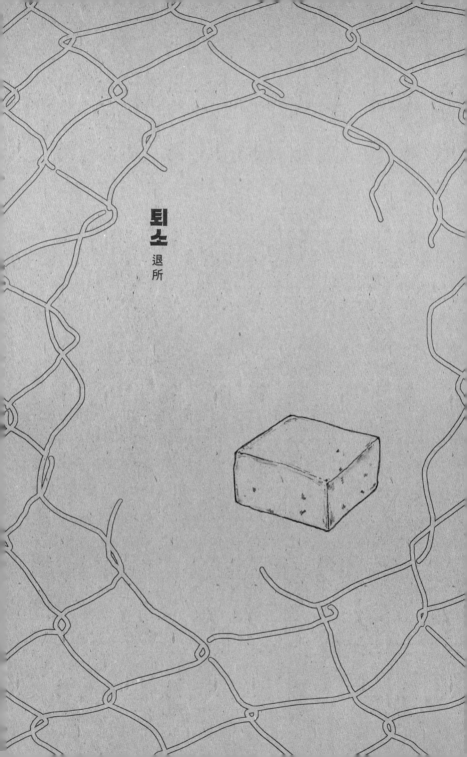

퇴소
退所

소년원의 울타리를 타고 소복이 눈이 쌓인 계절이었다. 여전히 조그맣지만 약간은 키가 자란 신희민은 저보다 두어 걸음 앞서 걷는 할머니의 발자국을 따라 저벅저벅 서락여자학교의 운동장을 거슬러 철창이 두꺼운 교문으로 향했다. 드디어 육중한 철문이 열렸다. 할머니가 부른 택시는 미리 도착해 있었다. 그 택시를 두고 둘만 남은 희민과 할머니는 마치 서로가 남인 듯 어색해 보였다. 할머니가 이만 집으로 가자는 듯 택시를 턱짓하며 뒷좌석의 문을 열 때였다.

"신희민!"

구불구불한 눈길을 잘도 거슬러 오른 다마스 한 대가 택시의 뒤로 주차했다. 진작 창문을 내려 손을 흔들고 있던 채이설이 씩씩하게 할머니를 향해 인사했다.

"……친구들이냐?"

희민을 향해 던져지는 할머니의 물음표는 오랜만이었다. 희민은 고개를 끄덕이고 네모난 다마스로부터 와르르 쏟아지며 저마다 인사하는 친구들과 할머니를 번갈아 바라보왔다. 희민은 어딘가 곤란한 표정으로 머뭇머뭇 그랬다. 할머니와의 대화가 아직도 너무 어려웠기 때문이었다. 먼저 손녀의 상황을 읽은 쪽은 다행히 할머니였다.

"잠은 집에 와서 자거라."

열다 만 택시 뒷좌석에 마저 올라탄 할머니가 먼저 서락동을 떠났다. 눈길에 새겨지는 택시의 바퀴 자국을 바라보던 희민은 친구들에게로 몸을 돌렸다.

"뭐야, 진짜 운전을 하네. 이거 타도 되는 거 맞아요?"

"유리 언니 운전 잘해. 세탁소 배달 경력이 벌써 반년이고 밤에는 여성 전용 대리까지 뛴대, 대박이지."

"언니 타일 시공도 다닌다고 안 그랬어요?"

세탁소의 이름이 떡하니 적힌 다마스를 기웃거리던 희민이 여전히 불신 가득한 표정으로 조수석에 올랐다. 꼼꼼히 안전 벨트를 채우고 있으면 뒷좌석에 자리 잡고 제 가방을 뒤적거리던 이설이 대뜸 두부 한 모를 꺼내 내밀었다. 이제는 참 맑고 또렷한 이설의 눈이 제가 내민 두부와 그걸 흡뜬 눈으로 쳐다보는 희민을 초롱초롱 번갈아 응시했다.

"먹어. 제발, 응? 이제 착하게 살아야지."

"생두부 비리다고. 이걸 어떻게 그냥 먹냐?"

운전석의 문을 닫은 진유리가 브레이크를 꾹 밟은 채 시동을 걸고 큰 기능이 없는 다마스의 에어컨을 조절했다. 난방기랍시고 틀긴 트는데 여실히 차가운 바람이 터져 나와서, 이설은 벌써 두 번째로 꺄르르 비웃었다.

"좋은 말로 할 때 먹어라. 국산콩두부 한 모에 4700원."

"……물가 무슨 일이냐."

"그러니까 말입니다. 1년이 달라요, 1년이."

꼭 유리가 한소리를 한 다음에야 꾸물꾸물 손을 움직인 희민은 결국 이설이 내민 두부를 받아들고 아주 작은 입으로 모서리를 베어 물었다. 역시 비렸다. 능숙하게 차를 출발시킨 유리는 다시 굽이진 눈길을 따라 안정적인 도로를 찾아들었다. 제설작업이 되어 있는 도로는 큰 부침 없이 그들이 탄 다마스에게 길을 열어주었다.

"언니는 혼자 그렇게 돈 벌어서 얻다 쓰시게요?"

"우리 아빠 음식 솜씨 알지? 도시락 가게 열어 드릴 거. 그러면 이설이 네가 모델 서주냐? 지인 디씨 됨?"

"채이설 너 복귀해? 하여간 소년원은 이게 문제야. 업데이트가 안 돼."

먹다 보니 생각보다 먹을 만한 두부를 속도 내어 야금거리던 희민이 룸미러에 비친 이설의 얼굴을 흘끗거렸다. 적당히 살이 올라 두 뺨이 불그스름하니 혈색까지 좋아진 채였다. 하기야, 썩히기엔 손해인 얼굴이었다.

"아니, 내가 출소하자마자 무슨 소식을 들었는지 알아? 그래. 아무리 생각해도 이상하긴 했어. 도대체 내가 피부과에 누워서 프로포폴 맞은 걸 누가 까발렸냐고. 대리 처방도 그렇고, 그것까지 안다면 무조건 회사 사람들이란 말이지. 나야 그 사람들이 다 도와줬으니까?"

"스토리텔링이 날로 느네. 결론부터 얘기할 생각 없냐?"

"이제 나와. 야, 알고 보니까 우리 대표가 범인이더라. 자기가 주가 조작하다 걸려서 그거 덮으려고 날 깠대. 내 로드 매니저 출신 언니랑 실장님이 결국 양심 고백하니까, 이상하게 동정 여론이 돌더니 내 앞으로 소속사 명함이 막 들어와, 희민아. 어떻게 생각해?"

진심으로 희민의 자문이 필요한지 운전석과 보조석 사이에 제 몸을 끼운 이설은 퍽 심각한 목소리였다. 연예계 사정일랑 문외한이지만, 희민은 대충 그런 식으로 유야무야 돌아가는 판국의 기사 몇 개를 읽은 기억이 났다.

"뭐…… 연예인 중에 범죄자 출신 아저씨가 한둘도 아니고. 모르겠다. 채이설, 뻔뻔해져라. 좋은 음악으로 보답하겠다고 해. 따뜻한 시선으로 지켜봐 달라, 그래."

어차피 다들 그러지 않나? 어깨를 으쓱인 희민의 대답을 듣고서야 만족스럽게 손뼉을 친 이설은 마치 이 무심함이 그리웠다는 양 뒤에서 희민의 몸을 끌어안았다. 두부 먹는 데 뭐 하는 짓인가 질색을 한 희민은 어느덧 완전히 뒤바뀐 차창 밖을 기웃거리며 낯선 동네를 살피기 시작했다. 차체의 속도가 차츰 느려지고 있었다.

"한수아 출소가 두 달 뒤인가? 그때 되면 완전히 봄이겠네."

"좋은 날 나가는 거죠, 뭐. 이렇게 눈도 안 오고."

"애는 좀 괜찮아?"

"네. 검정고시 준비하고, 선생님들이 허락해서 피아노도 쳐요. 소년원 피아노 진짜 허접한데 걔가 치니까 그냥 소리가 달라지대. 언니 못 들어봤죠."

"나는 인마, 너 고졸 다는 것도 못 봤어."

검정고시 정도야 한 번에 합격한 희민이었다. 9호실 애들 치고 공부 머리가 많이 떨어지는 녀석은 없었다. 다들 안 하고 딴짓을 했다는 게 문제였던 거다. 이제는 농담으로 삼을 수 있는 이야기였다. 죗값을 다 치렀으니 말이다.

"도착한 것 같은데?"

때마침 국산콩두부도 한 모를 다 먹은 희민이었다. 다마스는 어느 아파트 단지를 앞에 두고 멈추었다. 잠시 창문을 열

어 아파트에 적힌 주소와 숫자를 거듭 확인한 유리는 주차
장으로 차를 옮겨 파킹을 넣었다. 시동이 꺼진 뒤 쪼르르 하
차한 그들은 그사이 폴폴 내리기 시작하는 눈 사이를 뚫고
복도식 아파트를 옹기종이 타올랐다. 그리고 3층의 마지막
현관 앞에서 멈추었다. 가장 가운데에 선 희민은 309호의 초
인종을 눌렀다. 거의 동시에 발소리가 가까워졌고, 활짝 현
관문이 열렸다.

"안녕하세요."

"어서 와. 밥들은 먹었어?"

"두부는 먹었어요."

최 실장은, 아니. 천가람의 엄마는 가람과 꼭 닮은 미소를
띤 채 서둘러 아이들을 집안으로 들였다. 바깥 날씨는 추웠
고, 그의 집안은 따뜻했다. 종종걸음으로 현관에 들어서 각
자의 외투를 벗어 내리는 아이들은 포근한 거실을 구경하기
시작했다. 나무색 옷걸이에는 당연하다는 듯 보라색 체육복
이 걸려 있었다.

모두가 가람의 집에 들어간 뒤에야, 현관문은 한 박자 늦
게 닫혔다. 아마 천가람이 함께 들어간 듯 그랬다.